小泉八雲東大講義録

日本文学の未来のために

ラフカディオ・ハーン

池田雅之＝編訳

角川文庫
21782

小泉八雲東大講義録　日本文学の未来のために

目次

第一章　文学の力

西洋文学における女性像——日本人の克服しがたい難問

今日は、英文学であれ、いかなる西洋文学であれ、それらを研究しようとする日本の学生たちが、必ずや直面しなければならない最大のわかり難《がた》さについて述べてみたいと思う。そうした問題は、いまだかつて適切に論じられたことはないように思われる。

外国人教師であれば、この問題を日本の学生に説くのに躊躇《ちゅうちょ》するのは、無理からぬことであろう——なぜならば、外国人教師がただ単に西洋人の見地に立って説明しようとすれば、彼らに理解される見込みはないからだ。また、彼が日本人の見地に立って論じようとすれば、さまざまな間違いを犯したり、見当はずれな放言をしたりするにちがいない。

適切な説明というものは、西洋の生活に共感し得るほどその社会事情に精通している日本人の教授によってのみ、初めてなし得ることである。しかし、このような日本人教授は、次のような理由から見出《みいだ》しがたいと思われる。その教授が、西洋の生活に共感の気持ちを示せば示すほど、それに比例して、学生たちにその共感の気持ちを伝授することがむずかしくなるからである。このむずかしさたるや並大抵のものではないから、それがどの程度のむずかしさであるかをいくらかでも了解するまでに、私などは多年を要したくらいである。

今日、その難問が解明されたなどということは、まったく考えられない。しかし、たとえ不充分ながらでも、その問題について論じてみることは、皆さんに幾分か裨益《ひえき》するところがあるかも知れない。間違いや放言は覚悟のうえで、私もひとつ試みてみようと思う。

つい先頃、最も聡明《そうめい》な学生の一人と話をした折、彼は西洋の生活におけるごく当たり前の事実をまったく理解できない、と私に告白したので、私はぜひ一度その話をしてみようと思い立った次第だ。すなわち、この事実とは、直接的であれ、間接的であれ、その生活の反映である〈西洋文学における女性の地位〉に関連した事柄である。

ただちにその論拠を明らかにするために、私はそのいくつかの事実をできるだけ平明かつ単純な言葉で述べてみることにしよう。最高の道徳的立場というものが、男性の女性に対する献身というべきものによって占められている、ある国を想像してみてほしい。男性の負う最高の義務とは、父親に対してではなくて、妻に対してなのである。

しかも、世間的な羈絆《きはん》が夫婦関係に支障を来たす場合が生ずれば、夫は伴侶《はんりょ》のために一切の世間的な羈絆を棄てて顧みないというものなのだ。妻に子供がある場合には、妻たるものの第一の義務は、確かに子供に対して向けられており、またそうでなければならないであろう。しかし、子供のいない場合には、夫が妻にとっての「神」であり、「王」である。そのような国では、夫婦が両親と一緒に暮らすようにでもなれば、不自然で奇妙なことだと思われるであろう。

みなさんには、こうしたことはすべてわかっているにちがいない。しかしこの事実は、みなさんにもっと理解しがたいほかの点が、つまり、とりわけ女性にまつわる抽象的な観念というものが、個人の行動に及ぼす影響と同様に、広く遍《あまね》く社会に与えている影響力というものを説明してはいないのである。

男性の女性に対する献身は、決してただ単に夫の妻に対する献身を意味しているわけではない。実際、これはこういう意味なのだ——すべての男性は、ただ女性は女性であるという理由によって、信仰ないしは一般世論という点から言っても、すべての女性を敬わなければならないということなのだ。このことは、すべての男性が、すべての女性を、知力と体力において自分たちの優越者と見なす傾向がある、ということを言いたいのではない。そうではなくて、男性というものは、女性のことを、すべての男性の助力を仰ぐべき存在であり、かつそれを必要としている存在として考えねばならないと言いたいのである。

身の危険に際して、女性はいの一番に救出されなければならない。楽しみごとの場合には、女性は最上の席を与えられなければならない。苦難に臨んでは、男性側は、互いに分かち合うべき女性の苦痛の負担をできる限り進んで引き受けなければならない。この行為には、親切心を示しておいて、後で認めてもらおうなどという心算は伴ってはいない。

身の危険に瀕《ひん》した女性を助けようという男性が、それがために、その女性に対して何らかの要求があるなどとは考えられぬことだ。その男性は、おのが義務を一個人たるその女性に対してではなく、広く遍く女性なるものに対して果たしているにすぎないからである。

ここまで述べてきて、私たちは、ある一般的な事実に到達したと思う。すなわち、西洋諸国における女性は、支配権を除くすべての事柄に対して、最上の地位が与えられており、しかもその地位というものは宗教的に賦与されている、という事実である。

女性は一つの宗教であろうか？　まあ、みなさんがアメリカに出かけてみれば、たぶん自分の眼でそのことを確かめる機会があることだろう。そこでは、昔、高僧や大貴族にのみ払われたのとまさしく同等の崇拝の念をもって、男性が女性を遇しているのを目の当りにすることであろう。いたるところで、女性たちは敬意を表され、最上の席へと案内される。いたるところで、彼女たちは、卓越した存在として遇せられているのである。

さて、人間に対してであれ、あるいは偶像に対してであれ、畏敬《いけい》の念、忠誠、あらゆる犠牲が捧《ささ》げられている場合には、われわれは「崇拝」という言葉を想起しがちである。そう、それは確かに「崇拝」と言ってよいであろう。しかし一方では、ある西洋人が私がこのように述べているのを耳にすれば、彼がたまたま哲学者でもない限り、私のこの主張がもっと軟らげられることを望むであろう。しかし私は、みなさんがこういった事実を最もよく理解できるようなやり方で、はっきりと説明してみたいと思う。

英文学を学ぶ学生が理解しようと努めなければならぬ最も重要な事柄は、西洋諸国においては、女性は一個の崇拝対象であり、宗教である。あるいは、みなさんがもっとわかりやすい言葉を好むのであれば、女性は一個の神である、と私は主張したいと思う。

女性にまつわる抽象的な観念については、これだけにしておこう。おそらくみなさんは、私が述べた考え方をとくに奇異なものとは思われないであろう。こうした観念は、東洋思想にとっても、まったくなじみのないものではない。インドには、女性汎神論《フェミニン・パンセイズム》の広範な学説が存在している。

もちろん、西洋の考え方も、ロマン主義的な意味においてのみ女性汎神論であるが、東洋の考え方では、それをさらに包括的なものにしている。聖母とか創造主とかについての観念は、千もの形態が存在している。しかし私は、その哲学的概念というよりむしろ、それにまつわる情操と感情とについて述べているつもりだ。

「神聖」という観念および情操というものが、抽象的意味における女性に付随しているとするならば、具体的意味における女性、すなわち個々の女性についてはどうであろうか？女性たちは個人的に神として考えられているだろうか？　言うまでもなく、それは神という言葉の定義次第である。さて、次の定義は、今述べた論拠を覆《おお》うに足るもののように考えられる。

「神というものは、人間よりはるかにたち優《まさ》った存在であり、人間を助けもすれば、害したりもする。また犠牲と祈禱《きとう》を捧げることによって、宥《なだ》め得る存在である」。

さて、この定義に従うなら、西洋諸国における女性に対する男性の態度は、それを一種の「崇拝」として規定してみると、非常に当を得たものとなるように思う。上流階級および中産階級において、女性に対する男性の大いなる敬意は、強要されたものなのである。男性は女性にうやうやしく頭を下げ、彼女たちの歓心を買うためにあらゆる犠牲を払い、彼女たちの好意と助力を請い求める。

この犠牲的献身は抹香《まっこう》を焚《た》くとか、寺院への寄進をするなどという形式をとらずともよい。またそのための祈りが教会で唱えるものと異なっていても、問題とはならない。しかし、そこには、犠牲と崇拝が存在しているのだ。

しかも、世の中で成功を収めようという男子は、女性の歓心を買うことができなければならないということほど、ごくありふれた格言、すなわち、よく知れ渡った真理はないであろう。いかなる社会の一員になろうとも、すべての若者はこの点を心得ているものである。これは、若者がまず初めに知っていなくてはならない教えの一つであろう。

そこで、西洋における女性に対する男性の態度には、神に対する人間の態度にきわめて似通ったものがある、と私が主張したとしても、さほど見当はずれにはならないであろう。

しかし、みなさんはすぐに私に反論することであろう——もし、女性が先生のおっしゃるとおりそんなに尊敬を受けている存在なら、西洋諸国における下層社会の男たちが妻を殴ったり、虐待したりするのはどういうわけであろうか、と。それは、イタリアやスペインの船乗りたちが、彼らの祈りが聞きとどけられなかった場合に、願《がん》をかけた聖者や聖母マリアの像を叩《たた》きつけてはののしりの言葉を浴びせるのと同じ理屈からきている、と私は答えざるを得ない。

彼らは普段心底から聖者の像を奉っているが、ひとたび怒り心頭に発すれば、それに報復してやろうとするのは、大いにありうることである。この相反する感情は、互いに矛盾し合うものではない。上流社会では宗教であるものが、下層社会では単なる迷信にすぎぬこともあるし、奇妙な諸矛盾が、さまざまな迷信の形をとって並存していることもありうる。

たしかに西洋の肉体労働者や農民は、上流社会の男子が考えるような敬意をもって、自分の妻や隣人の妻のことを考えたりはしない。しかし、彼らと実際話をしてみると、わたしたちは、彼らが尊敬の念というものを持ち合わせていることに気づくだろう。少なくとも、彼らがこのうえなく上機嫌の時には、女性に対する尊敬の念は、存在しているわけである。

さて、私が今まで述べてきたことに多少の誇張があるにしても、それは、私がひとつの真理を明らかにするためにやや極端な方法をとってきたからにすぎない。階級や文化によって違いはあるにしても、西洋全般にわたって、女性に関する宗教感情とまったく同質の敬虔《けいけん》な情操が存在しているという考えを、私はみなさんにぜひ伝えておきたいと思うのである。これは真理であり、この点を理解しておかなければ、西洋文学は解釈しがたいものとなるのである。

そのような男性の女性に対する感情は、どのようにして存在するようになったのか？多くの要因が考えられるのであるが、そのうちのあるものは大昔からのものなので、まったく突きとめることができない。この感情はギリシア・ローマ文化特有のものではなく、古代北方民族の生活に付随していたものであろう。そしてその後、古代北方民族は、世界じゅうに散らばってゆき、いたるところに彼らの観念を植えつけたのである。

最古のスカンディナヴィア文学を読むと、今日のイギリス人が行なう作法と非常に似通ったやり方で、女性が北方の人々によって重んじられ、大切に遇されているのを知るであろう。女性のもつ力がいかなるものであったかは、『ニャールのサガ』といった古代サガを読むと、判然とすると思われる。

しかし、このような感情の源泉を充分知るためには、文字で記された文学よりもさらに古い時代にまでさかのぼらなければならない。女性は母であり、人間の創造者であったから、半神的存在であるという観念が存在していたようである。

さらに北方民族の間では、女性は超自然的な力を備えていると信じられていた。しかも、この北方的な基盤の上に、ロマン主義的で芸術的な感情を有する、非常に複雑な構造物が打ち建てられてきたと考えられる。

キリスト教の処女マリア崇拝は、この北方の信仰と調和したものであった。中世の騎士道のもつ情操が、それをいっそう強化したのである。それからイタリア・ルネッサンス、すなわち文芸復興期が到来し、古代ギリシアの神々の美《うるわ》しさや女人神聖のギリシア伝説とにあらためて敬意を表するようになった。このことがまた、女性にまつわる古代からの感情に彩りを添え、光を当てることとなった。またそれ以後、文学、詩、美術がこの感情を育《はぐく》み、発展させてきたわけであるが、その成果についても考えてみるとよいであろう。いかに多くの西洋の詩歌が恋愛詩であり、またいかに多くの西洋の小説が恋愛小説であるかを考えてみることも、意味のあることである。

もちろん今まで私が述べてきたことは、ただ一つの真理を漠然と暗示してみたにすぎない。実際私の目的は、西洋における感情の進化論的変遷について、みなさんに頭を煩わせてもらおうということではない。ただこの女性にまつわる感情が、文学においていかなる意味をもっているのかをみなさんに考えてもらいたいまでのことである。

私は、みなさんにこの感情に共感してくれるように頼んでいるわけではない。しかし、みなさんがその西洋的な感情に共感を示すことができるならば、さもなければ依然として曖昧《あいまい》で不可解なまま放置されるにちがいない西洋の文学における多くの事柄を理解できるようになるであろう。私はみなさんが西洋的な女性観に共感してくれることを期待しているのではない。でも、こうした感情が有する言語および文学に対する関係を理解することは、絶対的に必要なのである。

従って、みなさんは、この感情を一種の宗教、すなわち一個の現世的で社交的かつ芸術的宗教として考えてみなければならない。そして、いかなる国民的宗教とも混同してはならない。これは一種の民族的感情ないしは民族的信仰といったものに他ならないのである。

こうした感情は何ら美的観念からではなくて、あるきわめて古い迷信的な考え方から生まれたものである。つまり、比類なき至高の感情、信仰、芸術といったものは、すべてそれらの起源を、名もない賤《いや》しい土地に求めることができるのである。

——The Insuperable Difficulty（*Interpretations of Literature, I, 1915*）

至高の芸術とは何か

このような題目を掲げるに当たって、私は「文学作品」と言わずにただ「芸術」と言った。というのは、すべての芸術作品は互いに緊密に関連し合い、しかも最高真理を示す形式に関連し合っているからである。それぞれの芸術作品は、他の芸術作品と同じ法則に従っており、また同じ原理を明らかに示している、と私は考えている。もちろん、私はとくに文学作品について論ずるつもりだが、この話を効果的にするためには、まず初めに芸術一般について語らなければならない。

芸術とは、どのような形式をとるものであれ、人生を情緒的に表現するものである、と私は考えている。このような表現は、音楽、絵画、彫刻、詩歌、戯曲、あるいは小説においても可能である。人生に対する真理というものが——たとえ物語の筋それ自体が真実でない場合でも、あるいはまったく荒唐無《こうとうむ》稽《けい》のような場合でも——最も出来ばえのよい小説の目的とするところであろう。しかし、芸術のジャンルは、ほとんど無数といっていいくらい存在すると言われている。私が答えようとしている問題は、芸術における最高の形式とは一体いかなるものか、ということである。

とにかく、さまざまな芸術上のジャンルについてあえて論ずるまでもなく、知的生活は物質的生活よりもより高いものを表わしているし、また倫理的生活は、この知的および物質的生活の二つよりさらにいっそう崇高なものを表わしている、とみなしてもよいと思われる。

要するに、倫理的な美が知的な美よりもはるかに優《まさ》っているというハーバート・スペンサーの見解は、この問題の解答に対する恰好《かっこう》の指針となっている。もしかりに倫理的な美が、美の能《あた》う限りにおける最高形式と言えるならば、芸術のこれまた能う限りの最高形式というものは、その倫理的な美を表現するものでなくてはならないわけである。

哲学的見地からみて、誰もこの前提条件を否定するとは思われない。しかし、倫理的な美が他のすべての美よりも上位に置かれるべきであるとか、最高の芸術は必然的に倫理的な美を表現しなければならない、とかいった見解をただ単に述べ立てることは、われわれの心に漠然とした、不満足な印象を残すことになると思われる。

いかにして音楽、絵画、彫刻、詩歌、戯曲が、倫理的な美を表現し得るのか？　この問いに答えるのは、なかなか容易なことではない。しかも、ある道徳的な目的のために書かれた書物は、おおむねいつも非芸術的で不満足なものであるということは、私がしばしば指摘してきたことである。

この美に関する難問の解答は、幾分か恋愛体験によって示唆されるところがあるように思われる。この事実は非常にしばしば等閑《とうかん》に付されているが、他人を愛するということは、実際は倫理的な経験なのである。みなさんは、なるほどそれはまったく素晴らしい行為だが、邪《よこし》まな人間を愛したり、あるいは一時の気持ちや利己心から他人を愛したりすることが、一体どうして倫理的な経験になり得るのか、と問い返すかもしれない。

しかし、そういった感情の利己的な側面は、その際なんら重要な意味を持っていない、と私は答えることにしたい。さらには、愛される側の人間が、善人であろうが悪人であろうが、あるいは可もなく不可もなくといった人物であろうが、このこともまた、さして重要ではない。

恋愛経験とは、その倫理的側面に関して、その事態の不道徳さによってはまったく影響を蒙《こうむ》るところはない、と私は主張したい。たしかに悪人を愛することは、非常に不幸で愚かなことにちがいないのだが、それにもかかわらず、ある種の倫理的な経験が得られるのである。しかもその経験は、健全なる人間性にとって、無限の価値を秘めている。その経験はごく少数の詩人や哲学者によってのみ語られているにすぎないが、唯一にして究極の重要さは、その経験のある部分に含まれているのである。

それは一体何であろうか。それは、突如として起こる自己放擲《ほうてき》への衝動であるといってよかろう。というのは、ごく普通の人間の場合における恋情の激発《パッション》には、二つの側面があるからだ。その一つは利己的なものであり、もう一つは前者よりいっそう強い没我的なものである。

言い換えると、他者を真に愛する最初の結果は、その人のためならば死も厭《いと》うまい、いかなることでも辛抱しよう、愛する人のためならばどんな艱難辛苦《かんなんしんく》をものともすまい、という意志が、突如として湧き起こることであろう。その没我的な愛は、テニスンが、〈自我《セルフ》〉という律法《コード》が突如として消失してゆく体験をうたった有名な詩において、表現されている。

自己犠牲への衝動というものが、すなわち、他者を愛するという倫理的経験にほかならない。しかもこういった経験は、テニスンによって書かれた類《たぐ》いの愛情に限定されることはない。別種の愛情表現の形式も、同じような結果を生じるであろう。強烈な信仰心といったものもそうだ。愛国心といったものも、同様である。私がただごく普通の愛情の形態のみをとり上げたのは、それが最も普遍的な経験であり、苦痛や損失を耐え忍び、あるいは愛する人のためには死さえ厭わないという没我的な願望、つまり倫理的な衝動を最もよく生じやすいものだからである。

形式の美しさは、決して倫理的霊感の最高の源泉ではないけれど、その単なる形式の美しさがこういった情緒を生み出していることを、私は知っている。物質的な美と倫理的な美との間には、ある関係が存在し得るけれど、それはこの不完全な世界にあっては、今日しばしば実現され得るような関係には置かれていないようである。

知的な美というものは――それはわれわれの感嘆の念を惹起《じやっき》することはあるだろうが――われわれの情愛を引き起こすことは決してないと思われる。すべてのうちで最も高尚な倫理的な美こそ、実際、没我的行動の究極の源泉なのである。しかし、その倫理的な美は、超人間的な理想によって人の心を動かしてきたのであって、ある個人の言葉や行為によってなされることはほとんどあり得なかった。ある個人の場合には、より高尚な美の形式よりも、むしろ劣った美の形式をこそいっそうよく認めてしまいやすい、という事実を明らかにしておかねばならない。

だがしかし、この事実のうちに、未来の芸術に関して、ありうべき価値を暗示させるに足るものが存在するのである。ある種の美の形式が、一時的な没我の境地に至らしめるような情愛をもって彼らを鼓舞するものである。そのことを当然のごとく認めるのであれば、将来において、まさにこのより崇高なる美の形式が、同等の効果を生み出すであろうことを疑う理由は、ないように思われる。

芸術の最高形式は、恋情の激発が利己心のない恋人のうちに生じるのと同様の倫理的な効果を、必然的に観る者に起こさせるような芸術でなくてはならない。このような芸術は、自己を犠牲にするだけの甲斐《かい》がある倫理的な美の啓示――そのためになら死んでもよいと思うような倫理的観念の啓示――となるものであるだろう。

このような芸術は、ある壮大にして崇高なる目的のために、生命、快楽、いっさいのものを放棄しようとする激しい願望でもって、人々の心を満たすものであろう。まさに無我の精神というものが強い情愛の真の証明となるように、その無我の精神は、まさに最高芸術の真の証明となるべきである。

この種の芸術は、みなさんに、寛大な気持ちを抱かせ、みずから進んで自己を犠牲にすることを望ましめ、ある崇高な試みを企てせしめようとするものであるだろうか。もしそうであるのなら、たとえその芸術が最高のものではないとしても、より崇高な芸術の部類に属しているといえるのである。しかし、彫刻、絵画、詩あるいは戯曲のいずれかを問わず、もし一箇の芸術作品が、私たちに思いやりの深い感情を抱かせることなく、その作品を目にしなかった以前よりもいっそう寛大で倫理的にすぐれた感情を生じさせることがないならば、その作品がいかに巧妙にできていても、それは芸術の最高形式に属するものとは言いがたいのである。

私がこのように述べ立てたからといって、ギリシア彫刻やイタリア絵画のような芸術作品を貶《おとし》めているのではない。決してそうではない。偉大な彫刻や偉大な絵画に抱く印象というものは、崇高な音楽に抱く印象にも似て、私たちをして、私たちの同胞《フエローメン》に対してはいっそう深い思いやりの感情を、私たちの振舞いにおいては、いっそう無私の精神を、そして私たちの熱望という点においては、いっそう崇高な感情を起こさせるものなのである。

芸術がこのような効果を私たちに生じさせない場合は、しばしば人間性のほうに欠陥があるからであって、芸術が悪いのではないのである。

とはいえ、過去の芸術作品がすべてこのうえなく最高のものである、などと私は思っているわけではない。至高の芸術とは、物質的理想をではなく、倫理的理想を扱うものであり、その効果は純粋に倫理的な熱誠《モラル・エンシージアズム》でなければならない、と私は考えているのである。彫刻、絵画、音楽――これらの芸術は、私の言う意味での最高芸術をめざしたものとは思われない。しかし、劇、詩歌、すぐれた物語や小説などは、至高なるものをめざしているといえるし、おそらく将来において、必ずやそうなると思われるのである。

――The Question on the Highest Art (*Interpretations of Literature, I, 1915*)

赤裸の詩

本年度の講義を始める前に、私は「赤裸の詩《ネイキッド・ポエトリー》」とでも称すべきものについて少々論じてみたいと思う。「赤裸《せきら》の詩《うた》」とは、何の衣裳《いしょう》も装飾も身につけていない詩歌、まさにいかなる技巧によっても隠蔽《いんぺい》されることのない詩の真髄、もしくは詩の本体のことを指して言っている。

もちろん、私はこの「赤裸の」という言葉を、芸術的な意味で用いている。つまり、詩歌を、何ら余計な夾雑物《きょうざつぶつ》の混じらぬ人物像とか事実そのものを表現している芸術作品に譬《たと》えているのである。

さて、ここで詩一般について若干のことを述べておこう。詩の数多くある形式は、題材や手法に関係なく、三つの種類に分類できる。

最も優れている種類の詩歌とは、詩句ないしは形式と表明されている情緒とがともに見事で、この上なく素晴らしいものをいう。二番目に重要となるのは、情緒や感情が主たる関心事であって、形式はただ第二義的にしか考慮されていない類《たぐい》の詩歌である。

第三番目のものは、一番価値の低い詩歌の分類に入るが、形式がすべてであって、情緒や感情がおのずと形式の下位に置かれる体《てい》のものである。非常に長い、いかなる近代詩といえども、詩としての最高条件を満足させているものはほとんど見当らない。そのような達成を見出《みいだ》そうと思えば、われわれは古代ギリシアの詩歌まで遡《さかのぼ》らなければならない。

　しかし、詩歌の第二番目の分類には、シェイクスピアの詩のような傑作が含まれている。第三番目の分類についていえば、英文学においては、ポープや物故した古典派の人々の作品が、最もよくそれを代表していることになる。今日《こんにち》の――つまり私は、イギリスにおける現時点のことをいっているのであるが――情勢はよくない。詩の情況は、感情や思想の方向に向かわずに、形式重視の方向に向かっているからである。

　これからの講義で他の諸条件を考慮に入れずに、私が完璧《かんぺき》な詩、二流の詩、劣等の詩と区別していった場合に、前述したことが、何を意味していたのか、みなさんには充分わかっていただけることであろう。とはいえ、私はまた、詩歌という言葉についての私の定義――それはいくぶん独断的であるが――を受け入れてくれるよう、みなさんにお願いしなければならない。

　とくに私が詩、真《まこと》の詩という場合は、精神を深くゆさぶり、人の心を動かす類の詩作品――言い換えれば、感情の詩――ということになる。これが、詩のもつ真の文学的意義というものである。しかもそれゆえ、その作品がまったく韻文になっていないにもかかわらず、みなさんは、ある種の散文が優れた詩と称せられていることを知っているであろう。

今述べたような重要な詩の区別は、日本の詩人たちによっても認められてきたことだと思う。

日本の詩人たちも、まず何よりも、完璧な一篇の詩とは、その作品を読んだ後に、人の心に何かを——いい表わされずにほのめかされた何かを——つまり、みなさんの身を打ち震わせるような何かを残すものでなければならない、と言明している。

それゆえ、みなさんは、こうした条件をきわめて単純な言葉で表現しているような外国の詩の美しさも充分よく理解できるようになると思う。もちろん、学者風の言語、学問的な言葉、ギリシア語やラテン語学者によってのみ知られているような言葉が使われている場合、そのような詩はほとんど問題外である。

少なくとも、英語における民衆の言葉こそは、ある種の情感的な詩歌にとって、最良の媒体となるものである。しかし方言に頼ったり、くだけた口語体にまで堕《お》さなくとも、非常に平易な、ごくありふれた英語を用いることによって——当の詩人が心から感動しているならば——作品は大きな効果をあげることができる。

ここにささやかではあるが、まことに有名な短詩がある。私はそうした詩を「赤裸の詩」——いかなる装飾もまったくない純粋詩——の一例と呼びたいと思う。その詩はただ一音節の脚韻しかない。しかし、たとえそれがまったく脚韻を踏んでいないとしても、その作品は依然として優れた詩といえる。その上、私はその詩には性質上、日本の詩歌の精神にきわめて似かよった要素があるといいたい。しかしながら、みなさんには、自分自身の目で判読していただきたい。

池には四羽のアヒル

池には四羽のアヒル、
彼方には草の繁る土手、
春の青空に、
白い雲が飛んでいる。
何とささやかなことを、
幾年月も経て思い出すのだろう――
涙をためて思い出すのだろう！

この詩は最後の行まで読んでみなければ解らない、何の変哲もないような詩である。最後に来てはじめて、詩全体の情景が突然みなさんの心に衝撃を与えつつ、立ち現われてくる。そして、ようやく理解する。詩は他のすべての記憶が薄ぼんやりとしてしまったのち、異国をさすらう者の望郷の思い、つまり、回想のうちに一瞬輝き甦《よみがえ》ってくる幼年期の情景の一齣《ひとこま》を歌っているのだと。それゆれ、この詩は人口に膾炙《かいしゃ》しており、詩に技巧的なものは何も含まれていない。それにもかかわらず、ほんとうに素晴らしい作品となっている。これは歌の歌詞ように単純である。

英詩には、このような感動《インスピレーション》を与えてくれる作品はごく稀《まれ》である。ついでに申し添えれば、この詩はアイルランド人のウィリアム・アリンガムの作品である。この詩について注目すべきことは、すこぶる小さな事柄によってひき起こされる効果である。数は少ないながらも、神業《かみわざ》のごとき表現の簡潔さの域に、つまり、形式の支配を受けない純粋な情感を表現する技法の域に達している英詩人が、幾人か存在している。

それらのうちのひとりが、キングズリーである。みなさんは、このような感情の力を示している彼の歌をいくつか知っていることであろう。しかしみなさんが、「エアリー・ビーカン」という作品を知っているかどうか、私はつまびらかではない。「エアリー・ビーカン」はごく短い歌だが、人生の悲劇を唄《うた》っている。一度読むと、けっして忘れることができないような作品だ。しかも、これは最後の行に来て、みなさんは何を読んでいたのかがはじめてわかるような詩である。「エアリー・ビーカン」という地名は、スコットランドの高地のことであるが、その頂上からは美しい絶景が展望され、昔は、合図の火、つまり狼煙《のろし》がそこに点《とも》されたので、「のろしの山《エアリー・ビーカン》」と呼ばれていた。このことを念頭に置いてこの詩を読めば、みなさんはこの詩の効果をいっそうよく味わうことができるだろう。

また、みなさんに思い起こしてほしいことは、英米の若い娘たちはいわゆる求愛、つまり求婚されること、結婚を前提にして求愛されることに関しては、かなりの自由が許されていた。こうした考え方は、娘というものは、たとえ男と二人きりになった時でさえ、自分の身をうまく処することができる充分な意志の力を持っていなければならない、ということを示している。もし娘がそうした意志の力をもっていなければ、「エアリー・ビーカン」の唄を歌わなければならなくなることだろう。

しかしこの詩の中の娘は、たぶんそれほど不幸ではなかったのであろう。娘は妻となり、まもなく寡婦《かふ》となった、とわれわれは想像してよい。しかし、この唄にはそんなことまで歌われていない。

エアリー・ビーカン、エアリー・ビーカン
　私の恋しい人が登ってやって来るまで、
エアリー・ビーカンから村や町を見おろすのは、
　なんと楽しい眺めであったことか！
エアリー・ビーカン、エアリー・ビーカン

夏の一日中、愛を囁きながら、
エアリー・ビーカンのシダにふかく埋もれて、
なんて幸せな時を過ごしたことか！

エアリー・ビーカン、エアリー・ビーカン
私はひざの上で赤ん坊をあやしながら、
エアリー・ビーカンで、まったく独りぼっち、
私には、なんとものうい場所になってしまったことか！

韻文が真《まこと》の詩、情感の詩を含んでいるかどうかを調べる重要な試金石は、次のとおりである。その韻文を別の言語の散文に翻訳して、なおかつ感情に訴えることができるかどうか。もしそれができるならば、そこにこそ真の詩が存在していることになる。もしそれができないならば、それは詩ではなく、単なる韻文にすぎない。

有名な西洋の詩歌の大部分は、実際、この基準に耐えうるものばかりであるといってよい。私がたった今引用した短詩も、そうである。

われわれの偉大なる詩人たちの傑作のいくつかも、いうまでもなく、今述べたような作品である。みなさんの中でドイツ語を学んだ者は、ハイネの素晴らしい詩について何がし

かのことを知っていることだろう。みなさんは、ハイネの詩は、形式は非常に単純で音楽的であることを知っていると思うが、ハイネの最高の翻訳は、フランス語の散文訳である。むろん、この場合、韻律は消え、音楽も失われてしまうが、詩の真の本質——心の琴線に触れる力——は残っているのである。

みなさんは、詩人ハイネが都市の入口で見張りをしている哨兵《しょうへい》について書いた小さな詩を覚えているであろう。詩人は、この兵士がただ時間つぶしのために夕陽を浴びて立ち、たったひとりで軍事訓練をやっているのを眺めている。その歩哨《ほしょう》はあたかも目に見えぬ命令を受けているかのように、担《にな》え銃《つつ》をし、捧《ささ》げ銃《つつ》の構えをして、狙いを定めている。その時、詩人は突如として叫ぶ——「あの兵士が私を射ち殺してくれたらなあ！」

この小品のすべての力は、この叫び声にある。この詩人の叫びは、詩人が意図し、感じているすべてのことをわれわれに伝えている。ひどく不幸な人たちにとって、人生の最もありふれた光景や音響でさえ、当人には、死に関連する思いや願望を抱かせる。このような短い詩は、逐語訳をしても失われるものはほとんどない。これが、私のいういわゆる「赤裸の詩」である。

こうした詩は、効果を生むために、表現上の装飾や韻律という飾りものに頼ってはいない。たぶんみなさんは、こうした詩の精髄は、時おり散文にも見出されるというかもしれない。まさしくそのとおりである。散文詩というものが存在しているが、調べとか韻律とかが感情表現の魅力を高めていることも、また事実なのである。

次に、やや入念に作られた作品を例にとってみよう——この精巧な短詩は、オックスフォード大学の学生によって、だいぶ昔に書かれ、今日では、いたるところで知られている作品である。私がこの詩をより入念な作品といっているのは、その形式に関する技量が、以前の作品よりもよりいっそう繊細だからだ。

夜空には一千の眼があり、
　昼空には一つの眼しかない。
だが、日没とともに、
世界じゅうの光が、消え失せてしまう。

知力には一千の眼があり、
　情愛にはただ一つの眼しかない。
だが、愛が終わる時、
　すべての生命《いのち》が、消え失せてしまう！
　　——フランシス・ボーディロ

古代のギリシア人なら、右のような作品を書いたかもしれない。この詩は、二千年前あるいは三千年も前のギリシア詩歌選の中に伝承されている、あの不滅の小品のような絶対的な完璧さを有している。星を眼に譬《たと》えるのは、きわめて古くからある。あらゆる西洋文学において、星は夜の眼と呼ばれてきた。そしてわれわれは、ギリシア人とまったく同様に、今なお、太陽のことを昼の眼に譬えている。

夜空に星は数えきれぬほど輝いているが、朝日が昇る頃、まったくその姿を隠してしまう。夜の星たちは、世界に光と喜びをもたらすことができない。陽が沈むと、いっさいのものは暗く、色を失ったものとなる。

そこで詩人は、太陽が世界に対しているように、人間の愛は人間の生命《いのち》に関与している、と歌う。われわれが幸せになるのは、理性によってではなく、まさしく感情によってなのだ。知力は情愛のように、われわれを幸せにはしない。それにもかかわらず、知力は、星降る空のごとく、一千の眼を、すなわち、知恵と知覚の一千もの能力を有している。

しかし、そんなことは問題ではない。われわれの愛する人が亡くなる時、人生の幸福はわれわれから消え失《う》せてしまう。太陽が沈むと物理的に世界が暗くなるように、感情的な面で、われわれの世界は、暗くなってしまうのである。

たしかに完璧な詩格や韻律は、詩の効果を助長させる。しかしそれらは、作品の美しさにとって必ずしも必要不可欠とはいえない。試しに、その作品を自国語で散文に翻訳してみるとよい。そうすれば、ほとんど何も失われていないことが、わかるであろう。

なぜなら、第一連の初めの二行は、第二連の初めの二行とちょうど釣り合いがとれており、また第一連の後半の二行は、第二連の後半の二行とちょうど釣り合いがとれているからである。もちろん、その作品がいかなる外国語の散文に翻訳されようとも、魅力的な形式を取るにちがいない。

しかし、短い韻文の作品がかなり多くの意味を含んでいたり、あるいはたまたま非常に巧みに組み立てられているからといって、みなさんはそれを本物の詩と呼ぶことができるなどと思ってはいけない。ただの器用さ、巧みさ、上手な言い回しなどによって、人を驚かせる体《てい》の韻文は、ほとんど何の価値ももっていないのである。

そうした詩歌は美しいし、優美な小さいものが与えてくれる類の喜びを与えてくれるかもしれない。しかし、そのような韻文は知性に訴えかけないばかりか、心にも訴えかけることもがない。そうであらば、私はそれらをけっしてほんとうの詩と呼ぼうとは思わない。

たとえば、英語に千回以上も翻訳されたが、いつも違うふうに訳され、しかもけっしてうまくいったためしのない、フランス語のごく短い韻文がある。今年の『英語教育ジャーナル』誌がその翻訳を募集し、五百通以上もの応募作品が寄せられたと聞く。その翻訳のいくつかはたいへん巧妙ではあったが、ひとつとして満足すべきものはなかったようだ。
次にその中の一篇を紹介してみよう。

人生はむなしい。
ちょっとばかり恋をし、
ちょっとばかり憎んだりして、
それから——さようなら！

人生は短い。
ちょっとばかり望みを抱き、
ちょっとばかり夢をみたりして、
それから——さようなら！

もちろん、この詩はなんの説明も必要としない小品である。フランス語の語彙《ごい》は一見単純に見えるが、驚くほど明晰《めいせき》である。英語では、これと同じ内容をこれほどまで巧みに表現できないであろう。すでに述べたとおり、少なくとも千人ものイギリス作家が、この詩を英語に翻訳してみようと試みてきた。それでみなさんは、この詩がたいへん有名な作品であることがおわかりいただけたと思う。

でも一体、この作品は詩であろうか。私は、これは詩でないとはっきり申し上げたい。これは詩ではない。なぜなら、この一篇は嘲笑《ちょうしょう》的なやり方で——厳粛な問題を弄《もてあそ》ぶ、言葉巧みな人の語調でもって述べ立てられている。そして、いくつかの陳腐な表現から成り立っているにすぎないからである。

こうした紋切り型の表現は、ほんとうにわれわれを感動させることはない。またこうした表現は、翻訳の基準に耐えうるものでもない。それを英語に訳してみると、いったいどうなるであろうか。それらはまったく干涸《ひから》びたものになってしまうであろう。イギリスの読者が、それは「以前にももっと巧みな言葉で聞いたことがある」と大声で叫んだとしても、無理からぬことである。

それでは次に、世界中にその名を知られているロバート・バーンズによって書かれたスコットランドの歌の一節を引いてみることにしよう。この歌は、いつも心の底から歌っている人物によって作られた作品である。

私たちふたりは、朝、陽が昇る頃から正午まで、
　小川でぴちゃぴちゃと水遊びに興じていた。

　　でも、過ぎ去ったなつかしい昔から、
　私たちの間には、広い海原が、波のうねりを立てていた。

スコットランドの方言で書かれた、この詩を英語に移し替えてみると、音楽は消え、dine（「昼食時」を意味しているので、正午のこと）というようないくつかの方言の美しさと調べが失われてしまう。しかし、それにもかかわらず、詩の心は残っている。

二人の人物が、何年も別れていた後でばったりと外国で出会う。二人は、朝陽が昇る頃から昼食時まで村の小川で遊び興じた——水遊びはなんて楽しいことか！——幼年時代を二人は互いになつかしむ。「ほんとにちっちゃな小川だったね」とひとりがいう。すると、もう一人が「でもそれからというもの、大海の広さ、地球半分もの隔りが、二人の間にできてしまったね」という。

子供の頃、生まれ故郷の小川で友だちと遊んだり、泳いだりするのが好きだった者は、きっと詩人が何を歌っているか感じとることができるであろう。その人が日本人であれ、スコットランド人であれ、まったく関係はない。それが詩というものだ。

さて、私は詩歌の情緒的本質という主題について、多言を弄《ろう》してきた。それで、本年度に行なう予定の詩の講義においては、たえずこうした諸事実をみなさんの眼前に掲げておき、われわれの研究読書のためには、翻訳の試練に耐えうるような作品だけを選定するようにしたいと思っている。英詩には、この試練に耐え得ない作品が多く含まれているからである。

たとえば、ポープの詩のごとき十八世紀の韻文を、みなさんのような日本の学生に示すのははなはだしい認識錯誤であろう、と私は考えている。ポープの作品は、韻文として、おそらく英詩で書かれたもののうちで、最も完璧の域に達していると思われる。しかし詩作品としては、それはまったく駄作といってよい。詩歌の真髄は、ポープの詩の中にはなく、また十八世紀の古典派の詩人たちのほとんどの作品にも見出すことはできないであろう。

ポープの時代は、あらゆる感情を抑圧したままにしておくのが慣習であるような時代であった。しかし、ポープの作品は、イギリスにおいて、国語教科にとっては有益な研究対象なのである。なぜなら、イギリスの学生にとっては、そこからただひたすら、形式やごくわずかの言葉しか用いぬ引き締まった力強い表現を学ぶことによって、得るところ大であると考えられているからである。

日本においては、文学の情況はまったく正反対である。みなさんにとっての外国の詩の価値は、形式面にあるわけではない。外来の形式が日本語の詩に再現できないということは、フランス語の詩が英語の詩に再現できないのと同じことである。みなさんにとって外国の詩の価値とは、魂や心を育《はぐく》むものに、言いかえると、あらゆる真の詩の精髄を構成している要素にある――つまり、本当の詩とは、感情と想像力とから生まれるものでなければならないのである。

外来の感情や外来の想像力は、将来の日本の詩歌の美と特質に対して、何がしかのものを付け加えるのに貢献するかもしれない。その場合、外国の詩の研究はおおいに意義あるものとなるであろう。しかし外国の詩が、規則どおりに韻を踏んだ韻文以外の何ものをも意味していない場合、みなさんはそんなものに時間を浪費しない方がよいと思う。ほかにも力強い感情と見事な形式とを兼ね備えた、優れた詩はたくさん存在するのであるから。

――Naked Poetry（*On Poetry, 1941*）

文学と世論

文学と政治の間に存在する関係を明らかにするささやかな講義をしようというのは、このところずっと私の目的となっていた。この文学と政治というテーマは、およそこれほど対立するものはないように思われているが、しかし、実は最も密接な関連があると考えられる。みなさんも知っているように、みなさんのうちの何人かの人たちが、日本の未来の文学、すなわち来たるべき世代の文学を生み出す人々の中に加わってくれるであろうという希望を、私はしばしば表明してきた。

しかも、この点に関して、私は、日本文学の創造――ここでいう文学とは、特に小説と詩を指しているのであるが――は、政治的に必要だと考えているのである。もし「政治的必要」という言葉が強すぎるなら、「国民的要請」と言い換えてもよかろう。しかしみなさんは、この講義が終わるに、私が「政治的必要」という言葉を厳密な意味で用いていたことと認めるにちがいない。

私のいうところをごく明確に説明するために、まず一国の政治における世論の意味について、みなさんに一考を煩わせたいと思う。おそらく今日の日本において、世論というものが、国政上の問題を決定する際に最大の重要性をもっていることとは、みなさんには考えられないことかもしれない。しかし世論は、政治家が関与しなければならぬ、いや必ずや関与しなければならぬ一つの力であることを、みなさんは認めるであろう。

ところが、社会状況が著しく異なり、中産階級が国家の財力を代表しているような西洋諸国においては、世論がほとんど決定的な力をもっているといえる。イギリスにおける最大の力は、世論である。すなわち、世論とは重要な問題に関する国民の総意、あるいはむしろ国民感情といったものである。時折、この見解は見当はずれの場合もあるかもしれないが、ここでその当否については問題にしないことにする。

この世論こそが、戦争に対して賛成か反対かを決定する力であり、改革に対して、賛成か反対かを決定する力でもある。また世論は、大いにイギリスの外交政策に影響を及ぼす力でもある。フランスにおいても、世論に関しては同じことがいい得るであろう。

それから、ドイツはロシアに次いで、西洋列強のうちで最も帝国主義的であり、世界でも比類のない、恐るべき軍事力を保有しているけれども、世論はそこでもまた政治上の一大勢力なのである。とりわけアメリカは、政治すなわち世論であるという範例を示しているといえる。実際、国民感情というものが、国内外の政策を問わず、ほとんど一切の重要問題を決定する力といっても過言ではなかろう。

西洋におけるこういった世論の有するすべての力は、その性質上、知識に依拠しているところ大である。国民がある問題に関して正しい知識をもっていれば、おおむねそれについて正しく考えるようになるものである。国民がその問題について無知であれば、もちろん誤った考え方をしやすいものである。

しかし、問題はこれだけではない。私たちが知らないことは、いつも不安や懐疑や恐怖の元凶となっている。ある国民が、無知からであろうと、その他の理由からであろうと、いかなる問題に関しても懐疑の念を抱いたり、感じたりしている場合には、その問題に関する国民の行動は、ひどく当を欠いたものとなることは必定であろう。

個人と同じように、国民もさまざまな偏見、迷信、不信行為、悪徳などの要素を持ち合わせている。もちろん、これらのすべては、無知ないしは利己心の結果、否、この両者を合わせもった結果である。しかし、おそらく利己心そのものは、無知なしには存在し得ないであろうから、この世のすべての悪徳は、無知の結果である、と率直に述べておいたほうがよいであろう。

みなさんは、近代史を繙《ひもと》けば、ある国民が聡明《そうめい》でかつ教育があればあるほど、すなわち、無知でなければないほど、その国の外交政策は、どこか正義を思わせるものであることに気づくであろう。

さて、今日、遠い海外の諸問題に関して、いかにして日本人の国民感情というものが形成されるであろうか？　おそらくみなさんのうちのある者は、「新聞によって」と答えるであろう。しかしこの見解は、いくらかの真理を含んではいるが、ほんのわずかにすぎない。というのは、新聞というものは、概して時事問題以外の記事を扱うことはないし、新聞記事自体にしても、不案内な外国の問題について、たまたま持ち合わせの知識からだけで書いてしまうことがあるからだ。

新聞はこういった問題について、正確な知識を広めるというよりも、むしろ偏見を作り出すことのほうがいっそう多い。しかもその影響力たるや、いつでも一時的なものにすぎない。

他国民や他国の文明に関して、世論を形成してゆく真の力は、文学——小説と詩——なのである。西洋のある国民が他国民について知っていることは、かた苦しい統計学の本や、いかめしい歴史書や学究的な旅行記からではなく、その国民の文学——その国民の感情生活の表現である文学——からおおむね得られたものなのである。

西洋諸国における世論は、偉大な人々の教えによって、ないしは少数の学識者によって作られるものではない。私のいう意味での世論とは、まったく知的な力というものではないのだ。世論は、とうてい知的な力となることはできない。それはむしろ主として感情的な力であり、倫理的な力となり得るかもしれないが、それ以上のものにはなり得ないのである。それにもかかわらず、イギリスの大臣でさえ、つねに世論を尊重しなければならないし、実際非常にしばしばそれに従わなければならないことがある。

しかも、私がみなさんに話したとおり、その世論といわれるものは、主に文学によって、哲学や科学の著作ではなく、想像力と感情による著作によって、作られるのである。純粋科学や哲学の書物を読むのは、たかだか数千人の人々にすぎないが、心の琴線に触れ、その心情を通して人間の判断力に影響を及ぼす物語や詩歌を読む人々は、幾百万人もいるのである。

諸外国に関するイギリスの国民感情というものは、おおむねそういった文学によって培われてきた。しかし、私はみなさんに一つの著しい例——ロシアの場合——を示すだけの余裕しかない。私が子供の頃、イギリスの大衆は、ロシアの兵隊が非常に屈強な戦士であるという事実以外、ロシアについてまったく何も知らないでいた。

ところが、イギリス人は彼らの戦闘能力を称賛したけれども、そんなものは他の野蛮人にだって見出《みいだ》し得るものである。しかしながら、ロシア軍と交戦した経験のあるイギリス人は、彼らの軍事力以外に、高い称賛の根拠を見出そうとはしなかった。

実際のところ、十九世紀の中頃まで、ロシア人は、イギリスでは、ほとんどまともな人間の仲間《ヒユーマン・キンドレッド》として考えられていなかった。ロシアの風習や政治についてもごくわずかな事柄しか知らされていなかった。それらは、ロシア人に対する敵愾心《てきがいしん》を是正するようなものではなかった。むしろ、まったく正反対のものであった。軍律の苛《か》酷《こく》さやシベリア監獄の恐ろしさ――これらのことは、しばしば話題にのぼった。そしてみなさんは、テニスンの初期の詩、すなわち「王女」という作品においてさえ、ロシアに対する非常にそら恐ろしい言及を見出すであろう。

やがて、このような事態は改められるに至った。ほどなくして、ロシアの偉大な作家たちの仏訳、独訳、英訳の本が次々と現われはじめたのである。直接英語に翻訳されたこの手の最初の名作は、トルストイの『コサック』であったと思う。そして、その作品の翻訳者は、ペテルスブルク駐在のアメリカ公使スカイラー氏であった。フランスの大作家メリメは、すでにゴーゴリやプーシキンの傑作を幾篇か翻訳していた。これらの書物は、驚くべき関心をひき起こした。

しかし、それ以上のロシアへの驚くべき関心は、ツルゲーネフやドストエフスキー、その他の作家たちの傑作がひきつづき翻訳されるに及んで、ひき起こされたものだった。ツルゲーネフは、特に西洋のすべての教養ある階層においてもてはやされた。彼は、現存のロシアをあるがままに――ロシア人の心を、すなわちその人々の心だけではなく、大帝国におけるあらゆる階級の感情と風俗習慣を――描いた。彼の著作は、たちまちのうちに世界的な書物、十九世紀の古典となり、これを読むことは、文学的教養にとって欠くべからざるものとなったのである。

ツルゲーネフの後に、他のロシア小説の多くの傑作が、ほとんどすべての西洋語に翻訳されるようになった。またこれだけにとどまらなかった。にわかに目覚めたロシアの卓越した知力は、応用科学の最も深遠な諸部門においても重きをなしはじめていた。化学上の発見、すなわち原子量の法則に関する現代の最も驚くべき発見は、ロシア人の手になるものであった。また北アジアに関してなしとげられた自然地理学の最も注目すべき業績は、クロポトキン公の仕事であった。しかも彼はまだ存命中で、素晴らしい著作や回顧録を著わしている。

私は数百もの例証の中からただ二、三の例をあげているにすぎない。医学、言語学、その他多くの科学分野において、ロシア人の業績と思想の影響は、今や広く認められるところとなっている。しかし、いくら科学者たちがロシア人の知力に敬意を払う理由を見出したにせよ、一国民が外国で理解されるようになるのは、知力によってではない。ロシアを理解させる偉業というものは、主にロシアの小説家や物語作家によって達成されたのである。

スカンディナヴィアの少数の作家を除いて、西洋文学にこれに匹敵するような例をもたないほど、簡潔な力強さで書かれた驚嘆すべき書物を読んだ後では、西洋の偉大なる国民は、ロシア人をもはや自分たちと血のつながりのない無縁の国民だとは考えなくなった。これらの書物は、人間の心というものが、イギリスやフランスやドイツにおけるのと同様、ロシアにおいても、感じ、愛し、かつ苦悩するものである、ということを証明した。

しかしまた、それらの書物は、ロシア国民の、すなわちロシア大衆の、独自な徳性――彼らの無限の忍耐力、勇気、忠誠、そして大いなる信仰心――についても教えるところがあった。というのは、たとえロシア民衆の人生模様が美しいと呼べるようなものでないにしても(それらの多くは非常に恐ろしく、残酷なものである)、行間から読みとらなくてはならない人間性のもつ美しさが横溢《おういつ》しているからである。ツルゲーネフとその一派の小説のもつ陰翳《いんえい》は、対比されることによって、かえってその光明をいっそう美しく際立たせるばかりである。そしてその結果はどうだっただろうか？　ロシア人に対する西洋人の感情が、まったく一変してしまったのである。

私は、ロシア政府に関して西洋人の見解がまったく変わった、といっているのではない。政治的には、ロシアは依然として西洋の悪夢である。しかし、ロシア人がどのような民族であるのか、ということについては、ロシア文学を通して理解された――しかも、かなりよく理解された。そして、思いやりとか人間的な共感といった普遍的感情が、ロシア人全般について、従来からの一般的言説の基調となっていた憎悪や嫌悪の感情にとって代わられたのである。

さて、みなさんは、私が述べている意図を、つまり、私が今到達しようとしている結論を、きわめて明瞭《めいりょう》に理解できるであろう。ロシアの国民は厖大《ぼうだい》な人口をかかえ、強大ではあるが、数千年来このかた、日本の国民の性格には存在し得ないような大きな短所や欠陥をもっているのである。文明というものが、風紀と倫理、教育と産業とを意味する限り、数百年前でさえ、日本人は、国民としては、今日のロシア人よりも進んでいたし、さらには遠い将来のロシア人よりもさらに進んでいる、と私は断言せざるを得ない。

ところが、西洋諸国は日本について何を知っているであろうか？　ほとんど皆無である。今日、日本を見聞し、日本についていて何がしかのことを知っている数百人の富裕な人々がいないわけではない。こういった旅行家たちによって、日本に関する数千冊もの書物が書かれてきた。しかし、これらの旅行者や著述家たちは、ほとんど何も表現することがない。すなわち、彼らは実際いかなる意味においても、一国の国民的見解というものを表現することができないからである。

西洋諸国の多くの国民――その一般大衆の大部分――は、ちょうど十九世紀初頭にロシアについて何も知らなかったのと同様に、今日の日本についても、ほとんど何も知らない。彼らは、日本が日清、日露戦で善戦し、鉄道を保有していることは知っている。しかも、そういったことが、一般大衆の心に及ぼしたほとんどすべての印象といってもよいのである。西洋の知識階級は、もっとたくさんの知識をもってはいるが、前述したように、彼らは世論を作りだすことはない。世論とは、おおむね感情の問題であって、思想の問題ではないからである。

国民感情とは、頭脳を通して伝達され得るものではなく、心情を通して伝達されるものなのである。しかも、それが可能なのは、ただある一つの階層の人々――日本の文学者たち――によってのみである。大臣や外交官や学会のお偉方たち――こういった人たちには、不可能なことなのである。だが、一人の偉大な小説家、一人の偉大な詩人がいさえすれば、彼らはたった一人でこれを首尾よくやりとげるであろう。血のつながりもなく、言葉も異なる人々には、どんな手段に依《よ》ろうと、これをなし得るものではない。それは、日本人によって考えられ、日本人によって書かれ、また外国流の思考や感覚によってまったく影響されない日本文学によってのみなし得るのである。

私はみなさんにこの事実をもう少し平明に語るために、実例をあげて説明を試みてみよう。現在、日本に関する外国人の手になる書物の数は、数千冊に達している。日本についての新刊書は、毎年少なくとも十二冊は出版されている。それにもかかわらず、西洋の一般読者は、日本について何も知らない。またこれらの書物が、西洋人がすべての東洋人に抱いている非常に強い偏見――この偏見の一部は、生来の民族感情から、また一部は、宗教的感情から生み出されている――を緩和するという成果を生んだ、とさえいえないであろう。

トマス・H・ハックスリーは、宗教的偏見の根強さは、それに対して戦いを挑まぬうちは想像しがたいほど強いものである、とかつて述べたことがあった。概して、他国民の宗教に関する西洋人の偏見に対して戦いを挑もうとする人々は、それが論駁《ろんばく》される可能性がある場合には、いつだって論駁されてきた。また反対意見を述べることが不可能な場合には、無視されるか、あるいはありとあらゆる手段を使って論難されてきたのである。

東洋民族の聖典を翻訳しようという壮大なオックスフォード大学の出版事業ですら、各方面で非常に強い反対を受けたのであった。しかも、聖典の翻訳者たちは、東洋の宗教を実際以上に崇高なものに見せかけたという言いがかりをつけられて、今なお非難されているのである。

私はこの事実を偏見の一つの例証としてあげているにすぎないのであるが、まだほかにもたくさんの偏見に関する実例がある。現在、こういった偏見に反対しようとする人たちは誰でも、公平に耳を傾けてもらう機会をもてないでいる。しかし、日本の文明、倫理、産業、信仰についての賛辞があるとすれば、それは外国人の利己的動機から——すなわち、お追従《ついしょう》や恐怖心や個人的な利害などの理由から——述べられたものである。日本についての不親切で馬鹿げた発言というものが、率直で独立心に富んだ非常に聡明な人々によってなされている、というのが世間一般の意見である。

では、なぜそうなったのであろうか？　なぜなら、日本についての長所も短所も、外国人によってのみ発信されてきたせいである。今日、外国人が日本人の生活や思想や性格について云々《うんぬん》することは、悪い方面に相当な影響を及ぼしているが、よい方面にはほとんど影響力をもたないであろう。これはやむを得ないことだ。

そのうえ、最もすぐれた眼識と寛大さを要する方面で、外国人によってなされた日本に関する著作は、西洋の読者大衆の目に触れるような種類のものでなかったことも忘れてはならない。そういった著作は、ほんの一握りの知識階級の目に触れたにすぎなかった。単なる旅行記とか随筆とか、また西洋人の感情とは共通点をもたない文学の翻訳とかによっては、西洋の大衆の心を動かすことはできない。もっと人間的な文学、すなわち創作や詩歌、小説や物語によってのみ、人々の心を感動させることができるのである。

もし外国人だけがロシアについて書いていたのであれば、イギリス人は今なおロシアの上流階級を野蛮人だと考えていたであろう。またロシアの国民そのものを自分たちと人間的なつながりのある存在とはほとんど考えてもみなかったであろう。すべての偏見は、無知によるものなのである。しかし無知は、より崇高な感情に訴えかけることによって、最もよく解消され得ると考えている。そして崇高な感情は、純粋な文学によって最もよく鼓吹されると思うのである。

みなさんの中には一人ならず「西洋諸国の無知な人々の偏見や愚かさに、どうして頓着《とんちやく》する必要があろうか？」と反問したくなる者がいることだろう。ところで、現在これらの比較的無知で愚かな数百万もの人々が、国の政策に大いに関わりをもっていることを、私はすでに述べた。西洋の政府の対外政策を統括しているものは、識者の意見というより、むしろ無知な人々の意見なのである。

しかし、私はさらに話を一歩進めて、私が提唱しているような現代日本文学の不在は、間接的にであれ、商業上の理由からも残念なことである。通商貿易が必ずしも道徳的な仕事でないことはわかりきっている。それらは相対的な道徳によって営まれるもので、おそらく絶対的な道徳に依《よ》っているのではなかろう。

要するに、商売《ビジネス》は道徳ではない。それは一種の競争だ。そして、すべての競争は戦争の様相を帯びているものだ。しかし、必然的で避けられないこの戦争においては、競争者が互いに相手に対して抱く感情に依存するところが、はなはだ大きいのである。

商売においてさえ、共感の念に、すなわち正義と不正、喜びと苦しみについてのきわめて素朴な感情の相互理解によるところが、非常に大きいのである。ということは、根本的には、すべての人間の利害関係というものは、こういった感情的なものを基盤に成り立っているといえるからである。海外で共感の念を呼び起こし得るような日本の文学作品が生まれれば、取引状況を改善し、通商上の可能性を拡張するうえで、著しい効力を奏するであろう、と私は信じている。

商売の大部分は冒険である。競争者側のあらゆる事情をすっかり飲み込まないうちに、冒険を冒さねばならぬ場合には、人々はお互いに敵対する立場に立っている。つまり、人々は、自分たちが理解しないものを恐れているのだ。そしてお互いの理解を深めるためには、誠実な文学者の労作に就くことほど、益する方法はないであろう。

　私は最近、日本の事情について問い合わせをしてきた外国の貿易商が書いた手紙を見る機会があった。それは書き手が、日本について、月世界について知っている程度のことすら知っていないことを明かすような文面であった。だが、十年もすれば、二、三冊の良質な書物が、いやたった一冊のすぐれた書物が出版されれば、この国の真実の姿と美点について、全実業界のみならず幾百万という人々の蒙《もう》を啓《ひら》く効力を発するにちがいない。

　さて、私は、みなさんの前に、できるだけ大ざっぱな、またできるだけ単純なやり方で、以上のような私の考えを披瀝《ひれき》してきた。しかし、私の考え方がこうした問題に関して充分な論議を尽くしていると考えているわけではない。私の考え方がみなさんを刺激して、このような問題について真剣に考えてもらうための何かが含まれていると信ずるからである。

　人は一冊の書物を著わすことによって、戦争で勝利を収めるのと同様に、大いに自国に報いることができる。しかも、先日、みなさんはこの事実を立証する証拠を見たであろう。つまり、あるイギリスの若い作家が病に倒れると、幾百万もの人々が彼に同情を示して、世界じゅうから海外電報が打たれた。国王や皇帝たちも、彼の安否を尋ねた。この若い作家は何をしたのであろうか？　すべてのイギリス人をして、以前にもましてお互いの心を理解させ、なおかつ他の国民にイギリス人をいっそう理解させるような、幾篇かの短編小説と短い詩を書いたにすぎなかった。このような人間こそ、その国にとっては、王よりも価値があると見なされたのである。

みなさんが以上のことを記憶にとどめておくなら、私のしてきたこの講義は、将来いつかよい結果を生むだろうと信ずる。

——Literature and Political Opinion（*Interpretations of Literature, I, 1915*）

ロマン主義的なものと文学的保守主義

みなさんは、私がしばしば「ロマン主義的」と「古典主義的」という言葉を表現や感情に関連させて用いているのに気づかれたであろう。そして、みなさんがこの二つの形容詞に含まれている特質の相違について、おおよその概念を頭に入れておくことは、ある程度大切なことである。

それでは、ロマン主義的文学作品とはいかなるものか？　また、古典的あるいは古典主義的文学作品とはいかなるものであろうか？

この「ロマン主義的」と「古典主義的」という言葉についての説明は、すでに他の講義でもしてきたから、その詳細にわたる解説は、今回は必要ではなかろう。近代のすべての文学作品に対して、古典的作品とはどのようなものかといえば、古代の古典的作家、すなわちギリシア・ローマの文豪たちから学んだ古い法則に従って書かれた作品を指している。その程度のことを憶《おぼ》えておけば、まずもって充分であろう。

それゆえ、古典主義的作品の最も短い定義はこうなるであろう——古代の法則、すなわち古代の修辞学に基づいて書かれたすべての散文および詩を指す。そして今度は逆に、ロマン主義的作品とは、修辞学にも古い規則にも基づかないすべての作品を指している。そうみなさんは、想像するかもしれない。

しかしこの定義では、ほんの一部の真実しか語っていない。いかなる法則も無視して書かれた作品が、すぐれた文学作品とはほとんどなり得ないであろう。しかし、西洋のロマン主義文学は、劇、詩、小説、さらには随筆においてさえ、その最良のあらゆる特質を包含しているのである。もちろん、そこでは法則は守られている。テニスンはシェイクスピアとまったく同様にロマン主義的であった。そういえば、みなさんは、法則の欠如がロマン主義を意味していないことがわかるであろう。

文学におけるロマン主義的なるものを厳密に定義するために、イギリス文学において、私たちの時代に至るまで古典的と考えられてきたものを正確に理解しなければならない。なぜなら、ロマン主義文学作品とは、つねに常套《じょうとう》的な文学上の因襲をかたくなに守り抜くことを脱して、まさしく筋道の通った新しい試みをなしとげたものにほかならないからである。

さらに私が文学的因襲とは何かについて説明しようとすれば、みなさんは、非常に退屈な負担を感じることになるだろう。つまり、それは修辞学上の形式論や、その起源に関する長時間の講義を含むからである。問題点を明らかにするためのよりよい方法は、次のようにロマン主義的立場を定義づけてみることであろう。

「仮に形式が美しく、当を得たものでありさえすれば、作家はいかなる文学的表現の形式を選んだとしても、正しくかつ芸術的である」

古典主義の立場は、文学上の極端な保守主義を表わしているので、次のようにわずかな言葉で定義を下してもよかろう。

「詩であれ、散文であれ、文学的表現の形式を自分自身で選ぶ権利を何ら持ってはいないこと。われわれが規定する形式こそ最上である、と経験が証明しており、表現されるべき事柄は、すべてわれわれの規則に従わねばならない。もしこの規則に従わないならば、母国語と自国の文学に損害を負わせることになるだろう。そして、このような損失は許されるべきではない」

古典主義的な感性の擁護者たちが、イギリスにおいてのみならず、近代西洋のいたるところで犯した大きな誤りは、国語を固定化し、完成した、まったく発達し尽くしたものとみなしてしまったことである。もし近代の西洋語が本当に完成したものであるならば、あるいは古代ギリシア語ぐらいに完成の域に達したものであるならば、なるほど保守的な法則にもいくぶん正当な根拠が認められるであろう。どんな言語でも、その完成期に達してしまうと、それは外的な要因から衰頽《すいたい》の徴候を示しはじめる。そして、そのような時に、その衰頽を食いとめるためのさまざまな手段が講じられるのには、もっともな理由があるのである。

しかし、すべての西洋の言語は、いまだ成長、発達、進化の過程にある。その成長を阻止しようとしたなら、古典主義の勝利という避けがたい結果を生むであろう。古典主義者はロマン主義者に向かって「何か新しいことをやってみようと思うな。すでに作られたもの以上は、できやしないのだから」と言っているのを、みなさんは想像してみたまえ。するとロマン主義者がこう答える。「君の望みは、すべての進歩をとめようとすることなのかね。私はもっとうまくやる術《すべ》を心得ている。私は自分の流儀でやってみるつもりさ」

もちろん、いかに小さい国であれ、またそれが西洋あるいは東洋であれ、すべての国において、同じような文学上の対立は見出《みいだ》される。過去の伝統を守るのにやっきになり、その伝統に影響を及ぼすあらゆる変革を恐れている保守派が、つねに存在するであろう。なぜなら、彼らは伝統を愛し、その美を認め、新しいものは伝統的な美ほど美しくもなければ有益なものでもない、と信じているのである。

しかし一方、潑剌《はつらつ》とした活気にあふれ、束縛には我慢できず、従来のものよりもっと立派なことがなし得るという自信に満ちみちたロマン主義的要素が、いたるところに遍在しているにちがいない。奇妙に思われるかもしれないが、文学上の進歩が生ずるのは、この相対立する両派の論争からである。

論点を先に進める前に、「中庸の道を行かば、汝《なんじ》、最も安全に進むを得ん」という非常に有名なラテン語の格言に、少しばかり反論させていただきたい。

文学上の二つのはっきり異なった傾向について語るに際して、みなさんは、私が学生たる者の指針としては双方の極端を避け、あまりに保守的になりすぎたり、あるいはあまりに自由になりすぎたりしないようにしなければならない、と忠告することを期待しているかもしれない。しかし、私はみなさんにそのような忠告をしようなどとはさらさら思っていない。むしろ反対に、今引用した格言は、これまで捏造《ねつぞう》されたもののうちで、最も有害にして誤謬《ごびゅう》に満ち、かつまた愚劣きわまりない格言の一つである、と私は考えている。

私は「極端」であること、しかも徹底して「極端」であることをかたく信じて疑わないものである。さらには、文学であれ、科学であれ、あるいは宗教、政治であれ、あらゆるものの進歩はこの「極端への加担」なしに達成されたことはなかった、と私は信じている。しかし、私が「極端への加担」といっている点に注意してほしい。つまり、私は、極端であることだけが、目的を達成するといっているのではないのである。

反抗精神がなくてはならないが、保守主義もまたなくてはならない。私がこの「中庸の道を行け」という格言を非難している意図は、簡単にいえばこういうことだ。この格言は若い人々にとってきわめてためにならない忠告である、ということなのだ。若い人々にとって、このようなあいまいな忠告は、最善を尽くすな、持てる力の半分くらいの力でやれ、言いかえれば、自分の仕事に本気で打ち込むな！　と命じているようなものである。

経験豊かな老人は、細心さや用心深さからではなく、信念と知恵によって、いかにしたら「中庸の道」をとれるかを知悉《ちしつ》している。しかし一般の若者は、自己に対する誠実さをもっていたとしても、中庸の道をとることは実際不可能である。人生経験のない彼らに、根強い偏見やかたよった愛憎、賛嘆や反撥《はんぱつ》の念といったものを克服するように望むことはできないであろう。年老いた者は、さまざま異なった側面からあらゆる問題について学ぶ実践の機会をもってきたわけであるから、こうしたすべてのことを克服できるのである。そしてまた老人は、若者には真似のできないほど、忍耐というものを修得している。

しかし偉大な改革者となる者は、決して老人ではない。老人はあまりに用心深く、賢すぎるのだ。改革というものは、世間を恐れるほど分別がついておらず、考えるというよりもいっそう深く物事を感ずることのできる若者の活力と勇気、自己犠牲と感覚的な確信とによって成就されるのである。たしかに偉大な改革は、理性というより感情によって達成されてきたのだ。

それゆえ、若い学究にとっては、自己の最良の感情を育成することを第一の指標にすべきである、と私は主張したい。というのは、彼らの将来において、この感情というものが、醒《さ》めた理性よりもいっそう大切なものとなるからである。青年が最も深い関心を寄せているさまざまな課題について、その考え方や語り口がいくぶん慎重さを欠き、多少の誇張と激越さを含んでいたとしても、それはむしろ健全な徴候といえよう。

さらにいかなる偏見も、独自の見解ももち得ぬ青年は、精神においても肉体においても、本当に活力に満ちた人間とはいえないであろう。あまりに中庸の道に偏するのは、悪しき徴候といわねばならない。

さて、これまでに示した原理を文学に適応させてみることにしよう。文学とは、教育ある青年が非常に強く感受すべき一つの課題といえる。青年は、保守主義者、古典主義者であるべきか？　自由主義者、ロマン主義者であるべきか？　青年がたまたまどちらになろうが、まったくかまいはしない、と私は答えよう。

しかし、彼は必ずどちらか一方の側に立ち、中庸の道をとるような、気のない曖昧《あいまい》なことをしてはいけない。この妥協策は、文学のためには何事もなしとげられなかったし、またこれからもそういうことはないであろう。

しかし、保守主義は文学のために多くの貢献をなしてきたが、自由主義はさらに多くのことをなしとげてきた。両者は、たえず優劣を競い合うことによって、互いに切磋琢磨《せっさたくま》してきたのである。結局のところ、この競争は、真の価値ある中庸の道を拓《ひら》くためのものであった。しかし、いかなる中庸の道も——いかなる流派といえども、二つの流派の最良の要素を結び合わせることなどはあり得ない——妥協策から生まれることはあり得ないだろう。なぜなら、それはただ単に相対的な無為無策の状態を意味しているにすぎないからである。

自分がロマン主義的であるべきか、古典主義的であるべきか、という問題に即していうなら、それはみずからの心に尋ねてみることによって、最もよく答えられる問題であろう。みなさんは、この問題をどのように受けとめているであろうか？　もしみなさんが文学のロマン主義的側面を心から称賛し、また心からその主義を信奉するのであれば、ロマン主義的であることは、みなさんの義務となるであろう。これに反して、もしみなさんが古典主義的手法の厳格な美をよりいっそう美しいと感じ、国民文学にとって古典主義的法則の優越性を認めることができるなら、できる限り古典主義的であるのが、みなさんの義務であろう。時が経てば、広い経験を経て、どちらの側に立っていようとも、みなさんをよりいっそう寛容にするにちがいない。

しかし初めのうちは、二つの陣営のどちらか一方に与《くみ》しているほうが、はるかによいのだ。そうすれば、みなさんが心からどちらの立場を信奉しようと、文学に精進することになるのである。つまり、充分満足のいく確信を得て、一方の立場に加担することができるのである。

蒸気機関には、速度を抑えるための――すなわち機械をあまり迅速に運動させないための――抑制装置が付いているのを、みなさんは知っているであろう。この防御装置がなければ、蒸気機関はすぐさま粉々に壊れてしまう。保守主義も古典主義も、ちょうど今述べたようなやり方で機能しているものなのである。それは、変化があまり急激に起こらないように作用しているのだ。文学という機関が、木端微塵《こっぱみじん》にならないように作用しているわけである。つまるところ、保守主義、古典主義それ自体では、ほとんどなすところがないのである。

ところで前述したように、長期にわたる古典派の支配は、文学上の停滞を意味していた。すべての西洋文学における保守主義の辿《たど》る歴史は、このようなものであったであろう。保守主義、古典主義が時代の趨勢《すうせい》を担うようになると、いつでも文学は衰頽し、不毛なものとなりはじめる。しかしまた一方において、抑制されることのないロマン主義的傾向も、文学的な頽廃《たいはい》に導かれる。当初、自由という名のロマン主義的原理が、比較的狭い範囲内でのみ機能していた時期がある。

しかし、やがて自由主義者たちの中でもより性急で服従を嫌う連中が、以前は維持しようとしていた原則さえ破棄してしまおうとする。さらに後になると、すべての原則を踏みにじることが、一時的な流行にまでなってしまった。ついに国民、一般大衆は、この結末に嫌悪の念をもよおし、強い反撥を起こし、やがて再び古典派を最高権威の立場に立たせることになってしまった。

この傾向は、フランスの現代文学史によって見事に実証された。フランスでは、文学上の自由主義が行き過ぎたために、一つの反動が引き起こされた。イギリスでもまた、古典主義的反動がやってくる徴候がある。散文は衰頽し、詩はほとんど沈黙している。散文が衰え、詩が以前にも増して沈黙してしまった場合には、過去の経験によれば、確かに古典主義的反動が起こりそうな気配なのである。

しかし、長期にわたるロマン主義の勝利の後に古典主義が立ち帰ってくる時、それは、もとの形態とまったく同一のままではあり得ない。復権後の古典主義的精神は、先の敗北によって、確かに多大なものを得たことが明らかとなっている。古典主義的精神は――以前よりもっと自由な、もっと大胆な、もっと共感的な――寛大な征服者として立ち戻ってくるのである。再びその精神は、形式の選択と感情の様式に抑制を加えるけれども、以前と同じ抑制ではない。

一方、ロマン主義も、敗北するたびごとに力を増して戻って来るのに気づく。ロマン主義は、古典主義支配の時代の後で再び支配権を握ると、以前の失敗から少なからぬものを学んでいることを立証しようとするのである。

ロマン主義は、以前ほど行き過ぎたものでも攻撃的なものでも、また民族体験に無関心なものでもなくなる。言い換えれば、この両者による文学上の戦いの勝ち負けが交互にまわってくるたびに、ロマン主義的精神は、よりいっそう古典主義的なものとなり、古典主義的精神は、よりいっそうロマン主義的なものになっていくようである。双方は、互いに対立し合うことによって、学ぶべきところは学んでいるのである。

私が今まで述べてきたことは、特に西洋文学に関してである。要するに、私は日本文学についてはきわめて不案内であるから、みなさんにいかなる詳説の試みもできかねる。しかし、他の国々の過去の文学史から下された結論によって正しいとされているいくつかの一般的見解を、思いきって披露してみることにしよう。

日本文学において真のロマン主義運動があったかどうか、私は知りもしないのだが、このような運動は遅かれ早かれ将来必ず起こるにちがいない。しかも一度ならず、幾度も起こるにちがいない、と私は確信している。とりわけその運動は、書き言葉でのみ書かねばならないという義務づけに対して、またおそらくは詩作上の決まりきった形式や法則に対して、叛旗《はんき》を翻すというかたちをとるであろう、と私は想像している。

ある反抗の火の手が、日本でも挙がるにちがいない――あらゆる文学上の大転換が起こる時に。そしてこの際、私の西洋文学に対する共感の念がどのようなところにあるのかを言明しておくのは、当を得ているであろう。すなわち、私の共感の念は、まったくロマン主義的なものにあるということだ。古典主義的傾向を、私はやむを得ざる必要と考えている。

厳密な意味における近代の古典主義的文学に対して、私はまったく共感を覚えたことはない。したがって、未来の日本文学の新たな出発については、当然、ロマン主義の勝利を望みたいと思う。私は、多くの古い法則が打ち捨てられ、多くの新しい法則が確立されるのを耳にしたい。すぐれた学識者が何憚《はばか》ることなく、庶民の言葉でもって立派な本を著わす話を聞いてみたい。そして、日本の詩歌の新しい形式をもってして、本格的な叙事詩や雄大な物語詩の領域での実験が着々となされている、という噂も耳に入れたいものである。

ところで、私がこのような問題に多言を弄《ろう》してきたのも、ただ私の文学的共感なるものを率直に吐露しておきたかったからである。未来の日本文学に関して新たな出発に踏み切るべきかどうかについては、大いに議論の余地があるにちがいない。誰でも大改革を遂行しようという場合には、まず自己の持てる力を正しく推し量ってみるのがよいだろう。

例えば、口語体で書くという問題——小説であれ、戯曲であれ、教訓的な著作であれ——をとり上げてみてはどうであろうか。文語の代わりに通俗的な言葉を用いることの当否について、みずからに問うてみなければならない最初の問いは、次のようであるべきだろう。「話し言葉を用いるならば、従来の方法を踏襲するよりもさらに大きな、すぐれた効果をあげることができるだろうか？」。

もし、大学教育を受けた若い作家がこの問いをみずからに発し、正直に肯定的な返答ができるならば、古い形式を捨ててまったく新しい試みを企てるのが、その人の義務というものであろう。しかし、もし、この方法でよりよい効果を挙げることができそうにないならば、私はこの新しい方向で仕事をすることをすすめない。

いかなる芸術においても、大改革をしてみようという唯一の根拠は、進歩への確信、新しい力が獲得できるという信念からである。新しいことを企てても、ただ見劣りする作品を生むだけであれば、非常に致命的な失敗といえよう。なぜならば、そのような失敗は、すべての自由主義運動、あらゆる健全な改革への気運を逆行させることになりかねないからである。しかし、もしみなさんが古い法則を打破して、大いに価値のある新しいものをもたらす強い信念があれば、いつでもいかなる結果をも恐れることなく、その古い法則を打ち破ることこそ、みなさんの義務であろう。

西洋におけるロマン主義の勝利は、すべて非常に大きな代償を払って達成されたのである。宗教や愛国心と同じように、文学にもそれに殉ずる人々がいなくてはならない。どんな大改革であれ、よりよい方向でなしとげるには、個人的利益を犠牲にする覚悟ができていなければならない。近代西洋において、古典主義陣営には莫大《ばくだい》な数の援軍が轡《くつわ》を並べ合っていた。

例えば、まず第一に大学がある。これらの諸大学は、驚くべき権勢を代表していた。第二には、宗教的要素がある。西洋において、宗教といえば必ず保守的なものであった。そして、文学の問題に関しても、保守主義は正当な理由のないものではなかった。それから第三として、貴族階級、上流階級、あるいは上層中産階級でさえ、おおむね文学上の保守主義を支持してきたのである。

イギリスのような国では、大学、教会、上流社会が、きわめて強力な権力を代表するものであったかを、みなさんはほとんど想像できないであろう。文体というようなとるに足らない問題についてさえ、それら機関の公式見解といったものに逆らうことは、途方もない勇気を必要としたのである。

日本においては、文学の革新者は、これに相応した反対を蒙《こうむ》るかどうか、私にはわからない。だがしかし、かなり強力な保守主義が、今なお日本文学のある部門を支配している、と私は想像している。というのも、私が、これこれしかじかのことをすれば好結果が得られるであろう、とすすめた折、そんなことをすれば習慣に反する、といわれたことがあった。こういった事実ひとつをもってしても、文学上の新しい試みに手を染める必要はないという根拠になるとは思われない。

卓越したもの、稀有《けう》なるもの、最高のものは、ほとんどいつも、幾分か慣習に反するものである。しかし力のある人間、偉大な人間のみが慣習を打破すべきであるというのは、もっともなことである。だから、イギリス人の持っているような保守主義が、過去の文学にとって非常に価値を有していたのである。イギリスの保守主義が改革に対して示した反対は、たいそう強力なものだったので、ただ特別な人物のみが、それをあえて押し切ろうとしたにすぎなかった。

法則に従うのがむずかしいとか、服従するのが面倒だとかいうことでは、法則を破る口実にはならない。すでに述べてきたように、青年の信念が、みずからをして、文学において保守主義者であるか、自由主義者であるか、の二者択一を迫るようにさせるべきであろう。青年は、生来、古典主義的か、ロマン主義的かのいずれかであるはずだからだ。

　しかし、私がこうしたことを言明しているのは、ただ単に見劣りする作品を生み出すために法則を破るという程度の意味あいにおいて、自分の文学的偏向に忠実であることが許される、などといっているのではない。例えば、明らかにある作品の欠陥が、当人が代表する一派の名誉を辱しめないにしても、趣味、共感、感覚において、ロマン主義的であり得るからである。


　さて私は、ロマン派および古典派の作家によって代表される西洋の文体について、若干の見解を述べてみることにしよう。古典派の修辞学の法則によれば、文体が洗練されるためには、多かれ少なかれ画一的でなければならない、という。韻文のすべての部分はもちろんのこと、文章のあらゆる部分の構成、均整、配列について、さまざまな規則が設けられている。それゆえ、それらの規則を完璧《かんぺき》に修得し、かつ従うならば、誰もがまさに同じ方法で書くことができる、と仮定されるであろう。しかし、その結果、ある人物の文体を他人の文体と区別することができなくなってしまうにちがいない。

　もしすべての人の心がまったく似通ったものであり、かつすべての人が古典主義の法則を学んでいたならば、文学史上のさまざまな時代において、西洋じゅうに起こった事態は、事実上このようなものになったであろう。イギリスの古典主義時代においては——それは十八世紀の大部分といってよかろう——もしわれわれが、著者や書物の名前を知らされていなければ、それがいったい誰の作品であるかを識別するのがむずかしいほど、画一的文体が事実上まかり通っていたのである。

当時、何千ページもの散文が、さまざまな人々によって書かれた——一個の卵、一粒の豆が、どれも似通っているのと同じように、各々のページは他のあらゆるページと酷似していた。詩においても、同様であった。当時、英雄詩体二行連句（ヒロイック・カプレット）——すなわち、ポープが流行させた各行が弱強格十音節からなる押韻詩——を用いた一連の詩人たちの中から、彼らのテキストそのものを研究するだけで、これらがいちいちどの著者の作品に該当するのかを識別するのは、かなりの目利きの批評家を必要としたのである。

フランスでは、古典主義的画一性の結果がよりいっそう顕著に現われたと思われる。みなさんは、ごく初歩的な知識すら持ち合わせていなくとも、フランス古典派の詩人の作品は、アレクサンダー格の詩行——ポープの英雄詩体二行連句と同じく、退屈で技巧的な韻文——を用いた点で、どれも非常に似通ったものであることがわかるであろう。

しかも、フランスの古典主義時代の散文は、詩よりもはるかに画一的である。イギリスの散文にはあり得ないほど、非常に画一的である。なぜなら、イギリスの散文はフランスの散文ほど完成の域に達しておらず、それゆえ、定則原理に従属させられることが少なかったからである。

しかし、フランスの五十人の異なった作家が書いた散文から、それぞれ六ページほど抜き出してみるとしても、ある作者の文体と別の作者の文体とを区別するのは、非常にむずかしいであろう。文体が、個人的な意味において存在していない、と私はいいたいのではない。文体は歴然と存在している。しかし、その差異はきわめて微妙で捕捉《ほそく》しがたいので、一般の読者にはまったくその違いが見定めがたいのである。

しかしながら、いかに古典主義的法則の厳格な原理のもとにあるとはいえ、いわゆる文体なるものの存在は、熟練した批評家によってつねに発見されてきた。これはただ単に、一人一人の心の中にあるものが、他人の心の中にあるものとは非常に異なっているから、この二人の人物がまったく同じように同一法則に従うことはあり得ない、ということにほかならない。一人一人の判断力と感覚は、他人とはわずかながらでも違った方向で働くものであろう。厳密にいえば、古典主義的意味において、文体とは一般的法則、正確さ、厳正さへの服従という意味しかもっていない。ところが、ロマン主義的意味において、こういったことは、文体とは関係のないことである。

今日、われわれがこの文体という言葉を理解しているように、ロマン主義的な解釈に従うならば、非常に重要な点は、ある人の著述と別の人の著述とが判別され得るような明瞭《めいりよう》な差異ということなのである。そして現在においては、文体は、個人的性格を——すなわち各々の作品を区別している感覚の個人的特質を——意味しているのである。ロマン主義的傾向とは、このような差異、つまり、このような個人的特徴をきわだたせ、かつ拡大させていることにある。

一方、古典主義的原理の傾向とは、それらのものを抑えること——少なくともでき得る限り抑えつけること——にある。この事実からみなさんは、ロマン主義の一つの意義を——すなわち、われわれが最高の敬意を表しているロマン主義の一性格を——認められることと思う。

ロマン主義は、人格の発展を目的としている。ロマン主義の各派の目的は、意識的にしろ、無意識的にしろ、普遍的な文学的表現力を発展させるというよりも、むしろ個性を発展させることにあった。保守主義は、できる限り個性を抑えることであった。西洋のすべての古典主義派は、個性を犠牲にして、文学的卓越性としての普遍的様式を洗練させ、維持していくことに努めたのである。

それゆえ、問題は、文学における「個性《パーソナリティ》」という問題に帰着してくる。個性とはいかなるものなのか？　それは、世の中の男女一人一人を他の男女と区別している、性格上の特質である。個人というのは、個別性を意味しているにすぎないが、個性はもっとそれ以上のことを意味している。つまり、人間性における情緒的および知的側面の特質は、個性に属しているのである。

最下層階級の生活においては、人々の習慣、考え方、情緒などはきわめて似通っている。なるほど個人的な差異はあるだろうけれど、それはさほど著しいものではない。これらの階級では、個性がそれほど発達してこなかったからだ、とわれわれは指摘する。そして、上流にいくにつれて、その差異がいっそう明確な、目に見えるものとなってくると。

知識階級では、見解の一致といったことが問題とはならないほど、個性が発達しているのである。この社会では、銘々の人が、他の大多数の人々とは違った考え方をし、違った行動をし、違った感じ方をしている。われわれは、もっと上流階級を例にとってみることもできよう。美術や音楽はいうまでもなく、哲学や科学を専門とする人々によって代表される知的エリート階級においては、個性の差異は非常に著しいものである。したがって、二人の教授が同じ問題についてまったく同じように考えることはまずあり得ない。いかなる問題に関しても、意見の一致などということは、彼らの間ではきわめてむずかしいのである。

それゆえ、「個性」とは特に知的教養と感受性とを兼ね備えた上流階級に属するものである、という結論にわれわれは到達する。私が文学に対する個性の重要性を強調するまでもないだろう。古典主義は、つねに非個性《インパーソナリティ》を擁護してきた。他方ロマン主義は、つねに個性の最高の表現であった。

したがって、私自身は、ロマン主義の伝統を選び、かつそれに対して共感の念を表明しておくことは、きわめて妥当であると考えている。あらゆる文学において、よりよい方向へのあらゆる大改革を生み出してきたのは、まさしくこのロマン主義の伝統であり、また「個性」派であった。そして、文学上の最高形式における「個性」は「天才」を意味していたのである。

みなさんは、西洋文学の登録名簿に名を連ねた栄誉ある人々の中で、圧倒的多数を占めているのは、ロマン主義者たちの名前であることに気づくであろう。その中に、古典主義を代表する幾人かの偉大なイギリス人、フランス人、あるいはドイツ人の名前が見えることを、私は否定しない。しかし、これらの文学史において最高の地位を占めているのは、ロマン派の名前ばかりである。この事実を例証するために、五十人の名前を列挙してもよいが、それには及ばないだろう。

ただ私はみなさんに、英文学史において何をもって十九世紀を代表させるかを思い起こしていただきたい。真の意味で、十九世紀には、古典派に属する重要な詩人は一人としていない。偉大な詩人たちの第一群は、すべてロマン派である――ワーズワス、コールリッジ、サウジー、それからバイロン（彼は時折、形式において古典主義的だが、感情と表現法はまったくロマン主義的である）、シェリー、キーツ。さらにテニスン、スウィンバーン、ロセッティ、ブラウニング――それにマシュー・アーノルドまで加えてもよかろう。アーノルドは古典主義的な修練を積んでいたにもかかわらず、ロマン主義的傾向に服した。

さらに、十八世紀――まさしく古典主義の時代である――にさかのぼってみよう。この時代には、詩ではたしかに二人の古典派の大立て者、ドライデンとポープがいるが、この二人がグレイ、クーパー、バーンズらと同等に、あるいはブレイクのある面と比べて、正当に評価され得るかどうか、私ははなはだ疑問に思っている。しかも、古典派の幾人かが実際に揮《ふる》った力よりも、さらにいっそう大きな詩的影響力が、十八世紀末のスコット、ワーズワス、コールリッジの作品によっていかんなく発揮されたといえるのである。

十九世紀初頭の詩人の中でも、古典主義に共鳴した唯一の詩人はバイロンであった。彼は、人々の記憶に残らぬような作品も書いたロマン派のただ一人の詩人でもあった。しかし、古典主義の伝統に対して、いかなる共感をも示していない彼の作品こそが、確実に今後も生き延びていくように思われる。

一方、ロマン主義的精神は、シェイクスピア以後、イギリス文学におけるほとんどすべての驚嘆すべき傑物たちを輩出してきた。あるいは、ロマン主義的精神は、その最高の表現において、至高の天才たちを生み出すものであった。それゆえ、われわれのすべての共感の念を、その精神に捧《ささ》げようとする根拠が考えられるかもしれない。しかしその精神は、またたしかに危険性をも伴っている。偉大なる天才は、彼の活動を妨げるあらゆる原則を無用の長物にしてしまうからだ。天才は破壊したものの返礼に、以前よりもすぐれた作品を生み出すことができるゆえに、法則を破っても許される。

しかし、すべての人間が天才とは限らない。おそらく天才とは、百万人のうち、六人くらいの割合であろうか。それで、天才でもなく、さりとて何ら際立った才能もあるわけではない大多数の作家が、無頼のつけの償いもできないくせに、法則を破る天才のひそみに倣《なら》って、かえって多くの罪過をもたらすことがあるのである。

実際のところ、西洋の数千人もの若者たちは、ただ単にロマン主義が、彼らにとって最も抵抗の少ない方向を示しているゆえに、ロマン主義者たらんとしているにすぎないことがある。古典的法則に従って何事かをやりとげる古典主義者にしても、かなりの文学的訓練と忍耐が必要なのである。しかも、これらの若者たちは、偉大なロマン主義者たちが、多くは法則の破壊者であったとはいえ、みずからの手で新しい法則を打ち建てることのできた人々であったことを忘れている。

私は、今日の西洋において、またフランスやイギリスにおいて、ロマン主義的傾向は、理由もなくすべての法則を投げ捨ててしまい、よい結果を生み出してはいない、という事実を述べてみたいのである。これを行なおうとする人々は、ロマン主義を自己放恣《ほうし》と誤解しているので、おおむね文学を堕落させることにのみその力を発揮しているようなものである。もしそういう事態になった場合、古典主義的反動に手を貸すのが、すぐれた文学を愛好するすべての者のほとんど自明な義務といってよかろう。

なぜなら、古典主義的反動が、自己放恣による文学的頽廃に対しては、唯一可能な治療法であるからだ。それとは反対に、あまりにも多くの古典主義的原理が、感情の文学的発露を硬直化させ、沈滞させてしまう場合には——十八世紀の中葉に起こったように——ロマン主義的反動が、唯一可能な治療法なのである。

これでみなさんは、同一人物が人生のある時期に古典主義に賛同し、またある時期にロマン主義に共鳴したとしても、互いに相矛盾しないことに気づくであろう。今後、みなさんは、一般的な意味において、ロマン主義と古典主義という二つの言葉が意味するところを明瞭に理解できるであろう。そして、それらがみなさんの国の文学にとっていかなる意味をもつかについては、私よりみなさんのほうが判断を下すにはるかに適しているであろう。

——On Romantic and Classic Literature, in Relation to Style（*Interpretations of Literature, I, 1915*）

第二章　文学における超自然的なもの

文学における超自然的なものの価値

これからみなさんに語ろうとしていることは、表題から受ける印象よりもはるかに大切な問題である。みなさんぐらいの年齢の若い人たちは、もう幽霊の存在など信じようとしないであろう。またそれが、考察に値する問題だと考える人もいないであろう。

そこで、まず初めに理解しておかねばならないのは、この問題の哲学および文学との関連性である。あえて言わせてもらえば、超自然の物語が文学においてすでに時代おくれであるなどと考えるのは、誤りである。それどころか、逆に詩でも散文でも、すぐれた文学が生み出されるかぎり、そこに超自然の要素が生き生きと息づいている様子が、はっきりと見てとれるはずである。

科学の知識が、超自然的なもののあつかい方を著しく変化させてきたということはあるにせよ、人間が想像的なものにたいして抱く喜びは、いささかも減少してはいない。たとえば、メーテルリンクのような現代作家たちが成功しているのも、霊的なものや超自然の恐怖に関わるテーマを扱う際の、彼らの卓越した手ぎわによって、ほぼ説明がつくであろう。ほかの現代作家を例に引くまでもないが、古今の西洋文学はいうまでもなく、真に偉大な作家にして、超自然を題材にひときわ秀れた技量のさえを示さなかった者は、まずいないであろう。

イギリス文学においても、例外ではないと私は考えている――アングロ・サクソンの詩人の時代からシェイクスピア、そして現代にいたるまで、そうである。だから、そこからわれわれは、一般的ではあるが、注目すべきひとつの事実についての考察へと導かれる。私はその事実を、いかなる書物の中にも見つけた覚えがないのだが、そこには哲学的に深い意味が含まれている。すなわち、文学、音楽、彫刻、建築のジャンルを問わず、あらゆる偉大な芸術作品には、霊的なものが宿っているということである。

ところで、ここでみなさんに「霊的《ghostly》」という言葉について語っておきたいと思う。この言葉は、おそらく想像以上に意味深長な言葉なのである。古代英語には、「霊の《スピリチュアル》」あるいは「超自然的な《スーパーナチュラル》」に当たる語彙《ごい》がなかった。この二語は、ご存じのように、英語でなくラテン語起源である。今日、宗教上、「神の《ディヴァイン》」、「聖なる《ホーリー》」、「奇跡的な《ミラキュラス》」と称されるものはすべて、古代アングロ・サクソン人にとっては、「霊的《ゴーストリー》」の一語をもって充分に説明されるものであった。彼らは、人間の霊《スピリット》や霊魂《ソウル》について語る代わりに、霊的なものについて語ったのである。そして、宗教的な知識に関わるものをすべて霊的《ゴーストリー》と名付けたのである。

現在、カトリックの告解の際に唱えられる決まり文句は、およそ二千年の間、ほとんど変化していない。そのとき、神父は「霊なる父よ《ゴーストリー・ファーザー》」と呼びかけられる。それは、神父の仕事が、父親として人々の霊《ゴースト》ないし魂《ソウル》の世話をすることにあるからである。懺悔《ざんげ》をおこなう者は、神父に語りかける際に、実際「わが霊《ゴースト》なる父よ」と唱える。それゆえ、このghostly という形容詞には、大きな意味が付与されていることが理解できるのである。「霊的な」という言葉は、超自然に関わるあらゆるものを意味している。キリスト教徒にとっては、それは神自身をさえ意味しているのである。というのは、生命の付与者は、英語ではつねに「聖《ホーリー・ゴースト》　霊」と呼ばれているからである。

もしわれわれが、進化論的な考え方にしたがうなら、西洋諸国が今日奉じている神という観念は、じつは幽霊の存在を信じた原初的信仰から発展してきたものであろう。その教義を受け入れるなら、ghost という語を至高者たる神に対して用いたとしても、なんら非難される筋合はないといえよう。むしろ反対に、この語をそのように用いることによって、そこに大いに厳粛さも加わり、この世ならぬ感じが漂ってくると思われるのである。

しかしわれわれが、いかなる宗教を信じるにせよ信じないにせよ、近代科学の果たした貢献の一つは、これまで物質的で実体があると思ってきたものがすべて、その本質において「霊的なもの」であることをまったく疑問の余地なく証明したことである。たとえわれわれが、幽霊をめぐる古風な物語やその理屈づけを信じないとしても、なお今日、われわれ自身が一個の幽霊にほかならず、およそ不可思議な存在であることを認めないわけにはいかない。

われわれの知識が増大するにしたがって、宇宙の神秘もいっそうその重さを増し、われわれの身の上にのしかかり、ますます怖ろしいものとなって迫ってくる。それは、霊的な神秘といえるものである。あらゆる偉大な芸術は、この宇宙の解きがたい謎というものをわれわれに喚起する。偉大な芸術作品には、つねになにか霊的なものが宿っているといわれるゆえんである。それが、われわれの内部にひそむ、無限なるものに関わるなにかに触れるからである。

偉大な思想を読むとき、すばらしい彫像や建築物や絵画を目にするとき、また美しい音楽に耳傾けるとき、心と精神に感動の戦慄《せんりつ》が走る。その感動はちょうど、人々が霊や神を視《み》たと思ったときに感じる戦慄によく似ている。現代人の受ける感動は、それゆえ、比較にならないほど、より大きく、より深いといえる。

だからこそ、どんなに知識の量が増えようとも、世界は依然として超自然をテーマとした文学に歓《よろこ》びを見出《みいだ》すのである。この先、何百年経とうが、その事実は変わらないであろう。霊的なものには、必ず真理の一面が反映されている。だから、いわゆる幽霊の存在がいくら信じられなくなったとしても、それが表わす真理にたいする人間の関心まで減少することはないのである。

したがって、この主題は、必ずしも取るに足らない問題ではない。まさしくこのテーマは、すぐれた文学との関係においては、きわめて大切な要素なのである。霊的なものへの興味を、ある程度満足させることができないような詩人や物語作家は、ほんとうの意味で偉大な作家とも思想家ともいえないであろう。前述したとおり、イギリス文学全体を通じても、この法則に例外があるとは思えない。

たとえば、マコーレーの例を出してみよう。彼は十九世紀中最も実務肌で実際的、かつ論理的な著述家であった。その作風からして、迷信のかけらも見出せそうにない人物である。彼の随筆をほんのすこしでも読んだことのある読者なら、まさかマコーレーが、超自然的な主題を扱って、人の琴線に触れることができるなどとは、つゆ思わぬであろう。しかし、その彼が水ぎわ立った手ぎわを『古代ローマの歌』で何度も見事に示しているのである。たとえば、『レギルス湖の戦い』という作品で、双子の兄弟が亡霊となって現われるところとか、またタルクィニウスが、自分がかつて犠牲にしたルクレティアの亡霊に取り憑《つ》かれるところなどに如実に表われている。

マコーレーのこの作品のいずれの文章からも、霊的なぞくぞくするような戦慄に貫かれているのが感じられる。迫力はもっと弱められているものの、同じような戦慄が、『カピスの予言』の随所にも感じられる。マコーレーは控え目に書いているが、まさしくこうした才能があったからこそ、彼の著作のあの偉大さが生まれたのである。いま述べたように、詩に近い散文が彼に書けなかったとしたら、彼の『英国史』は、あれほど血の通った歴史書とはならなかったであろう。

霊的なものにたいする感覚を持たない人間が、なにかに生命を吹きこむことなどできるはずもないのだ。たとえ、それが歴史書であれ、演説草稿であれ、たとえわずか一ページにすぎなかろうとも、そうである。人々の魂に触れることを可能ならしめているものは、言葉そのものであることをよく知っておく必要がある。しかもそれを知るためには、同じように言葉によってしか触れられない霊《ゴースト》的なるものを、みずからの内に保有していなければならないであろう。

さて、理屈はこれくらいにしておいて、具体的に霊的なものと夢の関係に話題を移そう。すぐれた作家であれば、超自然を描くのに、すでにほかの作家が試みたことをそのまま踏襲したりはしない。超自然の事柄は、書物から真の助けが得られるというようなこととは異なるからである。書物、伝承、伝説などから霊的な戦慄を読者に与える術《すべ》を学びとるなど、とうていできる相談ではなかろう。

だからといって、この主題をあつかった文学作品を読むことが、まったく無意味だというのではない。表現の方法や文学的技巧のもたらす効果といった点だけから考えれば、話は別である。むしろそうしたテーマを描いた、よい作品をなるべく読むように努めることは、大いに益するところがあるからだ。そうした作品から不思議な言葉の持つ価値や、文章の緊密さと迫力、またさまざまの奇習や奇妙な信仰、それらに関連した恐怖などについて、多くのことを学ぶことができるだろう。

しかし超自然の効果をねらうなら、ある書物から他人の考え方や感覚を借用しようとしてはいけない。そんなことをすれば、作品から真実味が失われ、ぞくぞくするような感動を呼び起こすことができなくなる。いついかなる場合でも、ひたすら自分自身のアイディアと感覚を用いるのでなければならない。

では、霊的なものの存在を信じられない場合はどうするのか。夢を利用するのである。幽霊の存在を信じようと信じまいと、怪奇文学の芸術的要素は、ことごとく夢の中に存在する。夢は、利用の方法がわかっている人間にとっては、文学の素材がぎっしりつまった宝庫といえる。

詩人、物語作家、伝道者たちまでが、超自然の恐怖と謎を扱い、はかり知れない文学的効果をあげてきた。しかも、それらは直接的であれ間接的であれ、すべて夢を通じて得た効果といってよい。怪奇文学に描かれた出来事がどんなに驚くほど異常なものでも、忍耐強く検討してゆくと、ひとつひとつの出来事が、われわれ自身の夢の中で起こるのと同じものだということがわかる。そこから戦慄が生まれるのである。でも、それはどうして生まれるのであろうか。それらの一連の出来事が、これまで忘却していたわれわれの想像上ないし情緒上の経験を想起させるからである。この法則に例外はない、と断言してよい。

あるとき、私は英語による最もすぐれた怪奇物語として、ブルワー・リットンのある短編について語ったことがある。なぜあの作品が、このジャンルの中で最もすぐれた作品であるのだろうか。理由はいたって簡単である。悪夢の経験を、驚くべき忠実さをもって描いているからである。超自然をあつかったすぐれた作品のどれもが怖いのは、実は、われわれの目ざめた意識の中に、悪夢の怖ろしさがそのまま投影されているからである。

一方、怪談や妖精譚《ようせいたん》や有名な心ゆさぶられる宗教伝説などに見られる優美さは、楽しい夢、愛や希望や哀惜のこもった夢の持つそれにほかならない。しかしとにかく、文学の中で超自然が巧みに扱われるとき、その源泉となっているのは、夢の中で体験したことがらなのである。

私は日本文学に関してまったく無知であるにもかかわらず、それに精通しているみなさんに向かって話をしているわけであるが、その日本文学においてさえ、右の法則に例外はないと信じている。かといって、古代中国や日本文学の中に、必ずしも夢の経験に由来しない怪談が少ないわけではない。しかしたとえそういう作品があるとしても、とうてい読むに耐えないし、文学作品としてもよいものとはいえないであろう。

私はフランス語からの翻訳で、中国の怪談をずいぶん読んできたし、英語訳でもハーバート・ジャイルズの名訳になる二巻本『聊斎志異《りょうさいしい》』も読んだことがある。これはすぐれた学者の訳業によるすばらしい物語集である。

だが、超自然を主題にして成功している作品はどれも、物語の中の出来事が必ずや夢の現象と一致していることに気づく。この点に関する私の判断は、誤ってはいないと思う。私が翻訳で読むことができた日本の物語にしても、同じ法則にしたがっていた。

最近、ある物語を読んでいて非常に興味深いと思ったのは、超自然の観念をあつかっている日本人の著者と、イギリスの最もすぐれた夢物語の作者との間に、見事なほどの一致が見られたことである。それは屏風《びょうぶ》に描かれた一枚の山水画をめぐる話であった。たぶん原話は中国種《だね》だろうと思うが、日本の話の方では、屏風に描いた自分の絵に向かって、絵師が合図を送る。そうすると、やおら一艘《そう》の小さな帆かけ舟が川を下り、絵を抜け出して部屋の中へ入ってくる。そして、部屋の中は水びたしになる。絵師でもあり魔術師でもある彼は、その小舟に乗りこむ。すると、小舟はまた帆をあげて絵の中に戻ってゆき、だんだんと遠ざかって行く。そして永久に小舟も絵師も、姿を消してしまう。

まさしくこの話は、細部にいたるまで夢物語であって、その描写の見事さは、それが夢の経験にたいして忠実であるというところにある。これと同じ現象が別の形式で書かれているのが、あの『不思議の国のアリス』と『鏡の国のアリス』という作品である。

本題に戻ろう。霊的なもの、ありえざるものを手がけて成功している例は、必ずといってよいほど、どこまでも夢の経験の真実性と合致しており、この法則をブルワー・リットンの幽霊屋敷の物語が例証している。そこで、次に悪夢の文学的な価値について考えてみることにしよう。悪夢は夢の中で最も怖ろしいものだが、同時に最も特異なものでもある。おそらく、真の偉大な文学に見出される宗教的で超自然的な恐怖の、重要なすべての要素の供給源となっているのは、悪夢ではなかろうか。

悪夢はそれ自体不可思議なものであり、いまだに心理学は、それに関する多くの事実を説明しきれないでいる。われわれは悪夢という現象を別個に取り上げてみてもよかろう。そうすることによって、この現象がさまざまな迷信的な恐怖や超自然的な信仰と、どのような興味深い関係を有しているかを示すことができるだろう。

悪夢においてまず第一に顕著なことは、その夢の始まり方にある。通常、一種の疑念が兆し始める。なぜだかわからないのに恐怖を感じる。そのうち、なにかの力が遠くから自分に働きかけているのではないかという感じがしてくる。何か気持ちが引き寄せられてゆくような力、どうも正確には表現出来ないが、何か目に見えぬ力が働きかけているらしいのだ。だが、いても立ってもいられなくなり、その恐怖の原因になっているものから、逃げ出したくなる。

ところが、それは簡単にはできない。身動きするのにもたいへんな努力がいる。やがてそれが嵩《こう》じてきて、まったく身動きすることができなくなる。大声をあげたいと思うが、それもできない。声が出ないのである。実際にトランス状態に陥ってしまい、見たり、聞いたり、感じたりすることはできるのに、身体は動かず、口もきけないのである。

この現象が、そもそもの始まりである。それは人間が経験しうる最も恐ろしい心理状態である。もしも一定の時間以上続けば、人はたんにその恐怖だけで死んでしまうこともありうる。健康状態が何かの原因で著しく損なわれているような場合には、悪夢はときには人を殺すこともありうるのである。

もちろん日常の、目ざめているときの生活では、そのような経験を、つまり意志を奪われ、はるか遠方から目に見えない力でがんじがらめにされているという感覚を持つことはありえない。これはまぎれもなく、磁気作用の、催眠術《メスメリズム》の経験である。しかも、これは魔術に関連した中世の恐怖の信仰の起源となっているのである。ほかに適切な言葉がないので、かりにそれを超自然的催眠術と呼んでおくことにしよう。

しかし、それはほんとうの催眠術ではない。なぜなら、ほんとうに催眠状態にある場合なら、それにかかった者は、自分自身の人格《パーソナリティ》によって感じたり、考えたり、行動するのではなく、他人の意志に従うはずだからである。

ところが、悪夢の中では、その人の意志はただ宙吊《づ》りになっているだけで、人格上の意識は失われていない。ところが、そこから恐怖が生じてくるのである。したがってこの第一段階を、われわれは超自然的催眠術と呼んでみるけれども、今述べたような限定をつけた上でである。

さて、次にこの経験を、ブルワー・リットンが彼の物語の中でどう利用しているか見てみることにしよう。一人の男が椅子に腰を降ろしている。かたわらのテーブルの上にランプが点《とも》っていて、男はマコーレーの著作を読んでいる。すると、彼はにわかに胸騒ぎを覚える。ページの上にあるひとつの影が差しはじめたのだ。男は立ち上がって、声を出そうとするが、ささやくような声しか出ない。体を動かそうとするが、手も足も動かなくなっている。呪縛《じゆばく》の力は、すでに彼の体にかかってしまっている。これが悪夢の第一の段階である。

この現象の第二の段階は、第一段階と重なり合っている場合があるが、実に恐ろしい、この世のものとは思えぬ体験である。今までたしかに見えていたものが、薄ぼんやりとし、ときには明りが消えたり、かすんだりしてくる。ブルワー・リットンの物語では、部屋の中では火が燃えさかり、煌々《こうこう》と明りがついていたのだが、それが徐々に、火も明りも、うす暗くなってゆく。そして、しまいにすべての明りが消え、部屋はまっくらになる。そして、この世ならぬ妖《あや》しい光が、しだいに差しはじめる。これもまた、悪夢の体験の非常に恰好《かつこう》な例証《スタディ》といえよう。

悪夢の第三の段階は最終的な苦闘といってよい。その主な特徴は、ありうべからざることが次々と起こってくることである。無力状態であるにもかかわらず、極度の恐怖がわが身に襲いかかる。たとえば、みなさんが拳銃《けんじゅう》を発砲してみるとか、刃物を振り回してみるとかする、と仮定する。しかし、拳銃だったら弾丸は銃口から数インチも飛ばず、拳銃がすぐにぐにゃぐにゃに曲ってしまう。銃声すら発しない。剣や短剣なら、刃が綿か紙きれのように変化してしまう。奇怪なわけのわからない物の怪《け》が、おぞましい姿を現わし、手をのばしてきてこちらに触ろうとしてくる。人のかたちをした物の怪の場合には、そいつの背は伸びていき、天井まで届く。そして、こちらへ近づいてくると、こちらの体におおいかぶさってくる。

さらに、めったに経験しないことだが、まだもう一段階あり、それはもう恐怖の極点といってよい。それは、こちらが捕まえられるか、体を触れられるかしたときである。「夢魔の感触」というものは、じつに独特の感覚であり、感電でもしたときのショックに似ている。しかし、不自然なかたちで長く続く。それは、痛みというよりもっと悪質なものだ。日常生活では、絶対に経験しない感覚である。

この第三と第四の悪夢の段階を芸術的に重ね合わせたのが、ブルワー・リットンである。幽霊《ファンタム》は床から天井に至るまでぼんやりと、しかし威嚇するかのようにそびえ立っている。男は武器を手にとろうとするが、そのとたん、ビリビリとする衝撃が走り抜け、全身から力が抜けてしまう。リットンは、その感覚はなにかまるで霊的なものに感電でもしたような感覚であると説明している。その描写はまさに、夢の体験そのものである。この物語については、これ以上語る必要はなかろう。

ポーは、悪夢の経験についてもっと別な側面、たとえば、不気味なる音響について詳しく描いている。悪夢の中では、われわれの耳元にも、しばしば近づいてくる足音などのような、くぐもった不気味な音が聞こえてくることがある。彼の「アッシャー家の崩壊」などには、その様子がこの上なく効果的に描かれている。さらに悪夢の中では、生きものでない事物が、生命のあるものと化したり、あるいはその動きによって、それらの背後にひそむ妖しい物の怪の存在の気配が、感じられたりする。たとえば、カーテンや半開きの扉やアルコーブなどが、そうである。そういう夢魔の世界を、ポーは「エレオノーラ」やほかの小品で描いている。

恐怖の夢と、宗教文学や伝承文学における想像力との間には、疑いなく大いなる関係が存在している。死者の再生や天使あるいは地獄の亡者たちの幻影などが、巧みに描き出されていれば、それはほとんどつねに夢体験の忠実な再現となっている。しかしながら、ときには、それらが目ざめているときの恐怖とない交ぜになっている場合も見受けられる。たとえば、世界最古の幽霊譚のひとつである『ヨブ記』が、それである。詩人が語っているのは、緊迫した冷たさの感覚、恐怖のあまり髪が逆立つという感覚に関してである。この経験は、まぎれもなく真実にもとづいているものであり、目ざめている時に起こる。

心が凍りつくとか、恐怖でおののくという感覚は、夢の中の感覚ではない。その体験は、われわれが目ざめているときの現実の生活の中で、超日常的な恐怖感に見舞われた場合に起こることである。

それと同じ恐怖が現われる例は、馬や犬や猫においても観察される。動物の場合にも、彼らの怯《おび》えの原因をなすものが、しばしば、超自然的恐怖である場合がある、と推測してもよかろう。一匹のあまりものに動じない犬が、紙片の束がわずかな風で揺れ動いたのを見て、ひどくうろたえてしまったのを、私は見たことがある。その微風が犬の寝そべっていたところまで届かなかったので、そのため犬は紙片の動きを風の動きに関連づけることができず、どうして紙が風にそよいだりしたのか、理解できなかったのであろう。その不可解さが犬を動転させ、犬は背中の毛を逆立てたのであった。

しかし、物語や詩の中で、日常のこのような恐怖の感情に、夢で経験する恐怖の感覚をうまく重ね合わせることができると、とてつもない効果が生じることがある。物語はそれによって、ほかの方法では得られないような、真実味と現実性を帯びることになる。古い妖精物語詩とか妖怪《ようかい》譚の中には、右の二種類の体験をない交ぜにして、みごとな傑作となったものも多い。

ドイツの『ウンディーネ』という傑作などは、この種の好例というべきだろう。川の流れの中に浮かぶ人々の顔。幽霊たちの群れに変容してゆく滝や急流。塞いでおいた泉から水が噴き出て、ウンディーネの姿に変化《へんげ》する場面。彼女の背後からどっと溢《あふ》れ出る水。彼女が愛する人のために涙を流すと、その涙が恋人の息の根をとめてしまう場面。

これらの情景は、すべてまぎれもない夢の所産である。だが、それがあたかも現実味を帯びて見えるのは、多くの人々が自分の見る夢の中で、ある程度似たような空想的な経験をしているからである。しかし、この物語の他の部分では、人間の情緒、怖れ、情念などが問題となっているが、これらは現実の生活に関わっているものなのである。その空想と現実の両方の組み合わせ方が見事なほど、芸術的効果は高くなるのである。

ウンディーネに言及したからには、中世の文学に見られる彼女の前身的存在たちについても、言及しないわけにはいくまい。中世の精霊たちとは、女の夢魔サキュバスと男の夢魔インキュバス、空気の精シルフ、女の火の精サラマンドリンと男の火の精サラマンダー、そのほか水、空気、森、火の中に棲《す》むあらゆる不思議な妖怪たちのことを指している。すぐれたこれらの物語は、みなそのまま正真正銘の夢の研究対象となっている。

それから時代が下って、今日のほとんどのロマン主義文学に至っても、ゴーチエの不可思議で胸がときめくような物語、『死霊の恋』『ポンペイ夜話』あるいは『ミイラの足』などに関しても、まったく同様のことがいえる。中でもいちばん驚くべき作品は、『死霊の恋』であろう。だが、二重人格を描いたこの作品は、今日の話の例としては、いささか筋がこみ入りすぎている。その代わりに、『ポンペイ夜話』の方を取り上げてみよう。

　数人連れの若い学生たちは、廃都ポンペイを訪れ、廃墟《はいきょ》を見学したり、ナポリ博物館に保存されている珍しい遺物を調査したりしている。彼らはみな、古典文学や古代史に通暁している若者だ。それだけでなく、彼らは目に触れたものの美を味わい、理解することができる芸術好きの若者たちでもある。およそ二千年の昔、ここで火山の噴火が起きたとき、大勢の人々が降りそそぐ火山灰を浴びて亡くなったが、その遺骸《いがい》は灰の堆積《たいせき》によって覆われてしまった。そのためにその人々の姿かたちが、そっくり鋳型に取られたかのように残されているのだ。その遺体の何体かは、先ほどの博物館で見ることができるが、そのうちの一体は、若い美しい女性のものであった。

　三人の学生のうちいちばん若い青年が、この鋳型を目にして、ロマンティックな願望を抱いてしまう。現実には二千年も昔に亡くなっているその女性に出会って恋をすることができたらなあと、若者は夢想する。その夜、友人たちが眠っているすきに部屋を抜け出たその若者は、たった一人で空想を楽しもうと、廃墟の中をさまよい歩く。

　ところがしばらくして、ある通りの角を曲ってみると、昼間見たときと街の印象ががらりと変わっている。家並は高く立派になっているし、新しい家ばかりが建ち、清潔な感じさえする。若者は街を徘徊《はいかい》し続ける。すると、突如太陽が昇り、通りは人でごったがえすようになる。しかも、彼らは現代の人たちではない。二千年も昔の人々なのである。だからみな、古《いにしえ》のギリシア風ないしローマ風の衣装を身に着けている。

そのうち、一人の若いギリシア人が近づいてきて、ラテン語で若者に話しかける。大学でラテン語を勉強していたから、若者は返事をすることができた。二人の会話がはずむ。やがて、彼はポンペイ劇場に招待されることになり、剣闘技など、当時の娯楽を見物することになる……。

それから若者は、この劇場で、あの会いたいと切に願っていた女性、ナポリ博物館に保存されていたあの娘と、ばったりと出会う。劇場がはねたあと、若者は彼女の邸宅に招かれる。なにもかも、ひどく楽しい。だがそれもつかの間のことで、娘の父親がふいに現われる。老いた父親は、キリスト教徒であった。そして父は、自分の娘の亡霊が、そのようにして、若者をたぶらかしていることにひどく腹を立てる。娘の父親が十字を切ると、たちまちその哀れな娘アリアの姿は、崩れ果て、塵《ちり》と化してしまう。そして若者は、自分がたったひとり、もとの廃墟の中に佇《たたず》んでいることに気がつく……。

まことに美しい物語であるが、細部はどこまでも、夢の世界の描写である。この話にこんなに多言を費やしたのは、ただそれが、夢の体験を芸術に応用した例としては、フランスでも最高の作品だろうと思われたからである。しかし、この同一のカテゴリーに属する物語《ロマンス》が、ほかにもたくさんあるであろう。

一つだけ例を示すなら、アーヴィングの「七つの都市のアデランタード」を取り上げてみたい。これは純然たる夢の物語であるが、語り口がじつにリアルなので、眠っているときの感じそのものが、読んでいて伝わってくる。これに比べるなら、「七人の眠れる人々」『リップ・ヴァン・ウィンクル』『浦島太郎《うらしまたろう》』などの物語は、純粋の夢とは言えないけれども、そこにある魅力はどこからくるかと言えば、まさしく夢の体験を応用した部分からである。これらの物語作品の物語たるゆえんは、夢の中で若返った老人が、目をさましてみると、やっぱり冷酷で動かしようのない現実があるばかりだったという点にある。

ところで、マリー・ド・フランスの手になる古いフランス歌謡の中に、日本の浦島太郎の物語と酷似するものがある。少なくとも亀の部分を除いて、どこからどこまでもよく似ている。しかし、東西の作者の一方が、話を相手から借用してきたという可能性はまったく考えられない。どちらも、自然発生的に生まれた物語だということである。しかし不思議なことに、この説話は、インドやアラビアやジャワなどの国々の物語とも内容的によく似ている。どの国の説話をとっても、肝心のロマンスとしての真実味は、おのずと同質のものが多く、語られているのは、夢の持つ真実ということである。

たしかに夢は、恐怖とロマンスという芸術的要素以上に、文学に備わっている最も透徹した、美しい霊的な優しさというものの供給源となっている。夢の中では、今は亡き愛する人々が、われわれのもとに帰ってくることが、しばしばある。彼らはまるで実際に生きているかのような様子で言葉を交わし、そうあって欲しいと願っていることが、すべて実現する。夢の中で死者と再会するとき、あらゆるものがどんなに穏やかで美しく見えることか。また、どんなにかそれが現実味と真実味を帯びて見えてくるものか。誰しもそのことに気づいたことがあるであろう。

太古の昔から、そのような死者のヴィジョンが、文学にたいして、ことのほか心を打つような優美な道を拓《ひら》き、そこから私情を離れた情愛の世界が導き出されてきたのである。われわれは、こうした経験をほとんどあらゆる西洋の昔の物語詩《バラッド》に見出すことができる。世界中の叙事詩の中にも、またすぐれた詩作品の中にも、見出すことができるのである。そして現代文学も、時とともにますます、そこから糧《かて》を得るようになってきている。

フィンランド叙事詩、『カレワラ』のような、世界中のどんな叙事詩ともまったく違う異色の構成を持った作品においてさえ、その中で唯一、真に美しい情感を湛《たた》えた一節は、亡き母親が帰ってきて、邪悪な息子をさとすところである。しかし、その部分は詩の中ではっきりそういうふうに描かれていないけれども、この箇所は夢の描写なのである。

もうひとつ付け加えておきたい。われわれが天国を夢想し、それを文学において描こうとするのは、われわれが見る夢のうちで、より美しい夢を想像の中で再現することにほかならない。われわれは、眠りの世界で、今は亡きなつかしい人々に再会する。父親はずっと以前に亡くしたわが子を生き返らせ、夫は妻を再び甦《よみがえ》らせる。死によって仲を引き裂かれた恋人同士は、この世で果たせなかった契りを交わす。

遠い昔に、われわれの目前からいなくなった人々——姉妹、兄弟、親しい友人たち——こういう人々が、ありし日のごとく、愛らしく、若々しく、しかもおそらく、実際に生きていたらかくもあろうかと思う以上の美しさを湛えて、われわれのもとに帰ってきてくれるのである。

眠りの世界では、老いるということがない。不死と永遠に続く若さがあるばかりである。繰りかえすが、一切のものがなんと柔和で幸せに満ちていることであろう。現実の生活ではわれわれに親切でない人たちが、夢の中では思いやりがある。そうであるとするなら、これよりほかにどんな天国が考えられよう。

宗教は善良なる人々のために、幸福というものの完全なる姿を描いてみせてはくれるが、それはたんにわれわれの夢の中の生活の、最高の部分を述べたものにすぎない。そしてまた、その夢の生活の最上の部分が、現実の生活の中の最上の部分ということにもなるのである。しかも、その叙述の仕方において、宗教が夢の体験に近いものになればなるほど、その結果はよりよいものになることに気づくであろう。

あるいは、みなさんは、宗教というものがある特別な超自然的な力の顕現《けんげん》について教えてくれるものだということを忘れているのではないか、と言われるかもしれない。しかし、そうした超自然の力がどういうものかを察知することができるのも、やはり夢の生活においてなのである。夢の中でわれわれは、空を飛び、固い物体でも通り抜けることができるではないか。どんな奇跡でも起こし、あらゆる不可能な事を可能にしてしまうではないか。

文学にたずさわる者として、超自然のテーマを扱わなければならなくなったとき、もしすぐれた想像力に恵まれているなら、内容が怖ろしいものであろうと、優美さに満ちたものであろうと、痛ましいものであろうと、すばらしいものであろうと、インスピレーションをもとめて書物に頼るということはしてはならない。

自分自身の夢の生活に頼ることである。それを丹念に研究し、そこからインスピレーションを引き出すようにすることである。なぜなら、単なる日常体験の彼方《かなた》にあるものを対象とし、そこから美なるものを汲《く》み尽くそうとする文学にとって、夢こそは根源的な文学の源泉にほかならないからである。

――The Value of the Supernatural in Fiction（*Interpretations of Literature*, II, 1915）

詩歌の中の樹の精

西洋の詩歌の源泉を創作に活用する最良の方法のひとつは、日本の文学と伝説とに関して、西洋詩歌のロマン主義的な、あるいは情緒的な関連性を発見することにあると思われる。

以前、文学科の学生の一人が、私のところに三十三間堂にまつわる古くてすばらしい物語の非常に美しい翻案を書いて寄こしたことがある。私はそれを読んでいるうちに、西洋文学にも同種のすばらしい伝承物語が存在するのに、今まで誰も文学を学ぶ学生に注意を促そうとした気配がないのをむしろ不思議に思ってきた。今日は私は、日本の伝説と同じような発想《アイディア》がいかにして西洋のすばらしい文学を生み出してきたかを示してみたいと思う。

この種の最高の伝承文芸は――あらゆるジャンルの中で最良のものは、いみじくも動植物神話と称せられるものに属しているが――ギリシアのものである。みなさんは、たくさんあるギリシアの物語についてなにがしかのことを聞いていることであろう。

糸杉（cypress）はかつて Kuparissos（正しいギリシア語綴《つづ》りはこのようであるが、さもなければ Cyparissus と綴る）と呼ばれた美少年であったが、誤ってかわいがっていた鹿を殺してしまった。もし神が少年を彼の名を帯びている木にその姿を変えてくれなかったら、彼は悲しみのあまり死んでしまったことであろう。

また、きっとみなさんは、アネモネ、つまり「風の花」は、若きアドニスの花であるが、アドニスは獰猛《どうもう》な猪に致命傷を負わされた揚句《あげく》に、アネモネに姿を変えられた、ということも聞き及んでいることと思う。元来、白かった薔薇《ばら》が、赤くなったのもそのときのことであった。というのも、アドニスを助けようと急いでいた女神アフロディテは、薔薇の刺《とげ》で美しい御足《みあし》を刺してしまい、薔薇の花はその血で赤く染められたからである。

むろん、これもみなさんは知っていると思うが、ナルキッソスという花は、ニンフのエコーの愛を拒絶した美少年の名前から採られたものである。ナルキッソスは、その後、水面《みなも》に映る自分の顔と姿に見惚《みと》れているうち、自分のその幻影《シャドウ》に恋してしまい、ついに痩《や》せ衰え、水仙の花に姿を変えられてしまった。

さらにヒヤシンスの話がある。これは青年ヒュアキントスの花のことであるが、太陽神が彼と円盤投げに打ち興じているうちに、太陽神は誤って彼を殺してしまう。そして、太陽神は青年を植物に変えてしまった。さらには、その花はギリシア文字の〝ai! ai!〟という悲嘆の叫びを生んだ。

もはや、月桂樹《げっけいじゅ》やその他多くの植物にまつわる物語について触れる必要はないであろう。ただギリシア神話では、植物、樹木、鳥類、昆虫類はほとんどみなすべて、こうした伝説や物語に結びつけられているということを述べておけば、充分であろう。こうした事柄は、たいていよく知られた事実である。

一般にあまりよく知られていないのは、ギリシア人はあらゆるものに霊が吹き込まれていると考えていたこと——つまり、岩や木々や、雲や水などに、それ独自の精霊ないしは物活論的法則《アニメテイングプリンシプル》が宿されていると考えていたこと——であろう。すべての川、泉、樹木は、それぞれの神もしくは半神を有していたのである。ともかくこの問題に満足のゆくまで触れようと思えば、非常に多くの時間を要することになろう。

ただ私は、手短に、神的及び半神的存在《パースン》の遍在性というギリシア思想は——それらがとりわけ人間臭く、往々にしてひときわうるわしい存在であったという違いを別にすれば、——古《いにしえ》の八百万《やおよろず》の神々にまつわる日本の思想ときわめて似かよっていたという事実を指摘しておきたいと思う。

しかし今日は、樹木にまつわる信仰についてのみ話すことにしよう。

樹の精というものには二種類ある、とギリシア人は考えていた。果樹の精はメリアドと呼ばれ、その他の樹の精はドリュアスあるいはハマドリュアスと呼ばれていた。樹の精たちは主に女性であり、時折、美しい女性の姿をして顕《あら》われた。

樹の精たちには超自然的能力が備わっていたが、彼女たちの生命は樹の生命に依存していた。それで、その樹木が枯れてしまうと、樹の精も死んでしまうのであった。それゆえ、樹の精たちは自分たちが宿っている樹木に心を配り、自分たちの樹木が丁重に扱われているか、あるいは傷つけられたりしていないか、注意を怠らなかった。それによっては、人間に報復したり、人間を罰したりしたのであった。だから、ある樹木を伐《き》り倒すことは、人間にとってとても危険なことだと考えられていたのだ。

日本の伝説では、榎《えのき》はしばしば伐り倒すことが危険な木として考えられていた。ギリシアの数多くの樹木も、このように人間によって恐れられていたばかりでなく、通常、生《い》け贄《にえ》を供えて宥《なだ》められる存在だった。

もちろん、この樹木神話の文学的価値は、類似した日本神話のそれと同じく、人間的感興に――つまり、古《いにしえ》の物語に伴う詩精神と情感に――基づいているものである。たとえば、ある樹霊神話はたいそう美しく、かつたいそう哀れなものがある。そういう物語はわれわれの情感に訴えるのみならず、われわれにひとつの教訓を教えたり、あるいは決して忘れられないやり方で、人間の意志の弱さをわたしたちに喚起してくれたりする。

このような物語のひとつで、おそらく最もすばらしいものは、ロイコス（Rhoecus. 英国詩人ランダーはその名を Rhaicos と綴っているが、前者の綴りの方が正しい。正しいギリシア語表記は、Rhoikos であろう）の物語であろう。この少年は一人の樹の精を愛していた。はじめ、彼はこの樹の精の木を伐り倒すつもりでいたが、樹の精は木から出て来て、ロイコスに非常に言葉巧みに、かつ優しく木を伐らないように懇願した。

それで、もし彼女が自分を愛してくれるのであれば、その約束を守ろうという条件で、その木に危害を加えないことを決めた。なぜなら、ロイコスは樹の精が人間の女よりも一段と美しいことを知っていたからである。すると樹の精は、私を愛するのはとても危険なことです、と彼に告げるのである。

「私はとても嫉妬《しっと》深いのです。もしあなたが他の女の方に恋心を抱かれるようなことがあったり、あるいは、私があなたを呼びにやったとき、もしあなたが私の許《もと》にすぐ来てくださらないようなことがあったなら、私たちの仲はすべて終わりになるのです。そして、あなたはたちまちたいへん不幸な身の上になるのです。神の精霊の娘に恋をすることとは、戯《ざ》れ事では済まされないのです」

もちろん若者は、恋する者がこうした情況に際していいそうなことを樹の精にいった。しかし樹の精はこう続けた。

「もうひとつ忘れてはならないことがあります。人間の寿命は長くはありませんが、樹木の寿命はとても長うございます。あなたが歳をとり、亡くなっても、私はまだ若く美しいままでしょう。あなたは、ティトーノスのように向こう見ずな方ではないでしょうね？」

ロイコスはそれでもなお誠の契りを交し、恋心を訴えて止まなかった。そしてついに、樹の精は彼の望みを受け入れた。「でも」と樹の精は言った。

「私はあなたのお父様の家で、あなたと一緒に暮らすわけには参りません。私は、私の樹からそれほど遠くに離れることは出来ません。それで、森に人影が見当たらぬときにだけ、あなたの方から私の許にどうぞお出かけくださいませ。そして、私があなたにおいで願いたいときはいつでも、私はあなたに蜜蜂《みつばち》を使いに差し向けましょう。蜜蜂があなたの頭上に飛びまわりましたら、おいでくださらなければなりません。もしおいでくだされないときには、きっと何か恐ろしいことが起こります」

その後、長い間、何事もなく、二人は仕合《しあわ》せであった。

ところがある日、ロイコスは、数人の若い友人とカード遊びを始めていた。すると、そこへ蜜蜂がやって来た。そのとき、彼は樹の精のことをすっかり忘れてしまい、いらいらして、片手でその蜂を打ち据《す》えようとした。蜂がまたやって来ると、また彼はそれを打ち据えようとしたのである。その時、突然、ロイコスは思い出した——彼はカードの卓子から急に立ち上がると、森に向かって走り出した。

しかし、時すでにおそしであった。蜜蜂はロイコスより先に着いていたからである。樹の精の木は萎《しお》れ、枯れ果てていた。彼女は永遠に去ってしまったのである。それで、ロイコスは心慰められぬ身となってしまった。彼は枯れた樹木の前にうずくまっていたが、とうとう悲しみのあまり、彼自身も命を絶ってしまったのだった。以上が、この物語全体の要旨である。

文学的見地から見て、このような物語はさまざまな観点から論ずることができるであろう。アメリカの詩人ローウェルは、この物語を道徳的見地から扱った。フランスの詩人の中に、これをたんにロマン主義的な観点から扱った者も、幾人かいたように思う。しかし、その扱い方に一番成功したのは、英国詩人のランダーであった。ランダーは牧歌詩人の作法に従って、対話体でこの物語を語り直したのである。彼のギリシア文学とギリシア人の生活に関する造詣《ぞうけい》の深さが、この物語の解釈の上で利するところ大であった。

ところが、この物語の原文であるギリシア語のテキストは失われてしまった、おそらく永久に。しかしこれは、ランプサコスのカロンという作者の作品である。この名前は、闇に閉ざされた三途《さんず》の川、スティクスの上を死者の魂を運ぶ亡霊の渡し守の名と同じだから、憶《おぼ》えやすいだろうと思う。

さて、われわれは、ランダーが「樹の精」というタイトルを付した、このすばらしい物語伝説の再話《レンダリング》から抜き出して読んでみようと思う。作品自体がかなり長いものなので、序文は読むには及ばないだろう。

物語は、ロイコスの父が息子に、森に行き、家の使用人が樫《かし》の木を伐り倒すのを手伝うようにと命ずる話から始まる。息子のロイコスは樫の木の所までいくと、その老僕が木の前で斧《おの》を手にしているのに出くわす。老僕は斧を打ち降ろすのをためらっている様子であった。そこで、「どうしたのかね」と、少年のロイコスは尋ねる。

「あたりに蜂がいるだ、スズメバチかクマンバチか知らねえけど」と用心深げな老僕が言った。

「しかとご覧くだされ、タリースの若旦那様！」

若者はその場を離れると、注意深く耳を傾け、手を耳に当てがった。

初め若者は蜂の羽音を聴いていたが、その音はだんだん和《なご》み、澄んできて、ひとつの調べのようなものに変わっていった。

すると、その調べに言葉が、もの哀しげな言葉が、加わった。

若者は、老僕の方を振り向いて言った。

「エケーオン、その樹を伐り倒してはならぬぞ。樹の中に洞《うろ》があるにちがいない。神様が樹の中から何かおっしゃっているのだ。近くに寄って見てみよ」

そこでもう一度、二人は、樹の方に近づいてみると、見よ！

樹の下の苔《こけ》の上に、双の掌《たなごころ》をその両脇に押し当てつつ、人間の姿をしたひとりの乙女が、坐っているではないか。

乙女の長いまつ毛の下に見える眼差しは、うつむきかげんのままで、

頰は蒼白い、とはいえ、ナナカマドの木でさえ
汚れを知らぬ乙女の唇のような、まっ赤な果実を結ぶこともなければ、
和やかに、ゆったりと揺れ動く乙女の髪に挿《さ》したアネモネの花でさえ、
その下にかい間見える乙女の顔《かん》ばせには、比べようもない。

樹木のもつ霊的性格は、まずブンブンという羽音によって示される。そして、ロイコスと老僕の二人は、その音が蜜蜂によってたてられたものだと想像する。ところが、注意深く聴き入ってみると、それは蜂の羽音などではなくて、か細く可憐《かれん》な声が、恐怖と悲しみの極みの言葉が、発せられているのを知る。そして二人は、びっくりしてしまう。その驚きが失《う》せるか失せぬうちに、突如、彼らは、樹の下に、ひどく蒼白《そうはく》な、しかし妙に赤々とした唇をした若い乙女の美しい姿を認めるのである。

乙女の顔を見ると、その輪郭は、水面《みなも》のさざ波の形のように、揺れ動いているように思われた。しかし乙女の髪には、あの世の花《ゴーストリー・フラワー》ではない、本物の生花が挿してあった。二人には、その花が非常にはっきりと見えた。その乙女の美しさ、優しさにもかかわらず、その容姿には、二人をおじけづかせる何ものかがひそんでいるようだった。

この乙女の超自然的性格は、その幻影《シャドウ》の輪郭のすべてが鮮やかに栄《は》え出ているかと思えば、次の瞬間には、煙のごとく雲散霧消《うんさんむしょう》しかねないという事実によって示されている。し

かしほどなく、優しくか細い、この世ならぬ声が、ロイコスの名を呼び、彼に老僕を追い払うようにと命じるのである。老僕はといえば、死ぬほどにこわがっていたものだから、厄介払いされたことを喜ぶばかりであった。それから樹の精は――彼女こそ、まさしく樹の精にほかならなかった――若者に向かって語りかけ、こう懇願した。

樹の精　あなたも汚れなき純血を流そうとなさるのですか。いかなる誓いといえども、流血を欲せず、またいかなる神といえども、樫の木が血を流すこともお望みになりますまい。

若　者　あなたはどなたか？　どこから来られた？　どうしてここに？　して、どこに行こうとなされるのか？
白色の衣に、あるいはサフラン色の衣に、またあるいは、明け方の空や晴朗なる空に似た色合いの衣に身を包む人々の中にも、あなたのような装いを凝《こ》らした方はおられない。
苔が石に、葉が幹に付いて離れぬように、あなたの身にぴたりとまとわりつき、しかも、ちょうど微風に誘われ、川辺のしとやかなプラタナスの枝々がうなずき合っているように、
あなたの胸元を上に下にとたなびいている灰色の衣ほど、この世に美しいものが

あろうか？

樹の精　あなたはお父様の家をとてもお気に入りでしたね。

若　者　そのとおりだ。たしかに父の家が好きだ。

でもあなたのためならば、いずこなりとも参りましょう。私はあなたのためなら何でも棄てましょう、三つの時から誕生日ごとに、私の背丈を印した跡がドアに刻んである私の家を。また、母が私の寝室に私の身を守るために釘で打ちつけてくれた魔除け、あの威圧的な悪魔の両の眼も、去年の春の競争で、ユーティカスから勝ち取ったシードーンの弓――これはいずれお目にかけましょう――も、みな棄てましょう。

この樹の精の描写は、ランダー自身のものといえる――おそらくローウェルがこの樹の精を一糸纏《いっしまと》わぬものとして描くとき、ギリシア思想により忠実に従っているのである。だが、葉や苔をつけ加えるという芸術的工夫によって、さらに繊細でいくぶん霊的な感じも出ている。若者は、自分が話しかけているのが樹の精であることに思いも及ばない。若者は、一人の魅力的な乙女を眼の前に認めたにすぎない。その乙女はたいそう魅惑的なので、ロイコスは彼女の要求を容《い》れて、その樹を伐り倒さないようにしようとしているだけである。それのみならず、若者は彼女のために一切のものを捨てようと――つまり父親の家や、彼が愛着を覚えているものでさえも、捨て去ろうとしているのである。

もちろんロイコスには、父親の家を出ることを悔やまぬかどうかという乙女の問い質《ただ》しの意味が、まだ理解できていない。樹の精は、ロイコスが父の家を出ることもできなければ、そうするつもりもない、と答えてくれることを密《ひそ》かに望んでいた。そうして、問い詰めるような調子で、乙女は「それでは、私の家である私の樹を伐り倒そうとして、私をどれほど苦しめているかを考えてもみてください」と応じたかったのである。

しかし若者は、すでに彼女にぞっこんであるから、まったく正反対の答えをしてしまった。ロイコスの性格を実にみごとに表現している答え方からは、可憐な無邪気さ、少年らしい無垢《むく》の心が窺《うかが》える。これもまたランダーの創意工夫によるものといえよう。少年が毎年幼年の頃からどのくらい背丈がのびたかを示す目印を付けたドアに言及しているのは、ギリシアの、というよりもイギリス流の考え方からきている。とはいえ、それは実に人間味溢《あふ》れた筆致といえる。イギリスには、来る年来る年、子供を壁あるいはドアに背を向けて立たせ、これこれの年月日に、子供の頭がどこまで達したかを、壁やドアにちょっとした印をつけて、子供の成長を計る習慣がある。

二人の会話は、さらに続く。若者は依然として、この美しい乙女が誰であるかわからない。乙女が彼に樹の精について聞いたことはないかと尋ねても、若者がいま話しかけているのは、樹の精自身であることに思いも及ばない。彼は、ただ彼女に愛していることを告げるだけである。

若者は乙女の樹の下の苔を平らにならし、小石を拾っては投げ捨て、彼女のために居心地のよい席を設けるために一隅を整えた。それから、樹の精が再び彼の前に坐《ざ》したとき、若者は花嫁として父の家に一緒に来てくれるように頼んだ。しかし、彼女は答えた。

樹の精　いいえ、私はあなたのお伴もしかねますし、私の家にもお連れしかねます。

若　者　あなたの住まいはどこですか？

樹の精　樫の木の中です。

若　者　ああ、樹の精の話ですね。どうか聞かせてください。

樹の精　お父様に、私の樹を伐り倒さないように頼んでくださいな。それから、毎年、お父様に九頭の丸々と肥《ふと》った羊を買えるよりももっとたくさんの蜜蜂を、また、すべての神々のために点されるよりももっとたくさんの臘《ろう》を、この私からお受け取りになれるようお約束いたしましょう。どうしてあなたはうつ伏してばかりおいでになるのですか？　向う見ずな若者よ、刺《とげ》で顔を傷つけますよ！　お顔をあげなさい、みっともないではありませんか？

若　者　みっともないと言われても、顔をあげることはできかねます。

ご慈悲を！　私はあなたに愛を乞おうとは思いません――
ただ憎からずお思い下さいますよう！
もう一度お姿を見とうございます――いや、一度ならず、
来る日も来る日も。愛しつづけたいのです――愛されずとも！
しょせん高望みをしすぎたのです。私の頭上に稲妻は落ち、
まさしくわが脳天は、打ち抜かれたのです。

乙女は若者を慰め――彼に私を恐れなくともよいと告げ――彼を愛することさえ約束した。ただ、彼女は彼の家について行くことができない、と言った。喜び勇んで家に帰ると、若者は父親に樹の件で取りなしてもらうことにした――彼が毎年その樹から多量の臘と蜜をもらえることを交換条件にして。

それを聞くと、父親は大いに喜び、その樹を伐り倒さないことに同意した。それから毎日、ロイコスは森へ樹の精に逢《あ》いに出かけることになった。ときには、彼は彼女に逢えないこともあった。すると彼は、ひどくみじめな気持ちになった。そこで、彼女は彼を慰めようとして、蜜蜂のことを告げた。

私の子飼いの蜜蜂がいます。その蜂は私の心を知っていて、

私の望みを果たしてくれます。その蜂を使いとして
差し向けましょう。もしあなたに浮気の虫がうずいて、
他の女《ひと》に心惹かれるようなことがあれば、私の蜂に目もくれず
追い返しなさい。そのとき私は、私の運命を知り、
そして——あなたはきっと不幸になるでしょう——あなたは、あなたの運命を嘆くでしょう。

つまり、乙女は万一の若者の背信に備えて、漠然とであるけれど、彼に警告を発したのである。もし若者が他の誰かを愛するようなことがあれば、樹の精はたいへん不幸になるであろう。しかし、若者にはもっと悪い結末が待ち受けていることだろう……。

このあたりから、ランダーとアメリカ人作家ローウェルの物語の扱い方に著しい相違が生じている。ローウェルの方は、この若者を粗暴で大酒飲み、大勢の悪友たちと金を賭《か》けて博打《ばくち》を打ったと書いている。しかし、すでに見てきたように、彼がそのような立ち振舞をしたのであれば、ランダーの描くロイコスという人物の性格とは、まったく正反対のものとなるであろう。なぜなら、ランダーは、ロイコスを愛情深い、優しい少年として描いているのであるから。

一方、ランダーの詩では、ロイコスがカード遊びに打ち興じていたのは、あの粗暴な仲間とではなく、父親とであった。彼が蜜蜂を打ち据えたのは、ただ約束を忘れてしまったという失態からにほかならなかった。


ロイコスは、父親の家に坐っていた。

テーブルをはさんで、父と息子は坐っていた。そこには、秋がいま豊かに産み出す果物も、アニスの実で作ったケーキも、芳香を放つ葡萄酒も並べられてはいない。

ただカード遊び用の卓子だけが拡げられていた。その勝負で、勝ち誇って坐っているのが、父の老タリースだ。

息子は、困惑の様子で、いらだち、意気沮喪《そそう》の体《てい》で、とり乱していた。

彼の耳元で、ブンブンという音が鳴った。ひと度、彼の手が振り上げられると、もう音はきこえなくなった。

かわいそうに蜂は、家に飛び帰り（とはいえ、着いたのは朝日が煌々《こうこう》と輝きはじめてからのことであった）、樹の精が、頭を痛む手首に当てているのを認めると、
半ばちぎれた片方の羽と、もう片方の傷手《いたで》を負った羽の網の目とを、彼女に示した。

そこには、樹の精にしか見えぬ傷跡が付いていた。

カード遊びの卓子を描写するに際して、ランダーは「拡げられて」という言葉を用いたので、みなさんは戸惑うかもしれない。しかし西洋のカード卓子は、普通、本のように開け閉めできるように作られている。実際、閉じられたときに、この卓子が皮革製の二冊の大型本に見えるように作るのが流行であった。蜂の羽音に関連した「網の目」という言葉は、もちろん、蜂の羽の網状組織を意味し、学問的には「翅脈《しみゃく》」と呼ばれている。

さて結末だが、それははなはだ簡略に結ばれている。若者は、樹の精が苦痛の叫びをあげるのを耳にした。そして、彼はすぐに森の中に駆け込んで行く。

木から樹皮は剝がされ、緑の葉は抜け落ち、幹は引き裂かれた。
その日からというもの、若者の耳を慰める言葉も、囁き声もなく、
蜂の羽音さえ聴こえなかった。
ただ木こりや羊飼いたちは、一年もの長い年月、夜も昼も、高い嘆きの声を耳にした。
一方、ロイコスは、そのわびしい場所を立ち去りかね、
呻《うめ》き声を発すると、絶命したのであった。
それからというもの、おお、ここを訪う旅人よ、ゆめ疑うなかれ、

虚《うろ》の石の上には、乳と蜜とがたんと供《そな》えられていることを。

最後の行は、テオクリトスがしばしば描いているとおり、森の神が宿り給うと考えられている場所に、乳と蜂蜜とを供えるというギリシアの風習に触れているところである。近代的なタッチで描いたものにもかかわらず、ランダーの物語全体についての観念は、その手法においていたってギリシア的である——とりわけその優美さにおいて。

もしみなさんが、いつの日か、この伝承物語を研究してみようと思い立つことがあるのなら、これは決して色褪《いろあ》せることのない、（またランダーのものにしろローウェルのものにしろ）語り尽くすことのできない物語のひとつであることが、容易に感得できるであろう。ギリシアの伝承物語群には、不思議な生命力がひそんでいる。多くの詩人が幾世紀にもわたって同じギリシアの伝承物語を取り上げているが、その新しさはいっこうに失われることはないであろう。またその新しさゆえに、依然として、偉大なる天才たちは、その物語に正しい評価を下すように誘《いざな》われてゆくのである。

近い将来、日本の詩人が、この物語の趣旨の中に非常に含蓄のある教訓を含む、この上なく美《うるわ》しいインスピレーションを見出《みいだ》すことも、きっとあるにちがいない。

——On Tree Spirits in Western Poetry（*Interpretations of Literature*, II, 1915）

妖精文学と迷信

みなさんは、「妖精《フェアリー》」という言葉が「霊《スピリット》」の意味で用いられている非常に新しい言葉であることを理解していることと思う。この語の本来の意味は魔法であり、超自然的な力ということであった。昔のイギリスの作家は、この「フェアリー」という言葉をこの意味で用いていた。ウォルター・スコット卿《きょう》も、時折そのような意味で用いていた。この語は、昔は faerie と綴《つづ》られ、faerie land は本来 land of magic（魔法の国）の意味であった。

かなり後になって、この語は超自然的な存在や人間に用いられるようになったが、元来は、それに当てはまる実際の英語は、El か Elf であった。

El-people とは、北方の妖精《ようせい》たちのことであった。だが、「妖精」という概念自体は、どこから来たのであろうか。ローマ人は、多くの面でわれわれの妖精と類似する、彼らなりの Fatæ を所有していた。けれども、この妖精たちに関して数多くの不思議な観念があり、これを説明するには宗教史を繙《ひもと》かなければならない。

古代ローマの世界で、キリスト教教会が初めて大きな影響をおよぼしはじめたとき、その司祭たちはローマ人たちに、神々や精霊といったものがこの世に存在しないなどと告げようとは、夢にも考えていなかった。事情はまるで逆であった。教会は、ギリシア・ローマ世界のすべての神々と精霊は実際にいることはいるが、彼らは真の神々ではなく、神々の形をした邪悪な霊にすぎないと言ったのである。

あらゆる信仰の中にひそむ影のような存在はみな、徐々に行き渡った想像力の中で変容をせまられた。つまり、彼らはもはや崇拝されず、ただ恐れられる存在となったのである。彼らを崇拝することは、魔術という罪に手を貸すこととされた。

古代の信仰的要素についてはこれぐらいにしておこう。さて次に、北方民族が南ヨーロッパに侵入したとき、彼らはノルウェー、スウェーデン、デンマーク、ドイツからそれぞれ別の迷信をもたらした。中でも、「エル・ピープル」の迷信が有力なものであった。教会側が、人々にエル・ピープルなど存在するわけはないといくらいってみても、無駄であったであろう。さらには、教会自体が、エル・ピープルは存在すると信じるようになっていった。そこで、それを崇拝しないという条件つきで、司祭たちはエル・ピープル信仰を残しておくことにした。

アイルランド、イングランド、スコットランド、西フランスに住むケルト民族は、北方民族に征服された先住民であり、森や川や山に住む霊とか、百変化できる精霊についての、非常に風変わりな信仰を抱いていた。キリスト教はこの種の信仰も大目に見たので、今でも消滅してはいない。しかしスコットランドでは、教育と産業の普及の影響で消えかかっている。アイルランドとフランスのブルターニュ地方には、とくに妖精信仰が広く行きわたっている地域が残っている。かの地の人びとがその土着の宗教に寄せている愛着は、妖精信仰の存続と何がしかの関係があるといえよう。

　そこで、妖精信仰には三つの要素、すなわち、北方民族的要素と古典的要素とケルト的要素があることがわかったと思う。これらの要素がすべて融《と》け合って、結局は膨大な量のロマンティックで詩的でかつ空恐ろしい想像力を生み出した。十九世紀初頭には主にウォルター・スコット卿の影響によって、多くの関心が妖精文学に払われた。外国産の妖精物語が、数多く英語に翻訳されたりした。十九世紀後半になると、しばらく、散文と詩の両分野におけるロマンティックで超自然的な要素に対して、いくばくかの大衆的反動が起こった。

だが現在、また逆の反動的気運が盛り上がっており、妖精文学はふたたび人気を取り戻してきた。その中の代表的な詩人の一人が、ウイリアム・バトラー・イェイツである。彼は南アイルランドの農民たちから、みずからの手でとても多くの妖精物語や伝承を収集したのである。

　さて、みなさんに妖精にまつわる迷信についてくわしい話をしようとすれば、かえって話の効果は失われるであろう。一度にたくさんの霊的な事柄に関して事細かに話をするのは、逆にみなさんの想像力を麻痺《まひ》させることになりかねない。みなさんには、こういった微妙な文学的価値をすぐに理解できるとは思われない。これは、ウォルター・スコット卿がずっと以前に気づいていた事実である。彼は、「超自然的なものとは、あまり強く押しつけると、その弾力を失いやすいバネのようなものだ」といっている。

妖精信仰のロマンティックな側面について学ぶ最上の方法は、少しずつその詩や物語を読むことである。もしみなさんが、この類《たぐい》のものを一度にたくさん読めば、すぐに飽きてしまうだろう。あるいは少なくとも、そうした話はありえない気がしてしまい、みなさんの知性が逆撫《さかな》でされたように感じてしまうであろう。

しかし、私が知る限り最高の現代妖精詩である「空の妖精群」を読めば、魅了されてしまうにちがいない。この場合、「現代」と私が言っているのは、われわれと同時代に創作されたということを意味している。イェイツの妖精詩は、今世紀に創作されたという意味でも、現代詩に属しているのだ。

荒涼としたハート湖の
　丈高く群がる雑草より、
野生の雌鴨と雄鴨を、
　オドリスコル、歌いて、狩りたてぬ。

夜の潮時近づくと、
　草はかくも暗く生い茂り、
花嫁ブリジットが垂らしし、
　長くほの暗き髪、彼、夢に見し。

歌いつつ夢見れば、
　一人の笛吹きの奏《かな》づる調べ、聞こえきたる。
その音色《ねいろ》、さほど悲しからず、
　笛吹きは、さほど陽気でもなかりし。

彼、平地に踊る若者たちと乙女たちの中に、
　彼らの中に、目を注ぐれば
花嫁ブリジット、その顔に、
　悲しみと嬉しさをたたえて、ただ一人居りぬ。

踊り子たち、彼のまわりに輪を描きて、

やさしげな言葉、あまた降り注ぎぬ。
一人の若者、彼に赤ワインを持ち来り、
また一人の乙女、彼に白きパンを持ち来る。

ブリジット、陽気な一団《バンド》から、
彼の袖を引き、連れ出しぬ。
またたき光る老いの手さばきで、
カードあやつる年寄りのところへと。

パンとワイン、これぞ運命の悪しき兆《しるし》。
〈空の妖精群〉のしるしなり。
彼は座し、彼女の長くほの暗き髪、
　夢見ながら、戯れぬ。

彼、陽気な年寄りたちと戯れ、
　悪しき定め、つゆ考えもせず。
誰か来りて、花嫁ブリジットを

陽気なダンスの輪から連れ去るまで。

その者、腕にいだきて、花嫁を連れ去りぬ、
　まばゆき若者、そこに立つ。
彼の首、胸、腕、ことごとく、
彼女の長くほの暗き髪の中に、溺れんとす。

オドリスコル、草から身を起こし、
　叫び、カードを放り出しぬ。
年寄りも、踊り子もともに去り、
　あたかも雲、空に吸われしごとくなり。

今や、彼、〈妖精のお通り〉しかと知り、
　その心、畏れかしこみて闇にみち、
家の戸口へと駆け込みぬ――
　――死者となりし花嫁ブリジットのまわりで、
悲しみ嘆き、悼《いた》む老女たち。

空の高み、笛吹きが一人、
　奏でる調べ、彼、耳にする。
その音色、さほど悲しからず、
　その音色、さほど陽気でもなかりし。

これは完璧《かんぺき》な韻文とはいえないが、妖精詩として、これを凌駕《りょうが》するものはないだろう。この詩は、驚くべきやり方で、詩のすぐれた技法である恐れの愉悦を伝える力を持っている。詩の中の言葉や空想はみな、たいへん風変わりで不思議な性質のものといえる。いかにさりげなく、その語りの魔力が展開してゆくことか。

もの寂しいところで、一人の男が、妖精たちが守護している野鳥を追い立てて楽しんでいる。夜が迫ってくる。そのとき初めて、彼は湖畔の草がなんと丈高く見え、また、日没を背景に何たる暗黒にみたされた茂みであるかに気づく。けれども、その草は美しくもあり、そこから結婚したての若妻の長く美しいほの暗き髪へと、彼の連想はおよんでゆく。

しかし、次の瞬間、場面は変わり、彼は海辺を歩いている。すると、楽しい仲間たちに加わっている自分を見出《みいだ》す。彼らは見知った若者たちだと思っていると、その中に彼の新妻もいる。一同は彼をとても親切にもてなし、カード遊びに誘う。彼は楽しくてしようがない。その仲間というのは、妖精たちである。しかし、彼はそれに気づいていないし、まだ妖精たちの魔法にかかっているわけではない。

さて、妖精の仲間たちは、ワインとパンを男に運んでくる。血のように赤いワインと肉のように白いパン。男はワインを飲み、パンを食べる。今や妖精たちは、復讐《ふくしゅう》の力を握ったのである。突然、彼らは、姿を消してしまう。男はぞっとする恐怖に駆られて、家まで走り帰る。家に着くと、誰かの臨終を看《み》とる老女たちの泣き声が聞こえる。

彼の花嫁が亡くなったのだ。彼女は妖精たちに連れ去られてしまったのである。ダンスのとき見たのは、彼女の霊だったのだ。そのときなら、霊は彼女の体内に戻ることもできただろうに。だが、男が妖精のパンを食べ、妖精のワインを飲んだと同時に、彼は若い花嫁の命を妖精たちに委《ゆだ》ねてしまうことになったのである。

みなさんはここで、日本のある古い民話を思い出すかもしれない。日本の民話に似た西洋の妖精物語はたくさんある。しかし、妖精信仰となると、実に恐ろしげで陰鬱《いんうつ》なものである。そこにはユーモアなどない。極度の恐怖が主題である。さて、このささやかな作品は見かけは単純だが、一読しただけではみなさんが気づかないような、妖精信仰についての多くの知識を含んでいる。

おそらくみなさんは、楽の音が悲しいと同時に楽しげでもあると歌われており、また、花嫁の顔が悲しくもあり陽気でもあると歌われている矛盾には気づかなかったであろうか。ある女《ひと》が妖精であるかどうかわかる徴候の一つは、微笑《ほほえ》んだり笑うときでさえも、何かしらとても悲しげな気配が、声の調子と目つきに表われてしまうことである。だから、妖精が奏でる楽の音には、どんなに陽気に聞こえても、胸を刺すようなもの悲しい音色が含まれている。

どんな地域でも、わけもなく野鳥をいじめてはならないことは、誰でも知っている。もしもそんなことをしたら、妖精たちは黙っていないだろう。もしみなさんが妖精の食物を口にしたとすれば、もはやみなさんに望みはなくなる。みなさんは、人間が妖精の食物を食べてしまったことをテーマにしたロセッティ嬢の詩「鬼の市《ゴブリン》」を覚えているであろう。この作品には同じ着想がある。妖精たちの食物を口にすると、人間は衰弱して、やがて死ぬ。しかし、その魔力は、妖精の食物を食べなかった別の人間の生命を奪い去ることはないのであろうか。

これについては、奇妙な想像がある。妖精たちがある人間をこの世から妖精の国へ連れ去ろうと思ったら、その人間を憂鬱にさせ、人生にあきあきさせてしまうことだ、とアイルランド人はいう。もしもみなさんが憂鬱であり、生きようが死のうがかまいはしないと思っているなら、妖精はみなさんを妖精の国へ連れ去る力を得たといえよう。みなさんの肉体は死ぬが、魂は妖精になるのである。けれどもその後、天国には決して行けないのだ。

妖精の存在する条件は、この世における幸福だけである。彼らにとっていかなる別の世界も存在しないし、不死というわけでもない。これは妖精信仰の一つの形態なのである。この形態がもっと暗黒的なものになってくると、あらゆる妖精たちは最後に永劫《えいごう》の火あぶりの刑を宣告されることになる。人間が身代りとして捧《ささ》げられない限り、七年ごとに一人の妖精が連れ去られなければならない。

たいへん美しいバラッドである「タム・リン」は、後者の信仰に基づいて作られている。これは、実にイギリスのすべての妖精譚《たん》の中の白眉《はくび》である。その作品の美しさは、超自然的な恐怖と戦う恋人の勇敢さを描くという点にある。

もちろん、最も名高い妖精文学は、民間の文学、すなわち伝承文学《バラッド》に属している。だが、さしあたり、あまり知られていない作品の中から、とくに有名な詩篇にみなさんの注意を向けてもらいたいと思う。方言で書かれた作品の引用はやめておこう。そこで、みなさんに今取り上げたばかりのバラッドを研究するようすすめるにとどめ、さまざまな卓越した詩人によって扱われている主題についての講義をつづけることにしよう。

それらの詩人の一人が、サミュエル・ファーガソン卿である。目覚ましい才能を持った詩人であるが、彼の作品のいくつかは、イギリス文学史上に長らく残るであろう。「妖精の棘《とげ》」はすぐれた詩というだけでなく、超自然的な感覚を呼び起こす尋常ならざる力を持った詩として、正当に評価されている。三人の田舎の娘たちが丘の中腹へ踊りに出かけるという話である。三人の娘たちは、その道すがら、村で最も美しい四人目の少女を誘って行くのであるが、四人はやがて踊りはじめる。

陽気な四人の乙女ら、一列に組み、
　誰も愛らし、ナナカマドの壮麗なる花柄かざし、
波立つばかりに隆起する迷路の中を、水面を飛ぶ鳥さながら、みな進み行く。
ああ、四人の乙女らほどに祝福されし鳥たちは世にあらじ。

されど、銀色の霞の中の沈黙は、厳かで、
　森閑たる静寂のその中に、娘らの声はのみ込まれたり、
夢のごと、夕暮れは、通い慣れし丘の斜面、静まりかえり、
　黄昏《たそがれ》はさらに夢見がちに広がりき。

折しも鷹の影、広き森よぎりしが、
　上空に鳴く雲雀《ひばり》の声さながら、ひとつひとつ没し行く。
身を縮め横たわり、乙女らの声、ふと静まりぬ。

不意に迫りし恐れにあわてふためきて。

はるか上空から、草地の下から、はたまた
　ナナカマドやサンザシの老木から、
かすかなる魔力、乙女らの吐息に入り混じり、
　四人もろとも、草地の下にくずれ落ちぬ。

彼女らは黙して沈みぬ、並びつつひそやかに動いては、
　うつむく真白な首筋に、愛らしき双の腕を伸ばせり。
さらばまた、あらわな双の腕隠さんと、身悶ゆる。
むだなこと、しりごみするあらわな首が現わるる。

手を合わせ、みなひれ伏し、ゆるやかに頭《こうべ》をかがめ、
　胸の鼓動、これぞ、人間告げる唯一の音色。
絹ずれの足音させ、通過せり、黙せる妖精の群れが、
　さらさらと、大空流れる河のごとく。

叫び声もままならず、祈りも聞こえず、
　声なき三人の息をも呑む恐怖、
美しきアンナ・グレイス、音もなく引き立てられぬ。
　みな、顔上げる勇もなし。

去り行くアンナ、金髪の一房、娘らの編髪に織りこまれ、
アンナ、頭上《こうべ》げれば、しなやかな巻き毛落ちかかる。
娘らの広げし腕滑り抜け、アンナの双腕遠ざかる。
　いかなるありさまか、目を開き、たずねる勇もなし。

苦悩と危《あや》うき迷路、その夜を通し、
　かすかなる魔力、娘らの五感の上に重くのしかかり、
いかなる恐怖も驚きも、娘らの震えおののく両目を開《あ》けるもかなわず、
　その肢体、冷たき大地から蘇らせもできず。

かくして、娘たちは魔力が解かれる朝までじっとしている。われに返ると、恐怖のあまり家まで急いで帰る。しかし、その夜を境として、彼女たちは痩《や》せ衰え、その年のうちに

亡くなってしまう。連れ去られた少女に関しては、誰もその後見かけることもなく、噂を聞いた者もいない。私はこの詩のすべてを引用したわけではないが、実に美しい。しかし、たいへん気味が悪い。踊りの場面を描いている詩行でさえ、無気味な感じがすることに注意してほしい。

娘らは、静夜に明滅する光の中、目走らせり、
　乳白色に波打つ首筋とあらわなくるぶし。
妖精たちの残す子守歌、その調べ、重々しくも移りゆく。
　そして、霊気の中に浮かぶ険しき岩山。

この詩句には、素晴らしい美点がある。とくに悪夢に襲われる感覚を巧みに表現しているからだ。つまり、誰もが覚えのある悪夢にうなされる際の心持ちが描かれているのだ。少女たちが踊っていると、空気が青ざめてきて、あたり一面に妙な気配が立ちこめる。どうしても、声が出なくなる。これは悪夢のようである。そして、彼女らは身動きひとつできない。これもまた悪夢である。
娘たちには、何が近づいて来るのかを見きわめる勇気がない。だが、足音は聞こえる。それは、彼女たちに触れたりはしない。しかし仲間の娘が、みんなの間から一人音もなく

連れ去られるのを感じる。誰もその娘を助けられない。これは悪夢を見たとき、味わう感覚にとても似ている。実際、ほとんどの超自然的な恐怖は、睡眠中の体験にその起源があると信じられているのだ。

おそらく、ファーガソンの詩はこの分野で最良の短詩ではあるが、ある面では、彼より偉大な詩人は、ロバート・ブキャナンである。彼は、非常に不思議な妖精詩「妖精の乳《う》母《ば》」を書いた。この詩は、迷信といわれるものの新しい局面を開示している。

妖精の母親が自分の子供を育てられないときなどは、乳の出る人間の母親をさらってきて、妖精の赤ん坊の乳母役をやらせる、と信じられてきた。アイルランドでは、農婦たちの不可解な失踪《しっそう》事件があるときには、このように説明している。その農婦は殺されてしまったのかもしれないし、沼地のどこかで道に迷ってしまったのかもしれない。だが、人びとは口々にこう言う。「あの女は乳母にされるために、小さな妖精たちにさらわれたのさ」。

ブキャナンは、このような目にあった母親の気持ちを想像して、作品を書こうとする。彼の詩はとても興味深いものだが、ファーガソンの作品ほどの価値はないし、「妖精の棘」に多くの効果を与えていた、あの夢のような韻文とも無縁である。その数行を引用してみよう。この詩は独白調で書かれている。母親が妖精の子供に話しかけているのである。

輝く瞳、明るい瞳、妖精の娘よ！
私は一年と一日も結婚生活を送らなかった。
膝の上で、赤ちゃんをひと月も抱きはしなかった。
ブルーベルの花咲く土手を下れば、バラの小妖精が九人して
私の黒髪をつかんだ――怖くて声も出ない。
小妖精たちが、私の腰に麻なわを巻き、ここまで引きずり下し、
座らせ、人間の母親がするように、お前に乳を与えさす。
輝く瞳、明るい瞳、怪しげで弱々しく、蒼白な妖精の娘。
ほの暗き顔、厳しき顔、お前はなぜ落ち着いて、横たわっているのか？
その赤き唇、わが乳房をふくみ、乳すえり。
でもお知り、お前を抱きしめ、前後に揺するそのわけを、
お前をあやして眠らせるためでなく、ただわたしの苦しみを鎮めんがためだと。
金髪よ、冷たき髪よ、王たる者の娘よ！
雪のごとき白き絹帯と、きらめく宝石に包まれて、
かくも細きお前の足に、金色の小さき上靴、
眠りにつけば、ビロード張られし銀の揺り籠。
深紅の髪した小さき小姓、膝にお前を抱き、

シダの葉で、お前の顔を煽ぎ立て、蜂蜜の袋捧げ持つ。
昔、私はほんの農家の小娘、赤ん坊に乳を吸わせし身にすぎず、
金色の髪の娘よ！　絹の衣に包まれた、冷たき髪の娘よ！

この詩の弱点は、情緒に溺《おぼ》れているところにある。なるほど想像力に満ち、技巧にたけてはいるが、われわれの同情を引きつけたり、恐怖心を呼び起こしたりはしない。けれども、一読する価値はあるし、ごくまれにしか語られない妖精信仰のある一面を説明している。私が引用したのも、とりわけこういう理由からである。しかし、ほかの理由もあった。

第一連で、妖精の子供は「輝く瞳」と語りかけられており、美しいもののように暗示されている。第二連で、子供の顔はほの暗く、厳しいものと歌われている。これは矛盾ではない。妖精の子供の顔つきは、突然、無気味に変化すると考えられていたからだ。

この想像ゆえに、かつて「チェンジリング」にまつわる恐ろしい迷信が、英語圏の国々に広く流行していた。では、「チェンジリング」とは何か？

妖精が人間の子供を盗む一つの方法があり、一般に流布されている空想によると、人間の子供と引き換えに妖精の子供を人間のもとに残しておくというのである。はじめは、妖精の子供は、さらわれた人間の子供に瓜二つなので、母親はだまされてしまう。だが、後にその子供は醜く狂暴になり、鬼《ゴブリン》のすべての正体をさらけ出すのである。もし人間の待遇

が悪いとなれば、すぐにも人間に復讐し、その後、姿を消してしまう。

みなさんは、誕生してから最初の六ヵ月間というもの、赤ん坊の顔が不思議なほど変化するのをご存じであろう。それで両親が、ある日は「この子は伯父《おじ》さん似だ」といってみたり、またある日には、「この子は祖父似だ」といったりするのを耳にすることであろう。西洋の人びとが迷信深かったとき、子供の顔の変化は、彼らにとって人智を超えており、無気味なものと感じられていたのだ。大勢の母親たちは、自分の本当の子供は盗まれてしまい、代わりに妖精の子供が手もとに残されたのだと考えたのだ。

それでは、どうしたら母親は、真実を見抜くことができるだろうか？　方法はただ一つ——自分の赤ん坊を燃えさかる石炭や薪の上に乗せるのだ。この恐るべき妄想によって、何百人もの子供たちが、実際に母親の手にかかって生きたまま火あぶりにされた。その母親たちは、火の上に置けば、妖精の子供は消え失《う》せるだろうと考えていたのだ。けれども、そういった超自然現象は、まったく起こらなかった。

こうした迷信は、最初のイギリス人移民とともに大西洋を越えてアメリカに渡った。そして、ニューイングランドの清教徒たちが、それに影響を受けたらしい。この事実を知ると、まったく奇妙な気持ちになる。この迷信と勇敢に戦ったニューイングランドのクウェーカー教徒たちの伝統の一つは、ホイッティアの「チェンジリング」と題された感動的な詩の主題にもなった。彼の最良の作品の場合と同様、これはとても単純な四行連句で書かれている。しかし、表現されている情緒的な真実と優しさゆえに、ここに引用してみる価値があると思う。

まず、この詩には、ハンプトンという町に住むうら若い娘の良い夫に恵まれた幸運が歌われている。娘はその年の末に女の子を授かる。初めのうちは、赤ん坊と仕合せに暮らしている。しかし、一年もたたないうちに、迷信が彼女に取りつくようになる。彼女は子供の顔が変わったのに気づき、その子を怖がりはじめるばかりか、嫌悪するようにすらなる。彼女は夫に火をおこしてくれるよう頼み、子供を炎の上に置こうとする。

「こいつは、私の本当の娘であるもんか、
断じてそうじゃない」と母は言う。
「魔女がアンナをさらってしまい、
代わりに、鬼の子残していった」
「ああ、私の本当の娘よ、きれいでかわいかったこと。
青い瞳に金の髪、
だけど、こいつは、醜く皺だらけ
不機嫌、狡猾、老女のよう」

「この指、私にさわってくるのもけがらわしい！
　肌ざわりも、ぞっとする、
こいつが吸い取る胸の乳も、
　私の血潮にほかならない」

「私の顔も、苦悩ではげしくゆがみ、
　私の腕も、まるで骨と皮ばかり。
さあ、良人《あなた》、石炭の火を真赤にかき立てて、
　魔女めに、やつの娘を返してやるわ」

子供を火の中に置くと、悪霊がその子を救いにやって来ると信じられていた。幸運にも、この場合、良夫は常識とやさしい心を持ちあわせていた。彼はただひざまずき、大いなる全能の神に心からの祈りを捧げて、妻の残虐な願望に応《こた》えた。

「汝が娘、心弱き盲なり。
　願わくば、光明を取り戻し、もう一度、

正しき心の衣着せさせ給え。
彼女をば、この邪悪な影より、
　これら荒れ狂う妄念より、導き出し給え。
今ふたたび、母の清らな愛を
　赤子にさし向けさせ給え。

この母が唇を、幼きイエスに口づける
　聖母マリアのごとく、形づくり給え。
母が手を、キリストが手のなされしごとく、
　幼き赤子の上に置かさせ給え」

迷信の恐怖に遭遇したとき、こうしたやさしく思慮深い祈りの方法によって、幻覚を追い払うことができる夫が、妻の行為が心の狂気のなせる業《わざ》にすぎないことに気づく。すると母親は、自分を恥じ、自分に取り付いていた恐怖心をむごいものだと思うようになるのである。

事実に基づいて書かれたこの詩のあとに、「カランボーグ教会」と題された、一読する

に値する、もう一つの詩がつづいている。この詩は、若い娘との結婚を勝ち取るために、教会を建ててもらおうとして、地下の妖精たちと取り引きをするある男の物語である。妖精たちはこの取り引きに同意するが、ただし教会が完成したとき、いったい誰が工事をしたのか、その名前を公表してほしいという条件をつけた。公表できないなら、妖精たちはその代償として、彼の両眼と心臓を頂くつもりだという。幸運なことに彼は、この教会の建造者である妖精の妻が、夫の名を織り込んだ歌を歌うのを耳にしたので、一命を取り止めたというのである。しかしこの詩は、同じ主題を扱ったノルウェーの非常に有名な詩の翻訳にすぎない。

あの神妙なワーズワスでさえ、妖精伝承にわずかながら手を染めている。彼の「妖精の住む岩の裂け目」という題名のソネット（十四行詩）が、それである。この詩は、ここに引用するほど注目すべき作品ではない。それでも私が言及するのは、妖精に関する迷信の影響が、彼のような謹厳な詩人の作品にさえ、いくばくかの彩りを添えているかを示してみたいがためである。

十九世紀初頭、あらゆる著名な詩人は、この主題に関心を寄せた。先に述べたように、スコットの影響のおかげで妖精文学が流行し、ロマン派の詩を最高水準にまで高めるのに貢献したのであった。とくにスコットは、発見できる限りの農民の歌謡と伝承とを収集し、農民自身の口から聞いたことを書き留めた。そして、後にそれらを『スコットランド辺境の吟遊詩人』という一冊の書物としてまとめることができた。

サウジーも同じ方面で多くの仕事をした。シェリーの場合は、彼自身が妖精であるといってもおかしくなかった。たとえ彼の詩の中に実際に妖精の詩が見当たらないとしても、彼の作品全体を貫く詩魂は、妖精信仰の探究によって生彩を賦与されており、精気を与えられているといえる。キーツは、近代を通じて最も美しく独創的な「つれなき美女」という妖精バラッドを書き上げた。バイロンですら、妖精物語を韻文で書き残そうと試みたが、彼の天才の開花は、この分野には見られない。この種のバイロンの作品は、スコットの詩精神がどのように彼に影響を与えたかを示しているにすぎない。

同時代の二流の作家たちは、妖精文学をめざして多くの仕事をした。ルイスの不思議な物語は、妖精信仰に関する非常に価値のある探究を具体的に示した作品である。

テニスンの新しい詩とテニスン一派の出現により、一つの文学的変化が起こった。しかし、この変化は内容の変化というより、むしろ手法の変化であった。テニスン自身も、卓越した技法で妖精ものを手がけてきた。初期の詩におけるのと同様、彼の『国王牧歌』を通じて、妖精信仰のロマン主義的な側面を、彼がどのように理解していたか、みなさんはその証拠を見つけ出すことができるだろう。

ロセッティは驚くべき作品の中に多くの迷信を盛り込んだ。一例を挙げれば、『ローズ・メアリ』という物語がそうである。ブラウニングもあちこちに妖精の光を出没させ、たいへん不気味な作品を書いている。おそらく、この分野で彼の腕の冴《さ》えを最もはっきり見せている例は、子供の友人たちのために、詩の形式に仕上げた、ドイツの妖怪譚、『ハメルンの笛吹き』と題された素晴らしい物語である。

スウィンバーンは北方方言のバラッドを模倣して、いくつかの妖精文学を書いた。彼の最も有名な作品の一つである『ラウス・ヴェネリス』は、いわゆる妖精物語の範疇《はんちゅう》に入る作品とは判断しかねるかもしれないが、実はれっきとした妖精物語であり、おそらく中世のすべての妖精物語より摩訶《まか》不思議で、感動的といえる。

次にウイリアム・モリスの『地上の楽園』を繙けば、美しく語られた妖精伝説の数々を見出《みいだ》すであろう。また、彼の別の著作にも、そのような伝説がおびただしくちりばめられている。これについては、近いうちに短い講義をしたいと思っている。以前、最近の群小詩人たちの中で、とくにロセッティ嬢が妖精物語において果たしてきた貢献について、みなさんにお話ししたことがあった。こうした手短な説明からでも、イギリス文学と妖精信仰の結びつきがいまだにいかに大きいかが、おわかりいただけるだろう。エドマンド・ゴスやストップフォード・ブルックのような、まじめくさった批評家でさえ、偉ぶらずに妖精詩を作ったことがあったのである。

おそらく存命する天才詩人の中で、妖精バラッドの最も巧みな模倣者は、ラドヤード・キプリングであろう。しかしながら、キプリングが詩やバラッドを書くときにはいつでも、大きな意図を持っている。彼の『義人トーマスの最後の歌《ライム》』にここで触れるのは、たんにそれが不気味な詩として優れているという理由からだけではなく、彼の詩人としての高貴さと力量を示しているからである。この詩が書かれたのは、キプリングを桂冠《けいかん》詩人にするかどうかについて議論がなされていたときであった。ご存じのように、この地位は四、五流の非常に劣った詩人であるアルフレッド・オースティンに与えられてしまった。そのとき、キプリングは、その件についての自分の考えをバラッド形式で表現してみようという気になった。

ある王が、多くの古いスコットランドのバラッドの有名な英雄「義人トーマス」に、騎士の称号を与えようとやって来る。しかしトーマスは、そのような名誉の申し出を一笑に付す。彼が妖精のハープを手にして歌うと、王は涙を流す。ふたたび演奏すると、王は笑い出す。三度目に演奏すると、王は戦場に赴きたくなる。四度目に演奏すると、王は小さな子供のように謙虚でおとなしくなる。

そのとき、義人トーマスはいった。「私は、あなたを望むままにすることができます。笑わせたり、泣かせたり、怒らせたり、意のままにできます。それなのに、私を騎士にしてやろうとおっしゃるのは、馬鹿げていませんか」。この古風で趣のある韻文の陰に隠された卓越した皮肉を、説明する必要はほとんどなかろう。方言で書かれていなかったら、それらを引用したいところだ。

さて、みなさんは今日でさえ妖精劇が本気で書かれている事実を知れば、興味が湧くことであろう。もちろん、ケルト演劇の舞台では、妖精伝説から多くのものが取り入れられている。オペラと見世物演劇といわれる最も大仕掛けな劇は妖精の踊り子たちが登場したりして、さらに面白く作られている。先ほどの妖精信仰の暗い側面は、ほとんど扱われていない。

ところで、ウイリアム・バトラー・イェイツの新作で、かなりの成功をおさめた『心願の国』は妖精劇であるが、ある新たな可能性を見せており、興味深い作品である。これは一つの挿話のみが扱われていて、たいそう短い作品である。

ある夜、家族が炉端を囲んでいると、道に迷ったらしい小さな女の子が家に飛び込んできて、みんなをびっくりさせる。家の中には一人の司祭がいて、すぐにこの女の子が人間の子ではないことに気づく。筋の運び全体の趣向は、花嫁になったばかりの息子の若妻をさらうために、この妖精の女の子が、司祭、両親、夫、召使いとをつぎつぎに惑わしていくその手口にかかっている。

話の状況は超自然的なものであるが、感情の動きは純粋で、非常に人間くさい。このようにして、普通は起こりえないような状況が、まことに興味深い物語となっている。たとえば、その不思議な女の子は、部屋に入ったとたん、壁に掛かっている十字架に気づき、家の者にはずさせてしまう。その女の子が十字架を取りはずすように命じるやり方は、自分たちの身を守ってくれる力に寄せる彼らの熱烈な信仰心などとは関係なく、見事に表現されている。

子供――黒い十字の形の上に掛かっている、あの醜いものは何なの？
司祭――おまえは何てことをいうのか？　あそこにいらっしゃるのは、われらが主《しゅ》だ。
子供――隠してちょうだいな。
司祭――悪ふざけはやめるんだ。
子供――拷問にかけられているものじゃないの！　隠してちょうだいよ。

この場面と引きつづき起こる場面は、この上なく自然である。司祭は人間として、父親として、その女の子に訴えかけるけれども、その子にいい負かされてしまう。しかし、われわれはそのことにまったく驚きはしない。「拷問にかけられているもの」というたった一句の女の子の表現が、十分にイェイツの芸術性を示しているといえよう。

おそらくみなさんは、私が外国文学の中の外国の迷信を取り上げ、どうしてその論証に多くの時間をさいたのかとたずねるかもしれない。これは、本当にそうするだけの価値があるからである。私はそのように確信しているが、迷信がたまたま西洋のものであるからではない。こういった観念が、西洋の詩や物語に久しく根づいてきたことの意味をみなさんが判断できるようになったとき、現在では、この消滅したり、消えかかっている西洋の信仰が、日本文学の未来に対する意義を、もっとよく理解できるようになると思われる。

想像力に欠け、潤いのない実利的な人間にとっては、このような観念はただの迷信であり、馬鹿げたたわごとにすぎないと思うであろう。だが、真の詩人、劇作家、物語作家にとっては、こうしたもののすべてが、計り難いほど価値のあるものなのである。問題は、それらをどう活用するか、あるいは活用しなければならないかということに尽きるのである。

——Some Fairy Literature（*Life and Literature, 1917*）

第三章　生活の中の文学

生活と文学の関係

1

過日、ブロンテについて講義をした折、私は創作上の小説の特質について、いずれ講義をしようと約束しておいた。ただこの主題は、方法論のほかにもたくさんの事柄が広い角度から考慮されなければならない。この主題が本当に意味するものは、やがておわかりになるように、本講義の表題そのものに示されている。

私がみなさんに文学について語るときは、決して歴史や科学や哲学などを考えていないことを知っておいてほしい。つまり、私が念頭に置いているのは、感覚と情緒的生活の表現である文学という芸術の、広範な分野のことだけである。このことを心に留めていただいた上で、話題を先に進めることにしたい。

文学は大きく、詩歌、戯曲、小説の三部門に分けられている。私は、これらを創作する人びととの生活に関連させて話をしてみたい。本講義のタイトルは、そういった意味でつけてみた。これこそ、これは、文学を学ぶすべての学生が考えなければならない非常に重要な問題である。文学のいずれかの分野で作品を物しようと望む者がいるなら、いくつかの質問を正直に自問自答してみるがよかろう。もし、肯定的に答えられなければ、少なくとも一時期、文学を捨てたほうがよいだろう。

最初の質問は、「自分には創作力があるだろうか？」という問いである。つまり、自分は自分の経験をもとに、あるいは自分の精神的な働きによって、他人のアイディアに追随せず、意識的にせよ、無意識的にせよ、他人の意見に影響されることなく、詩や小説あるいは戯曲を創作することができるかどうか、と問うてみることである。もしこの質問に「できる」と率直に答えられないなら、みなさんは、ただの模倣者にしかなれないであろう。

もしかりに最初の質問に肯定的に答えられたとしても、もうひとつの重要な質問が、次に控えている。それは「自分は生涯のすべてを――または少なくとも余暇の大部分を、文学の仕事に専念できるだろうか？」という問いである。かりに多くの時間を割《さ》けないとしても、最小限わずかの時間を、毎日、特定の目的のために必ず割けるようでなければならない。そうするだけの自信がなければ、文学の道は、実に至難のわざだということになろう。

さらに三番目の質問も、答えを待っている。もし能力と時間があったとしても、次のことを決定しなければならない。「自分は世間と交わって、日常生活に関わりを持つべきであろうか。もしくは、静寂と孤独を求めるべきであろうか？」

三番目の質問には、その人特有の文学的能力の性質に応じて答えられるべきである。文学の中には孤独が要求され、それなくしては創作できないものもある。その他の文学は、作者が好むと好まざるとにかかわらず、大いに人びとと交わり、その行動を観察し、活動的な生活によって、味わいうるすべての経験を積まなければならない。

以上で、おおよその議論の見当はついたと思う。二番目のテーマに進むことにしよう。

2

先の一連の質問において、私が述べたことを、これから詳細に論じなければならない。まず初めに、詩を生活との関連において考察してみよう。

詩は、書き手が活動的な生活とかかわり合うことを要求する文学様式ではない。それとは反対に、詩とはこの上なく孤独な芸術である。詩は多くの時間と思考と寡黙な作業と、あたうかぎりの誠実さを、人間に要求する芸術である。真の詩人にとっては、社会生活とのかかわり合いが少なければ少ないほど、その芸術にとり好都合となる。

これは、すべての国で周知の事実である。もし若い詩人がお世辞をいわれ、寵愛《ちょうあい》されて、金持ちや権力者からちやほやされるようになると、ふつう世間では、彼はやがて駄目になるだろうと噂するものである。

人間というものは、自己に対してまったく誠実にはなりきれないものなので、人びとの注目を集めて悦に入りがちである。これでは、真の詩人になれるはずがない。詩という芸術は、詩人が僧侶《そうりょ》のようにわが家にいて、孤独であることを要求している。私は、詩人は苦行者みたいにしていなければならないとか、家庭のことで苦労すべきではないなどといっているわけではない。詩人が家庭をもって、家庭の何たるかを知るのは、立派な詩人になるためにはとても必要なことである。しかし、一般にいう社交上の楽しみをきっぱりと拒絶しなければならない。このことがうまくできるかどうかによって、詩人としての成功の度合も決まるといっても過言ではあるまい。

ここで、詩人の生活に関する二、三の特異な事実について考えてみよう。もちろん、みなさんは詩とはたんに詩句を書くことではないのを知っている。詩とは、韻文によって人びとの心と精神を感動させる力のことである。

さて、ペルシアのある詩人は、かつて、悪人は詩人になることができないと述べたことがある。明らかに例外はあるものの、その説には、多くの真理が含まれている。みなさんはきっと、西洋の多くの詩人が悪い人間だったという話を読まされてきたのであろう。しかし、そうした話には、十分用心してかからなければならない。たぶん、みなさんはすぐバイロンのことを思い浮かべるだろうと思うが、バイロンは正当に評価されていなかった。それゆえ、みなさんはこの詩人の人物像について、宗教界や社交界の噂に振り回されてはならない。

事実は、バイロンは不当に扱われ、非難されたので、腹を立てて不道徳な行動をとるに及んだだけである。バイロンの本性は、寛容と慈愛に満ちており、そうした性格の深奥から発露する霊感に従うとき、彼は自身の持つ最高のものをわれわれに与えてくれるのである。

私は、ほかの多くの詩人について話してみてもよかろう。いずれの場合も、表面上、その欠陥が重大なものに見えようとも、個々の詩人のうちになにか優れたもの、寛大なものが発見されるだろう。実際、私はこのペルシアの詩人が口にした、悪人は詩人になれないという意見に対して、一、二の例外しか知らないし、それすら著しい例外というわけではないと思う。

イタリア・ルネッサンスの時代には、詩人として名声を博した、極悪人が何人かいたことは確かである。たとえば、マラテスタの名を挙げられよう。しかし、この残忍非道の男の文学作品を検証してみたとき、われわれは、その唯一の取り柄は韻文の完璧《かんぺき》な正確さだけであるということがわかる。完璧な韻文というものが、当時は大変尊ばれた。

しかし、われわれは今日、はるかに賢くなっているから、ただ正確なだけの韻文は、真実の詩の名に値しないことを知っている。しかも、例のペルシアの詩人なら、悪徳漢マラテスタが恋を歌った韻文の中に、本当の詩の美しさを見出《みいだ》さなかったろうと思う。もちろん、このペルシアの詩人が、彼のことを悪人といった場合、それは人間の経験のコンセンサスに従っていたまでのことである。私は、ある人がたまたま特殊な慣例にそむいたからといって、悪人だなどと絶対に呼ばない。ある人を悪い人間であるというのは、彼が他の人びととの関係において、残酷で無情、利己的で恩知らずの場合だけに限られる。そして、そのような者に詩など書けるはずがないのである。

それゆえ、すべての根本的な真理は、たんに、詩人は詩人として生まれなければならないということである――つまり、イギリスの諺《ことわざ》にいうように、「詩人は生まれるものにして、つくられるものにあらず」ということである。いかに教育をつんだとしても、それで詩人になれる道理はない。

イギリスでは、毎年、優秀な二つの大学が、教育ができうるかぎりの知識を詰め込んで、約四千の優秀な人間を世に送り出している。ドイツの大学は、それ以上のことをやっている。フランスの大学も、ほぼ同様のことをしている。けれども、これら何千という学生のうち、いったい何人が詩人になれるだろうか。西洋諸国をすべて合わせても、六名を越えはしない。教育は詩人を手助けしたり、詩人の言語能力を豊かにしたりするであろう。また音楽の魅力に対して詩人の耳をならしてくれるし、あらゆる均斉の法則と形式の風趣を感知するよう鍛練してはくれる。だが、教育が詩人を生み出すわけではない。

今日、イギリスだけに限っても、少なくとも三万の人が、ほとんどあらゆる形式で正確な韻文を作ることができると思う。しかし、おそらくその中に詩人は二人といまい。詩というものは、性格と気質の問題だからである。文学を通して人の感情にうったえるためには、生まれながらにして美しいものに対する愛、共感する能力、優しさといった特質を持ち合わせていなければならない。詩人をつくる特質というものは、人間性の柔和な側面に属している——詩人とは半ば女性的な気質を持った男性である、といわれているくらいである。みなさんのすべては、優れた知力はあるけれど厳格な人間というものは、文学における情緒にはほとんど無感覚であることに気づいているであろう。

一般的にいって——例外はあるものの——数学者は詩人になれない。かの偉大なるゲーテは、理に適《かな》った想像力によって科学の方面にも傑出していたが、ただ一つ数学的能力だけは不足していた。どうも人間の能力は、他の機能を犠牲にしなければ発達させることができないように思われる。どこでも詩人は実社会において、多かれ少なかれ、現実にうとい人間だと見なされてきた。彼が立派な実業家になることなど、ほとんどありえない。

また詩人というものは、他人の感情に頓着しないようなことは、決してできないのである。もともと思いやりがあるため、すべてにおいて冷たい理性より感情に支配されるので、しばしば不幸な大失敗をしでかすことがある。

だが、詩人は人間の感情的なものを代表している存在と考えられる。もし世界が厳格に規定された規則で支配されるとしたら、現在よりはるかに住みにくいものとなっていたであろう。そうでないのは、詩人が人間性のより寛大な情動というものを消滅させないように活《い》かしてくれているからである。それゆえ、彼らは神に仕える者とも呼ばれてきたのだ。日本における最も難しい感情表現の形式が、かつて西洋諸国の詩芸術と比較されることはなかった。実際、二つの国の文学的達成を比較するのは、きわめて難しいことであって、韻文で表現された詩について話すだけでも、それは途方もなく難しいことだとわかるであろう。しかし、詩は韻文形式だけに限られるものではない。美しい散文で書かれた詩もあるだろう。そして、イギリス文学の傑作といわれるもののいくつかは、散文詩と呼ばれるにふさわしいものといえる。なぜなら、それは韻文特有の情緒的な効果をあげているからである。

さて、実際、こうした効果をあげるには、いかなる文学形式といえども、作家が割くことのできるすべての時間と活力を要求する。したがって、作家の生活は孤独でなければならず、芸術への献身的生活でなければならないのである。

3

次は、散文詩と呼ばれる形式を除いて小説へと目を転じてみよう。小説というものは、今日では、「人生の鏡」でなければならない。こうした方面に時間と生活を捧《ささ》げようとする人は、何をなすべきだろうか。ここでしばらく、そうした条件を考えてみたい。

西洋の小説には、実にさまざまな流派――古典派、ロマン派、写実派、自然派、心理派、問題提起派など――があるものの、こうしたさまざまな区分けに拘泥する必要はない。ただ単純に小説を二つの種類――つまり、主観的か客観的かに分けるだけでよい。

小説とは、想像された事柄の描写か、実際に見られた事柄の描写なのである。どちらか一方だけを選べるだろうか。芸術的な見地からすれば、私はそうした選択ができるとは思えない。なぜなら、俗説とは反対に、小説や戯曲の最高傑作といわれるものは、主観的なものであって、客観的なものではないからだ。

シェイクスピアはかの驚嘆すべき戯曲中の出来事を実際見たり、経験したりはしなかった。また当然のことながら、かの偉大なギリシア悲劇の作家たちは、舞台においてわれわれの魂を強くゆさぶる悲劇的な事件を、実際に目撃したわけではない。つまり、心が目よりも明瞭《めいりょう》に感知するということは、驚くべきことである。しかし、それはその心が天才のものである場合だけに限った話である。

しかしながら、芸術的な見地からすると、文学の一手法が必ずしも他の手法よりすぐれているとはいえない。たまたま最高傑作が、その手法で達成されたにすぎないのだ。いずれは、客観的な手法でも、同様な傑作が生まれるかもしれない。ところが、個人的な立場や若い作家や若い学生の見方からすると、二者択一の選択は絶対に必要なのである。

自分の文学的才能がどのような方向に成長しているかを発見することは、きわめて重要なことである。もし自分が、観察力よりも想像力によってよりよく創作できると感じたなら、ぜひロマン主義的な作品を書いてみるべきである。しかし、自分は自分の感覚を駆使した方が——観察したり、比較したりして——うまくやれると感じたなら、自分自身に対する義務として、写実主義的な手法を採用すべきであろう。そして、文学にかかわる生活全般を、いずれの方法を採るかによって決めなければならない。私はすでにみなさんに話したとおり、小説と戯曲の最高形式は、直観と想像力によって生まれた創作であると考えている。

たとえばサッカレーは、シェイクスピアと同様、自分の小説に、実際に見も経験もしなかった事柄を盛り込んだ。だが、それらの小説は、自分が見聞したり、感じたことのみを書いたブロンテ嬢の小説より、はるかにすぐれている。もしみなさんがこの事実を知らなければ、サッカレーの方がブロンテ嬢より写実的であると思うであろう。

偉大なる想像的作品は、現実そのものより現実的なのであり、客観的考察の所産よりも客観的らしく見えるものなのだ。ただし、先ほど述べたように、直観を通してこの種の写実主義にまで到達できるのは、天才だけである。しかしながら、二流の天才というものもいる。みなさんの中にも、そうした人物が何人か見出されるかもしれない。例えば、どんな学生の集団にも、なにか緊急の事態が発生したとき、他の学生から頼りにされるような人物がきっと数名はいるものである。

たとえば、千人もの学生がなにか困難な事態に陥ったとか、なにかしら心配事が持ち上がったとかを想像してみるとよい。すると、ただちに千人の中から、指導者とか案内者とか忠告者といった類《たぐ》いの人物が現われてくる。この場合、彼らが特別な強者《つわもの》であるとか、他人を圧倒するような人物である必要はまったくない。難局や危機に際して必要とされるのは、明晰な頭脳であって、腕力ではないからだ。

みなさんはたぶん、みなさんの中で最良の頭脳をもっている人が、必ずしも最高の学者ではないことを、本能的に知っていると思う。困難な境遇にあって必要とされるのは、学問ではない。それは、いわゆる「生得の知恵《マザーウイット》」と呼ばれるもので、確固とした常識のことである。それが、ふつうイギリスで使われている「明晰な頭脳」という意味である。

こういう頭脳を持った人間は、めったに過ちを犯さない。彼らが見知らぬ人と接したとき、どう振舞うかを注意して見ているとよい――そうすると、彼らがまったく落ちついており、気後れすることなく、奇妙な人物や異常な出来事に出くわしても、どう対処し、何を言うべきかを心得ていることがわかる。

さて、この能力、この「生得の知恵」とはいったい何であろうか。それは、一種の強力な直観力である。それは、人間が持って生まれた才覚では、最良のものである。もし、ある人がこの天賦《てんぷ》の才をきわめて豊かに授かっており、しかも同時に文学への愛をも持ち合わせていたなら、偉大な戯曲家か偉大な小説家になることができよう。

彼こそ、真の意味での主観的な文学者といえる。彼なら、人物を想像力によって創造し、それらの人物にある役割を演じさせることも、さほど難しくはあるまい。というのも、たいがいの男性や女性は、ある状況のもとで、どのような行動を取るかという知恵を生まれながらにして身に付けているからである。

しかし、この方面においては、「大」と名のつく天才は古来あまり多くはない。私がみなさんに胸に留めておいてほしいことは、主観的な作品、想像力による作品を物するためには、かなりの直観力を持ち合わせていなければならないということだ。もし直観力が足りないのなら、他の方面で努力をする方が賢明だろう。

真に創造的な力を必要とする戯曲の才能は、いつの時代でも、最高級のものは稀《まれ》であった。今日の時代に見られるとしても、それはせいぜい程度の低いものである。きっとそれは、さまざまな程度に応じて、人の心に宿っているのだろうが、少なくとも、文学的な方面では、決して育成されることがない。

こうした力量をもつ人は、現代にあっては、文学よりもはるかに多くの物質的成功を確約してくれる方面に、彼らの建設的な想像力を用いるようである。たとえば、外交官になったり、大実業家や銀行家、あるいは政界の指導者になったりするかもしれない。彼らがもっている人間性に関する知識や人間の動機に対する直観力は、文学以外の多くの方面でも役に立ちうるし、しかも、文学におけるよりも、一層具体的に役に立つのである。

これは情緒的な詩人の性格とはきわめて異なった性格といえる。しかも、その方がはるきかに変化に富み、ずっと力強い。そうした人の場合に、どういった文学的生活を送るべきかということで規則を云々《うんぬん》するのは、無意味であろう。彼らは何の助言も必要としない。彼らはまさに、自分がやりたいことをやるのであって、いかなる障害も彼らの勇気を挫《くじ》きはしない。けれども、彼らは社会生活において積極的な役割を引き受けることは、注目してよかろう。彼らには、その方が芝居よりずっと面白いからだ。社会生活における役割から、彼らは絶えずインスピレーションを刺激され、しかも、いかなる恐怖も感じたりはしない。

いってみれば、彼らは荒波に慣れた屈強な泳ぎ手のようなものだ。誰でも多少の泳ぎ方は知っているが、波乗りができるほどの泳ぎ手はあまりいない。アメリカなどの国々では、波乗りの上手な泳ぎ手は、政府の救命サービス局で高給をとっている。人はこれを子供の頃から学ばなければならないのはもちろん、生まれつきの腕力と器用さを身につけていなければならない。

さて、社会生活という大海では、無器用者はいとも簡単に溺《おぼ》れるのだが、私が話している性格の持ち主なら、屈強な波乗りの泳ぎ手のように、これを乗り切ってゆく。彼は打ち寄せ砕ける大波など恐れはしない。それからまた、この種の人びとは、とくにイギリス文学史が語っているように、常に自分のやりたいことをやるための時間を見出し、社会的な義務のために「気を揉《も》む」ことなどはないのである。

その一例として、ヴィクトリア朝文学史を取り上げてみよう。四人の偉大なヴィクトリア朝詩人のうち、戯曲の才能に恵まれていた唯一の人は、ロバート・ブラウニングであった。テニスン、ロセッティ、スウィンバーンは、孤独で瞑想《めいそう》的な生活を送っている。一方、ブラウニングは、たえず社会へ出て行き、社会的経験の楽しみを享受し、人間性の機微についても研究していた。

さらにもう一度、散文作家を取り上げてみよう。偉大なロマン主義的な小説家は、すべて孤独な人であった。芝居仕立の小説を書いた大作家は、本質的に社会的な人間である。たとえば、サッカレーはとびきりの社交家だった。もう少し後世から例をとれば、イギリス最大の心理的小説家であるメレディスは、もちろん社交界の人間だった。彼があの驚くべき小説の題材を見出したのは、上流階級の生活からである。時間がかかりすぎるので、実例を挙げるのはこのくらいにしておこう。一般的にいえることは、創造的な天才にとって、孤独は何の役にも立たないということであろう。

4

私はみなさんに、文学の二大区分を示した。つまり、詩が代表する情緒的な文学と、戯曲ないし劇的小説が代表する創造的な文学とであるが、両者はまったく個々人の性格と遺伝的なものに左右されるということである。確かに教育は助けになるとしても、偉大な詩人や偉大な劇作家は、それによってつくられはしない。そして、ほぼ正反対の二種類の性格は、それぞれロマン主義的な文学と写実主義的な文学を生み出している。両者を兼ね備えている者は、めったにいない。

われわれの多くは、今頃になって、どちらかに属そうと望むことなどありえないと思っている。われわれはたいがい、右に述べたいずれかの部類に属することを、人生の早い段階から知っているからだ。並はずれた能力というものは、いつ頃ということが決まっているわけではないが、たいがい若い時期に現われる。ごくまれに、偉大な才能が中年になってようやく現われることもあるが、これは主に散文作家の場合に起こる。

しかし、われわれは、自分が文学において偉業を達成するために生まれてきたと信ずるに足る有力な根拠がないかぎり、自分は何か特別な使命をおびているなどと想像しないほうがよい。文学をやるほとんどの学生は、先に述べた二つのいずれの部類にも属さず、三番目の部類に属しているように思われる。それゆえ私が、何か有益なことを話せるとすれば、とくにこの三番目の部類に関してであろう。

普通の部類に属する文学者は、主に観察と不断の修練に頼らなければならない。彼らには、突然の霊感や異常な直観などは望むべくもないからだ。彼らは、労苦を払った末にようやく真実と美を見つけることができるのだ。そして、多年にわたる研究と工夫の結果によってはじめて、自分が見て感じたことを、いかにして表現するかを理解することができるようになる。こうした人びとにとって教育は、絶対とはいわないまでも、不可欠である。私が「絶対とはいわないまでも」といったのは、自己修練が時として、通常の教育が与えうる以上のものをもたらすことができるからである。だが、一般論としては、普通の学生は学校教育に頼らなければならない。そうした教育がないと、その人はいつまでたっても、われわれが文学でいう「田舎臭い」作品しか生めないだろう。

「田舎臭い」とは、田舎っぽいとか考え方や話し方が野暮であるということを意味しているわけではない。それは、陳腐なものに逸しやすい性癖、一般に知れわたった事柄をあたかも新発見したかのようにくどくどと述べる傾向を意味する。また、ある書物とかある種の考えに極度に影響されたため、十分に教育を受けた読者には、すぐさまそこに表現された考え方の出所が知れてしまうことをも意味している。これが「田舎臭い」という意味である。独学者が陥る大いなる危険は、彼が生涯にわたってこの段階に留《とど》まりつづけるということであろう。それを打破するには、これらを克服し、自己の才能を養成するだけの十分な時間をもてるか否かにかかっている。

大学で教育を受け、文学者としての人生を踏み出した学生にとって最も重要なことは、自分の知力が主としてどちらの方面に向いているかを、できる限り早く見極めることである。これを見極めるには、何年もかかるかも知れない。だがそれがわからない限り、その人は偉大なことなど何もできないだろう。完全な天才でない限り、文学の道は、一人の人間が一つの方向へと自己の能力を育成することでなければならない。いろいろな方向性で作品を物しようと試みるのは、常に危険をともない、めったに好結果を生むことはない。すべての文学者は、こうした結論に達するべきである。

確かに外国文学においては、真の天才でなくても、詩や散文、あるいは小説と劇作の両方で立派な仕事をしている例を見ることがある。ヴィクトル・ユゴーが、その例だとは思わない。彼の場合は、正真正銘の天才だからだ。そうではなく、イギリスのメレディスやノルウェーのビョルンソンなどを例に挙げれば、私がいいたいことをよりよく説明できる。みなさんに思い出していただきたいのは、両者のような場合、作品化された創作の異なった二つの方向性は、実のところお互いがあまりにも近接していて、一方はまったく他方の延長線上にあるということである。

たとえば、あの偉大なノルウェーの劇作家ビョルンソンは、短編および長編小説家として出発したのだが、それらすべては形式的にみて、強烈に劇的なのである。劇的小説から芝居までの距離は、わずかな一歩にすぎない。またあのイギリスの小説家メレディスの場合も、詩においても散文においても、同一の才能が現われている。小説は心理的小説であるし、詩の方も本質的に心理的な詩である。

ふたたびブラウニングに話を戻せば、彼の芝居は、あの劇的な詩に見出される着想を、劇的形式に発展させたものにほかならない。また、キングズリーの場合を考えてみよう。

彼は本質的にロマン主義的であり、それも第一級のロマン主義作家である。彼は詩でも偉大であったが、散文の方でも優れていた。しかし、その詩と散文は非常に似通っている。ただ彼は、自分の長所がどの方面にあるかを知っていたので、賢明にもわずかの詩しか書かなかった。みなさんがそのことを自分自身でたしかめたいのなら、キングズリーの「白鳥の首をしたイディス」という詩を注意深く読み、ついで『ヘレワード』という物語の数ページを読まれるとよい。

同様の例を、私はイギリス文学の中から五十ぐらいは提供できる。人びとが二つの方面で成功したのは、一方の才能が自然ともう一方へと導びかれたときだけである。ただみなさんは、まったく異なったロマン主義的な詩と写実主義的な散文を同時に書こうなどという深刻な過ちを絶対に犯してはならない。この過ちは、修練をつんだはずの数百人ものイギリスの文学者が、今日犯しつづけている間違いである。

みなさんは、自分の嗜好《しこう》がどの方向に向けて養成されるべきか、どの方面に自分の長所があるのかを絶対に知っておく必要がある。それを知らなければ、凡庸な作家にしかなれない。なぜなら、結局のところ、文学におけるこの最後の第三の部類もまた、他の部類と同じように、成功するか否かは、性格いかんで決まるからである。ひとたびこれらを知ったなら、進むべき道は、平穏とはいかないまでも平坦《へいたん》なものとなる。それから後は、一所懸命に勉強し、不断に努力することで、すべてが決まる。

こうした一般的な部類の文学の目的を追求するに際して、人は孤独を求めるべきであろうか、あるいは避けるべきであろうか。それもまたその人の性格次第である。まず初めに自分の力量を知り、しかる後にとるべき方向を決定することが肝要である。それらを確定した上で、自分は観察と同様に感情と想像力に頼るべきであるか、あるいは観察だけに頼るべきであるかを決めなければならない。そのとき、生来の気質というものが、みなさんに指示を与えてくれるであろう。もしみなさんが、孤独の中で最もよく仕事ができると思ったなら、立派な作品を生むのに邪魔となる社交をみずから断つことが、自分自身と文学に対する責務なのである。

次に私は、新しい日本文学の前途に立ちはだかっている非常な困難な問題に話題を移したい。それこそ、私が最初からみなさんに話そうと考えていた問題である。みなさんは、余暇が一国の芸術——つまり、国民的芸術——を生み出すために絶対必要なものであることを知っているだろう。私は、いかなる環境にあっても、素晴らしい傑作を創造しうる特別な人びとのことを話しているのではない。そうした例外的な人びとは、国民的芸術を生み出さないで、模倣のできないような天才的な作品を創造するのであるから。

芸術というものは、何千人もの気長な仕事ぶりと思考と感情から生まれてくるものである。その意味において、余暇は芸術のために絶対必要である。私はみなさんに、すべて日本の芸術は何世代にもわたる長閑《のどか》な余暇生活の所産であったことを思い起こさせる必要もあるまい。今日の代表的な日本の芸術――陶器や絵画や金属細工――を創ったのは、急いで仕事をした人びとではなかった。昔は、誰もせかせかしていなかったのだ。今では茶の湯として知られている念の入った儀式は、閑雅にして悠然たる時代の生活を教えてくれよう。これは数多い事例の一つでしかない。

今日、日本の芸術は依然として隆盛をきわめていると主張したがる人びとがいるが、具眼の士には、古来の芸術は破壊されつつあると言明している。それらを滅ぼしているのは、趣味の悪い外国からの影響だけではない。閑暇が不足しているのである。

かつてはあらゆる種類の楽しみにゆるされていた時間が、年ごとに、ますます短くなってゆく。ここで聴講しているみなさんならきっと、人びとが今よりはるかに多くの余裕をもっていた時代のことを思い出すことができるだろう。そしてまたきっと、現在より余暇が不足している、苦しく、恐ろしい時代が到来するのを目撃するに違いない。なぜなら、みなさんの文明はしだいに、しかし確実に、工業化の性格をおびつつあるからだ。やがてほぼ完全に工業化された時代においては、本当に余暇など持つのはきわめてむずかしい状況となる。

みなさんはたぶん、イギリス、ドイツ、フランスがあれほど多くの芸術作品を生み出しているが、本質的には工業国であると考えているだろう。しかし、状況が異なっているのだ。他の諸国にあっては、工業化によって裕福で余暇にめぐまれた階級を形成することができたのだ。そのような有閑階級が今なお存在しており、とりわけイギリスにおいて、優れた文学の創造を可能にした。日本において似通った状況を生み出すためには、とても長い時間を要するに違いない。

時間が不足しているということを、みなさんは年とともにいっそう痛感するであろう。そして、もっと考えてみなければならない難題がある。二、三年間、西洋の大学で研鑽《けんさん》をつんだ若い日本の学者たち――外国では彼らは大いに称賛され、輝かしい前途を約束されていた――が帰国している。ところが日本に帰国してみると、何という厄介な多くの負担が、彼らの肩にのしかかっていることだろう！　彼らは、まず初めに、家族の世話をしなければならない。公務員として、公的な任務を果たすため、同様な地位にいる外国の学者よりも、はるかに多くの時間を割かなければならないのだ。そして、いかなる場合も、外国の教授や官僚にはゆるされているような自分の時間への権利など、望むべくもないのだ。

彼らは、帰国後ただちに、たくさんの任務をともなう煩わしい地位につかされ、たぶん一年の大半を日の出から夜もおそくまで拘束されている。初めは楽しい仕事だと思われ、また実際そうでもあったものが、楽しい仕事ではなくなる。楽しみの時間はなくなってゆき、疲労と苦痛が残るだけとなる。私は今ここで、公務員たる者がどれだけ多くの祭礼や宴会、公私の祝い事に、出席すべく義務づけられているかを詳しく述べ立てる必要はないと思う。

現在のところ、この現状はやむをえないことであろう。これは新旧の時代の葛藤《かっとう》であり、調整がつくまでには多年を要するであろう。これらの学者が文学上の立派な仕事を果していないとしても、何ら不思議ではない。一般に外国人の目には、日本の最も優秀な学者は、帰国後は何も仕事をしていないように見えるのだ。事実は、彼らは仕事をしすぎているのだが、永久に残るような類《たぐい》の仕事は何一つ出来ない、ということなのである。

みなさんの大半は、金持ちであるないにかかわらず、大学生活を終えると、一時《いちどき》にたくさんの仕事をやるように、要求されるだろう。みなさんの大半は、少なくとも三人分の仕事をやらなければならない。教師でも役人でも、訓練された人間というものは、依然少ないからである。なすべき仕事はあまりに多く、これをなしとげるための人手はあまりにも少ない。こうした問答無用の現実を前に、みなさんはそもそも文学の創作を望めるだろうか。まことに気落ちさせられる状況である。こんな状況について、あるイギリスの古諺《こげん》を紹介することは、時宜《じぎ》に適っているように思われる。

浮世の悩みには
治療法があったり、なかったり。
治療法があれば、探すがよろしかろう。

治療法がなければ、気にするなかれ。

私は、さしあたり治療法などは問題外であると考えている。われわれの責務は、諺がいうように「気にするなかれ」ということだと思っているが、みなさんも同意してくれるのではないかと思う。文学創造への見通しは気落ちさせられる状況にあるが、強靭《きょうじん》な心はそんなことで動揺すべきではない。現代イギリス文学が、この問題に関連して何らかの指針を提供してくれるかどうか、考えてみるべきであろう。その指針は何か見つかるはずだ。

私が詳述した三番目の部類に属する多くのすぐれたイギリス文学は、ちょうど同じような意気沮喪《そそう》させられるような状況のもとで創作されてきたのである。しかし、優れた詩は、こうした状態のもとで書かれたわけではなかった——それは孤独を要求するものだからである。偉大な戯曲も劇的小説も、そうした状態のもとでは決して書かれなかった。しかし、重要な随筆文学、短編小説、また整然とした秩序を要する歴史学や社会学あるいは評論といった著作の多くは、昼間は自分の時間と呼べるものをもたない人びとによって、見事に果されてきたのである。

観察と経験による文学、忍耐づよい調査によって生み出された文学は、何日もの思考と余暇とを必ずしも必要としない。そうした作品の多くは、イギリスでは何世代にもわたって、一度に少しずつ、毎夜、ベッドに就く前に書かれてきたのである。たとえば、モーリーという名の著名なイギリス文学者がいる。多くの著書があり、文学の面でたいへんな影響力をもった人物だが、彼はまたイギリスで最も多忙な法律家にして、政治家の一人であった。それで、彼の書物はすべて、一度に一ページか二ページずつ、家族の者が寝た後、書きつがれたものである。

この種類の文学にとっては、時間はそれほど問題でない。問題なのはむしろ、完全に規則正しい習慣である。日中の二十分ずつでも、あるいは夜の二十分ずつでも、二年後にはかなりの時間となる。これをうまく活用すれば、立派な結果を生むにいたる。唯一心がけるべきことは、このわずかな時間を、時計が時を刻むように規則正しく活用しなければならないということである。そして、病気のような不可避な事情でもないかぎり、決して中断してはならないのである。無用な骨折りで身体を疲れさせたり、視力を減退させることは、まったく問題外である。だが、健康であれば、どんな環境におかれてもそうはならない。また、申し分ない完成原稿を作成するために、時間と労力を無駄づかいする必要もない。決してそんな必要はないのである。

文学作品はもっぱら、思考と感情の所産であるべきで、そのためにはぜひとも思考と感情のあらゆる経験を記録しなければならない。記録は鉛筆でも、速記でも、ちょっとした素描でもかまわない——要するに、方法はどうであれ、それを見直したときに記憶を新鮮にたもっていてくれさえすれば、それでよいのだ。私は、文学を愛し、通常の健康を享受している人なら、どんなに多忙な身であったとしても、規則的な労作《ろうさ》を守りとおしさえすれば、一年か二年のうちに立派な本を書き上げられると確信している。

みなさんは、どのような仕事から始めればよいかと問うかもしれない。私は躊躇《ちゅうちょ》なく、翻訳であると答えたい。翻訳こそ、創造的な仕事への最良の準備といえるだろうし、また日本では広範に求められている仕事だからである。西洋文学の知識は、日本の大学と学校を通してだけでは、普及しない。それが普及できるのは、翻訳を通してのみである。フランス、ドイツ、スペイン、イタリア、ロシア諸文学のイギリス文学に対する影響は、ほとんどが翻訳のお陰である。学問のみでは、新しい国民文学の形成を促進させることはできない。

学者はその職業の性質からして、非創造的なままで終わりがちである。そうならないためにも、この種の翻訳仕事をいくつかこなした後に、独自の創作を試みるべきである。幾人かの日本の学者は、知らず知らずのうちに、こうした試みを行なってきた。彼らは着々と翻訳をしてきたのであるが、たいがいの学者はその段階で止まってしまう。しかし、本当のところ、翻訳は文学という階梯《かいてい》のほんの第一歩でなければならない。

次に創作に関して、私は文学が大衆に対してではなく、作者その人に関わる真の機能について、語りたいと思う。その機能とは、道徳的でなければならず、文学はとりわけ道徳の実践でなければならない。道徳という言葉を用いたからといって、どうか私が宗教的なものとか、不道徳《インモラル》なものとかの正反対の意味でいっているなどとは考えないでいただきたい。私がここで用いているのは、自己修養ということ――われわれの裡《うち》にある心と精神の特性を発展させるという意味でいっているのである。文学は、これを創作する者にとっては、人生最高の喜びであり、不断の慰めでなければならない。

ところで、日本の古い習慣では、この事実をあるやり方で認めてきた。苦しいとき、悲しいとき、精神的な試練に立たされたときはいつでも、道徳の実践として詩歌《うた》を詠む習慣があった。こうした特殊な形式の習慣は日本独特のものであって、その起源は中国かもしれないが、西洋ではあるまい。

しかし、西洋の文学者の中でも、道徳についてのこうした考え方は、何百年にもわたり、詩だけでなく、散文においても、受け継がれてきた。行動規範として教えられなかったし、選ばれた、西洋の作家には痛切には理解されなかった。しかしこれは、日本と同じように西洋の作家には痛切には理解されなかった。しかし、最も優れた人たちは、このことを悟っていた。そうして、彼らは、人生のあらゆる悩みに対する道徳的慰めを、いつも文学に求めていた。みなさんは、ゲーテが自分の息子の死を知らされたとき、「前進せよ、死者を越えて」と叫んで、仕事をつづけたことを覚えているであろうか。彼が著作に気持ちをふり向けることで悲しみを克服したのは、これが初めてではなかった。

同じような体験をもつほとんどの作家は、同じようなことをするようになる。テニスンが『イン・メモリアム』を書いたのは、もっぱら彼の深い悲しみから逃れるためだった。今年、私がみなさんに講義した詩人たちの中で、同じような体験を作品化しなかった詩人はいない。文学を愛する者は、いかなる名医も与えてくれなかった嘆きを癒《いや》すための特効薬をもっている。彼はいつも、自分の心の痛みを何か貴重な永続性のある何ものかに変質させることができるのだ。

さて、われわれは誰でも、完璧な幸福を期待することはできない。みなさんがいかに健康で、頑強で、幸運であろうとも、一人ひとり実に多くの苦難に耐えねばならないはずである。そうした苦難を活用できないものかどうか、みなさんがみずからに問いかけてみるのは、意味のあることである。なぜなら苦難は、これを活用する術《すべ》を知っている人にとっては、この上なく価値があるからである。

いや、私が言いたいのは、これだけではない。かつて苦しみを知らぬ人によって傑作が書かれたためしはなく、これからも決して書かれることはないだろう。すべての大文学は、その源を豊かな悲しみの土壌にもっている。それこそが、ゲーテの有名な詩句の本当の意味なのである。

悲しみのうちにパンを口にしたことのない者は——

一人、真夜中にベッドに坐し、
涙にかき暮れたことのない者は、
おお、ついに「神の力」を知ることがない！

エマーソンも有名な詩句で、ほとんど同じ考えを述べている。彼は愛する女性の死による深い悲しみが、ある人物の強靭な精神に及ぼした道徳的な影響力について歌っている。

汝は、彼女を、いと清き己れの分身として
汝自身のごとく愛しはしても、
彼女との別離が、生から美を奪い去り、
この世の光を曇らせはしても——
半神たちが去りゆくとき、
神々が顕《あら》わるることを、
心から知れかし。

つまり、お前はお前自身よりもあの女性を愛しており、彼女を人間より卓越した存在と考えている。そして、彼女の死とともに世界が暗くなり、あらゆるものが色彩を失い、生きとし生けるものの美が失われたように見える。しかしそうであっても、その悲しみは、お前自身のためになるであろう。われわれは、半神、つまり半ば神の如き人間がわれわれのもとを去ったとき初めて、本当の神の存在を理解し、神の御姿《みすがた》を目の当たりにすることができるのである。なぜなら、いかにわれわれがその苦しみを憎もうとも、あらゆる苦しみは、われわれを賢明にしてくれるのだ。

もちろん、夜半、ベッドに座って泣くのは、若い人だけであろう。ただ経験が不足しているせいで、弱いだけなのだ。成熟した人間は泣きはしない。そのかわり、自分の心を鎮めるために文学に向かう。その苦しみを美しい詩か思想に託して、読む人の心が以前にもまして優しく真実味をおびるように、手助けをするだろう。

覚えておいていただきたいのだが、私はなにも、文学者は自分の苦悩を忘れるために作品を書くべきだ、などといっているのではない。そのやり方は習作や若書きの作品としては、たいへん結構なことであろう。だが、強い人間はそうした方法で人生の苦悩を忘れようとすべきではない。反対に、自分の悲しみについて大いに考え、それはこの世の苦海に落ちたわずか一滴の水滴にすぎぬと思いなし、勇気を振るってその悲しみを反芻《はんすう》し、それを美しい没我的な形成で表現しようと考えるべきである。

いかなる人であっても、個人的な悲しみや損失感、あるいは自身の苦悩を、文学的に何か価値あるものだなどと想像してはいけない。人間の生活の大いなる痛みを本当に表現しえないかぎり、価値ある文学を生み出すことはありえないのである。

何はさておき、文学者は創作する際、利己的であってはならない。利己的な考察は、いかなる価値をも持っているようには思われない。それゆえ、利己的な人間というのは、偉大な詩人にも、偉大な劇作家にもなれなかった。苦悩と対決し、これを克服することである。なかんずく、苦悩を克服することは、われわれに力を与えてくれる。人びとは強くなるために戦う。精神的な力をつけるために、あらゆる困難と格闘することを学ばなければならない。この真理を表現している文学的な比喩《ひゆ》を考えてみよう——例えば、金《きん》を岩から分離する火、小川の流れでお互いぶつかり合いながら磨かれてゆく石塊、千変万化する自然界の変化のことなどが、そうである。

方法論やお手本に関してのどんな忠告よりも有益なのは、次の簡単な助言だと私には思われる。みなさんが困難に直面し、どうしてよいかはっきりしないときは、座って何かを書き留めておきなさいということである。しかし、もう一ついっておきたいことがある。一度だけ書いたままでは文学にはならないということである。文学といわゆるジャーナリズムとの大いなる差異は、この事実にある。いかなる人といえども、たった一回書いただけで真の文学を生み出すことはできない。私とて、有名な人びとに関する数多くのエピソードを知らないわけではない。例えば、彼らは机に向かって腰をおろすと、一気呵成《かせい》に見事な作品を書き上げ、二度と草稿に手を入れなかったというような話である。

誓ってみなさんに言うが、文学にたずさわる者の一致した意見を述べれば、こうした話のほとんどすべてが、真赤な嘘である。わずか一つの文章であれ、これを立派な文学作品にするためには、少なくとも三度は書き直さなければならない。しかし初心者にとっては、三度を三回繰り返した数でも多すぎるということはないだろう。私は詩のことを話しているのではない。詩の場合なら、適切な効果が生まれるまでには、五十回も書き直しをしなければなるまい。

先に私は、みなさんの考えや感じを、鉛筆ででもいいからちょっと書き留めておくことが、いかに大切であるか話しておいたが、これは先に私が述べたことと矛盾するのではないかと思うかもしれない。だが、矛盾するように見えるだけである。本当のところ、矛盾などまったくない。最初の覚え書《ハート》はきわめて大切である。どんな中間的な覚え書よりも大きな価値をもっている。しかし作家なら、そういった覚え書は、基礎工事の輪郭とか土地の測量とか整地の図面しか示しておらず、自分の文学的建造物はその上に時間をかけて、骨を折りながら構築すべきものであることを覚えておかなければいけない。

最初の覚え書というものは、みなさんがいかに注意深く書き留めようとも、本当の考えや本来の感覚を表現しはしない。それはたんなる記号、表意文字のつらなりで、みなさんの記憶を手助けするだけのものだ。やがてみなさんにもわかるだろうが、本当の考えを言葉で忠実に再現するには、多大の時間が必要なのである。

きっとみなさんのうちで、最初からこんなやり方で作品を書こうとする人は、ほとんどいないだろう。まずさまざまな方法を試みて、多くの失敗を犯すに違いない。しかし、苦い経験を味わった者だけが、このやり方が必要であると確信するにいたるであろう。なぜなら文学は、他のいかなる芸術にもまして、忍耐こそが必要だからである。

それゆえ、とくに私は文学を学ぶ学生に対し、ジャーナリズムを表現の手段として――少なくとも、正規の職業としておすすめしない。なぜかと言えば、ジャーナリズムは待ってはくれないからだ。しかし、最良の文学は、待たねばならない。以上の示唆がただちに何らかの価値をもつかどうかたしかではない。私は、ただ、みなさんにこれらの忠告を忘れぬようにして欲しいと望むだけである。だが、これらのうちの一つの価値を試すために、誰かが実験的に短編か物語詩を書き、これを引き出しに入れ、あとでもう一度書き直し、ふたたび何ヵ月間か仕舞っておくといった作業を、一年間ほどつづけるよう希望する。最初の草稿をひとたび書き上げてしまえば、これを書き直すのに毎日わずか数分しか要らないだろう。一年の終わりに最後の仕上げをした後、みなさんがこれを読み直したとする。最初の草稿の形と最後のそれとの差異は、まるで一マイル離れた木を、最初は肉眼で見て、後に、性能のよい望遠鏡で見たときの違いとそっくりであることがわかると思う。

――On the Relation of Life and Character to Literature (*Life and Literature, 1917*)

読書について

学期も終わりに近づいてきた。私はみなさんに文学的な生活と文学作品に関する連続講義をすると以前約束しておいたが、今日は原文《テキスト》とか典拠などから離れて、外国人作家にみられる実際的な体験の成果というものを、できるだけ多く語ってみたい。

今学期の課題は「読書について」である。一見すると、簡単な題目のように見えるかもしれないが、実際には見かけほど単純ではなく、みなさんが考えているよりずっと重要な問題である。この講義を始めるに当たり、読書の方法を知っているものはきわめて少ない、とまず言っておきたい。文学的な趣味とか識別眼を身につけるまでには、相当な文学上の体験が要求される。また、そうした文学的体験がなければ、読書の方法を習得するのは、ほとんど不可能である。

私がほとんど不可能だと言ったのは、生まれつきの鑑賞力、つまり、一種の遺伝的な文学的本能によって、二十五歳前でも、本を十分に読みこなせる人が、まれに存在するからである。しかし、このような人たちは例外中の例外であり、私は世間一般の人たちのことを指して話をしているのである。

なぜこんなことを言うのかといえば、本の字づらを読むことが、真の意味の読書とは言えないからである。心が別のことでいっぱいになっていると、まったく正しく音読しているのに、言葉や文字を機械的に読んでいることにしばしば気がつくものである。こういう機械的な読書をしていると、読書は若いうちからまったく意識的なものではなくなり、注意力とは無関係なものになってしまう。

また、たんに個人的な興味のために、原文から物語の一部分だけを抜き出し、本を「話の筋として」読むことなどは、読書と呼ぶことはできない。しかし、世間で行なわれている読書の大半は、まさしくこのようになされている。毎年、毎月、いや毎日、何千冊もの本が、本を本当には読まない人びとによって購入されていることか。こういう人たちは、読書をしていると思いこんでいるにすぎない。

彼らはただ娯楽のために、つまり、いわゆる「暇つぶし」のために本を買っているのである。一、二時間で本を読み飛ばし、心に残るものといえば、一、二のぼんやりとした印象にすぎない。しかも、彼らはこれが本当の読書だと信じて疑わない。「このような本を読んだことがありますか」とたずねられたり、「私はあれこれの本を読んだことがある」と誰かが話しているのを耳にすることは、実際よくあることだ。しかし、このような人たちは、真剣な気持ちで本について話しているわけではない。「これを読んだことがある」とか「あれを読んだことがある」と言う人たちの中で、読んだ書物について傾聴に値する意見を述べられる者は、おそらく千人に一人としていないだろう。

私は、学生たちがこれこれの本を読んだことがあると話しているのを、何度となく耳にしている。しかし、その本について彼らに質問をいくつかしてみると、彼らはまったく答えられない。あるいは、彼らが読んだと思っている本について、誰かがすでに言った意見を繰り返すだけである。しかし、これは学生たちに限ったことではない。どこの国においても行なわれている、大衆本をむさぼり読むやり方である。

そして、この講義の序論の結びとしては、すぐれた批評家と一般の人との相違は、主として、批評家は本の読み方を心得ているが、一般の人は本の読み方を知らないという点にある。本の内容について独自の意見を表明できない人は、誰であれ、本当の読書をしている人とは言いがたいのである。

みなさんは、読書についての私の意見をきいて、きっと私が読書と研究とを取り違えているのではないかと思うに違いない。そして、みなさんは次のように言うかもしれない。「歴史や哲学や科学の本を読むときは、本の中の言葉の意味と趣旨とをゆっくりと吟味し、考えながら徹底的に読みます。これはなかなか骨の折れる勉強です。しかし、授業時間以外で、われわれが物語や詩を読むときは、楽しみのために読みます。娯楽と研究とはまったく別のものです」と。

みなさんのすべてがこう考えているとは思わないが、若い人たちは一般的にそのように考えているようだ。実際のところ、読むに値する本はすべて、――たんに娯楽を目的とするのではなく――科学書と同じように読むべきである。また、読むに値する本はすべて、価値の種類はまったく違っているかもしれないが、科学書と同じだけの価値をもっているはずである。というのは、小説でも、物語でも、詩でも、良書というものは結局、科学的な作品であるからだ。それはいくつもの科学の最高の原理に従って、とりわけ、人間性に関する知識という人生の最良の科学的原則に従って、作られているからである。

外国の書物については、このことはとくに当てはまる。しかし、母国語以外の言語で本を読むとき、今述べてきた忠告に従うことは、もっと難しくなるであろう。けれども、何人のイギリス人が実際に良書を英語で読み、何人のフランス人が最良の書物をフランス語で読んでいる、とみなさんは想像するであろうか。おそらく読書をしていると自分で思っている二千人のうち、本当の良書を読んでいる者は、せいぜい一人ぐらいしかいないだろう。

その上、現在ロンドンでは、毎年六千冊以上の書物が刊行されているが、今日ほど一般大衆が読書らしい読書をしていない時代はない。書物はある流行に倣って、いや、むしろ流行に従って書かれ、売られ、読まれている。ほかの流行と同様に、文学にも流行がある。ある種の娯楽読み物が読者大衆によって求められると、その需要を満たすために、その類《たぐい》の書物が出まわることになる。

こうした大衆の読者層にとっては、真の文学が有する芸術性や優美さも、またすぐれた文学の偉大な思想も、ほとんど無意味なものと化してしまっている。それで、すぐれた文学者は真の文学を創造することを断念してしまったのだ。ただ、文体とか美の欠如した本や娯楽向きの物語を書けば莫大《ばくだい》な収入が入るとき、――本当に立派な著作を生み出すために、三年、五年、あるいは十年という年月がかかるとすれば、たぶん飢え死にしてしまうと考える人は――自己の天職に対する高潔な義務に不誠実にならざるを得ない。経済的に恵まれている人は、場合によると、何か遠大なことを企てようとするかもしれないが、発言の機会を得ることはほとんどない。過去数年間で文学的な趣味がかなり低下してきたので、以前に述べたように、文体というものは事実上消滅してしまった。文体とは思考を意味しているのだ。また、イギリスにおけるこのような事態は、主として読書についての悪い習慣、つまり、本の読み方を知らないことによって引き起こされているのである。

学問をする者がまず第一に心に留めておかねばならないことは、たんに娯楽目的で読書をしてはならないということである。中途半端な教育しか受けていない人は、娯楽目的で読書をするが、彼らを責めてはいけない。彼らには、偉大な文学にそなわっている深遠な特性を鑑賞する能力はない。しかし、大学で教育を受けた青年は、たんに娯楽目的で読書をしないよう、早くから自己訓練をしておかなければならない。

ひとたびこうした訓練の習慣が身につけば、娯楽本位のために読書などはできるものではないということに気づくであろう。そうなれば、知力の糧を得られない本とか、高尚な情緒とか知性に訴えかけない書物などは、我慢できずに投げ捨ててしまうだろう。

ところが一方では、娯楽のための読書習慣は、多数の人びとにとっては、まさに飲酒やアヘン吸飲と同じような悪習となってしまう。それは麻酔薬のようなもので、時間つぶしに役立ち、夢うつつの状態を維持させ、ついには一切の思考力を破壊してしまう。そして精神の表層の部分だけを働かせ、感情のさらに深い泉やもっと高度な知覚能力を遊ばせておく結果を招くようになる。

この種の読書法とはいったいどんなものか、簡単に述べてみよう。たとえば、若い会社員が、毎日、通勤の行き帰りにただ時間つぶしのために本を読むとしよう。彼は何を読むのだろうか。もちろん、小説である。非常に気楽な読み物なので、しばらくのあいだ悩みを忘れさせてくれ、毎日の決まりきった仕事からくる気苦労から解放してくれる。

一日か二日で彼はその小説を読み終え、次の一冊に取りかかる。もうそのときには、読む速度も早くなっている。その年の終わりまでに、百五十冊から二百冊の小説を読破してしまう。どんなに貧乏でも、こうした贅沢《ぜいたく》ができるのは、巡回図書館という制度があるからである。二、三年後には、彼は数千冊の小説を読んでしまうことになる。

この人は小説が好きなのであろうか？　いや、彼はそうではない、と答えるだろう。小説はどれもこれもほとんど同じようなものだが、時間つぶしにはなる。今では、小説は私にとって必需品となってしまったので、こうした読書がつづけられなければ、とても退屈な気分になってしまうというであろう。このような読書の結果、必ずや知力を麻痺《まひ》させてしまうことになる。

彼は読んだ数千冊の本の中から、二、三十冊の書名さえ覚えていない。ましてや内容については、なおさらのことである。こういう読書の結末というのは、頭のはたらきをもうろうとさせるだけである。それが直接的な結果というものである。間接的な結果は、精神の発達が妨げられることである。あらゆる発達というものには、必ずや何らかの苦痛が伴うものである。私が今述べているような一般の読書法は、苦痛を無意識に避ける手段として行なわれている。そして、その結果は機能の退化につながる。

もちろん、これは極端な一例である。しかし、娯楽を目的とする読書が一つの習慣となり、その習慣を満足させる手段がすぐ手近にある場合は、こうした例が娯楽を目的とする読書の最終的な結果となるのである。現在、日本ではこのような事態に陥る危険性はないと思われるが、倫理的な観点から警告をするために実例をあげて話をした次第だ。

といっても、すぐれた文学の中にも避けなければならない種類の文学があるということを言おうとしているのではない。立派な小説とは、偉大な哲学者でさえ読みたいと望むほどの見事な読み物である。肝腎《かんじん》な問題は、読まれるべき作品の性格よりも、読み方にあるのである。よくいわれることだが、どんな書物にも長所があるというのは、おそらくいいすぎであろう。いかに作者が偉大だろうと、書物の影響力というものは、作者の技巧というより、はるかに読者の読書習慣いかんによるものであると思う。

以前の講義で、私は、大人より子供の観察のやり方のほうが優れていると述べた。同じ事実が、子供の読書についても認められる。子供はごく単純なものしか読めないことは確かだが、恐ろしいほど徹底的に読む。また、読んでいる本について、倦《う》むことなく、何度も何度も繰り返し考え抜く。一編の短いお伽噺《とぎばなし》が、読んでから一ヵ月経っても、彼の心にこびりついて離れない。

子供のかわいらしい想像力は、ことごとくそのお伽噺に費やされる。そして、もし子供の両親が賢明ならば、最初の本から得た喜びと、子供の想像力に訴えかけたその効果が消えはじめるまで、子供に別のお伽噺を読ませようとはしない。それ以後に身につく習慣、私があえて悪習と呼ぶ読書習慣は、それゆえ、子供の実に注意深い読書能力を破壊してしまう。

ところで、今度は、専門的読書家や学問的な読書家を例にとってみよう。彼らには子供と同じ能力が、しかもきわめて高度な読書能力があることがわかる。私がよく訪れたことのある大出版社のオフィスには、毎年、一万六千編の原稿が送られてくる。編集者はこれらの作品すべてに目を通し、判断を下さなければならない。こうした仕事は、たいていの出版社では、プロの読者《リーダー》と呼ばれる人によって行なわれている。この専門的読書家は学者であって、非凡な能力を持ち合わせていなければならない。千編の原稿の中で、彼が読み込むのはせいぜい一編であろう。二千編の原稿の中から、ひょっとしたら三編ぐらい深く読むかもしれない。それ以外の原稿は、ほんの数秒間ちらりと見るだけである――原稿に読む値打ちがあるかどうかを決めるには、一瞥《いちべつ》するだけで充分なのである。

文学的な観点からいえば、たった一行の文章を見るだけで、原稿の良し悪しはわかるのだ。主題に関しては、たいていの場合、題名を見ただけで、プロの読み手は判断を下せる。原稿の中には、彼の注意を一分間か五分間ほど引くものもあるかもしれないが、それ以上長く注目されるものは皆無である。

一万六千編の応募作品の中から十六編が、最終審査に残ると思えばよい。これらの作品は初めから終わりまで読まれる。読み終わると、そのうち八編だけを残してさらに選考する。この八編が慎重に読みなおされるのである。二度目の審査が終わると、その数は七編に絞られる。この七編は、三度目の審査を受けるわけだが、この専門的読書家はそれをすぐに読むようなことはしない。

この読書のプロは原稿を引き出しの中にしまって鍵《かぎ》をかけたまま、まる一週間、それを見ずに過ごす。一週間後、その七編の原稿とそれらの特質を、それぞれはっきり思い出せるかどうか試してみる。そのうち三編ははっきりと思い出せる。残りの四編はすぐには思い出せない。少し努力すると、二編が思い浮かぶ。しかし、彼はあとの二編をすっかり忘れてしまっている。これは致命的な欠点といえる。

二度読んで、心に何らの印象も残さないような作品には、真の価値などあるはずがない。そこで、彼は引き出しから原稿を取り出し、思い出せなかった二編を没にし、五編をもう一度読みなおす。三度目の読みに入ると、すべての観点——主題、手法、思想、文学的特質——から判定が下される。そして、五編のうち三編が一級の作品と判断される。残りの二編はただ二流の作品として、出版社から評価が下される。このようにして、作品選考の問題は落着するのである。

これに似たような選別は、大出版社ではどこでも行なわれている。しかし、不幸にもすべての文学作品が、今日、これと同じような厳しい方法で審査されているわけではない。今や、どちらかというと、大衆の好みによって判断が下される。大衆は、出来ばえのよい作品を好みはしない。だが、ケンブリッジ大学やオックスフォード大学の出版局のような出版社では、原稿の審査が非常に厳格である。そこでは、原稿がこれほど読み込まれることがないと思われるほど徹底的に読み込まれる。

さて、私のいう専門的読書家とは、知識や学問や経験があるにもかかわらず、子供がお伽噺を読むのと同じように、書物を読むのである。彼は本の持つすべての問題をあらゆる関連から、またあらゆる角度から考察するために、子供が頭を働かせるように細心の注意を払うのである。子供の読書法が拙《つたな》いという考え方は、正しくない。悪い読書習慣はずっと年をとってから身につくもので、決して生まれつきのものではない。自然体でありながら同時に学究的であるのというのが、子供の読書法である。

しかし、こういう子供の読書法には、われわれが成長するにつれて失いがちなもの、すなわち忍耐という貴重な資質が要求される。忍耐がなければ、いかなることも、読書でさえもなしとげることはできない。

注意深く読む読書法は大切ではあるが、それを濫用してはならないことは、容易に納得できると思う。よく訓練され、高度な教育を受けた人の頭脳は、通俗的な本などに浪費されるべきではない。通俗的なという意味は、安っぽくて役に立たない文学という意味である。自己鍛錬にとって、読むべき書物の適正な選択ほど重要なものはない。しかし、これほど世間一般で軽んじられているものもない。能力のある者が何を読もうかと本を「探し出す」ために、時間を浪費するのは間違っている。能力のある者が文学の全分野で最高作品は何かを正確に知り、その傑作だけを読むことは、むずかしいことではない。

もちろん、もし専門家や批評家やプロの読書家になるつもりなら、良書だけでなく悪書も読まなければなるまい。そして、経験によって身についた判断力をすみやかに働かせることによってのみ、読書に伴う多くの労苦から逃れることができる。

たとえば、セインツベリー教授のような批評家によってなされた――しかも、徹底的になされた――読書を想像してもらいたい。教授の受けた大学教育や、ギリシア語やラテン語の古典に通じていたという点を別にしても、同教授は古代から現代までの英語の本をおよそ五千冊は読んでいたに違いない。彼は調べられるときはいつでも、本文中のいっさいの事柄、それぞれの本の来歴、著者の経歴などを徹底的に調べた。また、膨大な量の文学に関連する社会史と政治史にも、あますところなく通暁していたと思われる。

しかし、これは同教授の仕事の半分にもみたない。英仏文学の権威者として、彼のフランス語、つまり古代および近代フランス語の研究は、英語の研究よりも広範囲にわたっていたに違いない。そして彼の研究業績は、専門家が読むように読まなければならない。初めから終わりまで、彼の仕事の全体にわたって娯楽的要素はほとんど存在しない。唯一の喜びといえば、研究の成果のみであり、この成果はたいへん実り豊かなものであった。

本を読み、その本の文学的な価値とは何かを、二、三行で正確に表現することほど、難しいことはない。これができる人は、世界中でせいぜい二十人ほどであろう。というのは、それに必要とされる能力と経験とは、かなり高度なものにちがいないからである。われわれが一生涯研究しても、三流あるいは四流の批評家にさえなれないだろう。しかし、われわれ

われわれは読書法を学ぶことができる。これは決して小さな技術ではない。偉大な批評家は、その学識と判断力によって、われわれに読書法の技術を最も上手に教えてくれる存在なのである。

とはいえ、結局のところ、最も偉大な批評家は大衆である——一日とか一世代の大衆という意味ではなく、数世紀を経てきた大衆、つまり、時という怖るべき試練を経てきた書物についての、国民のあるいは人類の意見の一致を有している者という意味での大衆である。文学的名声は批評家によって作られるものではなく、数百年にわたる人類の意見の集積によって作られるものである。人類の意見といっても、それは訓練を受けた評論家の意見のように意味が明確に示されているものではない。

それは説明しがたい。その本質を適切に述べることができない大きな情緒のように、漠然としているからである。それは思考というより、むしろ感情にその基盤をおいている。「この本が好きだ」とわれわれはいうだけである。けれども、この種の判断ほど確かな判断はないのだ。それは膨大な経験の結論となっているからである。良書の鑑定方法は、常に、幾世代にもわたって通用してきた人類の意見が当てはまる方法でなければならない。しかし、この判断方法はすこぶる簡単である。

良書の鑑定方法は、一度しか読みたくないか、それとも何度も読みたいかということによって決まる。本当にすぐれた書物は、はじめて読んだときよりも二度目の方がよりいっそう好きになるものである。読みかえすたびに、その本の中に新しい意味と新しい美を見《み》出《いだ》すのである。教育があって趣味のよい人が、二度と読みたくないという本には、おおむねたいした価値はない。

つい先頃、フランスの大作家ゾラの芸術に関して、きわめて的を射た論争が行なわれたことがある。ある人たちは、ゾラはまったく申し分のない天分を持っていると主張した。他の者は、ただ非常にすぐれた才能を持っていたにすぎないと反論した。この論争には、かなり突飛な意見も飛びかった。ところが、突然、一人の偉い批評家が、次のような質問を率直に投げかけた。

「みなさんのうちで、ゾラの作品のいずれかを二回読んだ人、あるいは二回以上読みたいと思った人が、何人いるでしょうか？」

何の返答もなかった。それで、この問題は決着がついてしまった。おそらく、ゾラの本を二度読む者はいないであろう。またこれは、作品の中に天分と言えるものは何もなく、感情を高度な形式で表現する技術もまったくないことの明白な証拠となっているのだ。たとえ十万人の読者に買われても、二度と読まれることのない書物などは、浅薄なものかまやかしのものに違いない。しかし、われわれは一個人の判断を絶対に誤りのないものと考えることはできない。

立派な作品だと評価を下す意見は、多数の意見でなければならない。というのは、大批評家といえども鈍感なところがあったり、正当な評価を下せないことも往々にしてあるからである。たとえば、カーライルはブラウニングに我慢ができなかったし、バイロンはイギリスの大詩人の幾人かには耐えがたい詩人だった。

多くの書物について信頼のできる評価を下すためには、人は多方面にわたる能力をもっていなければならない。われわれは時折、一批評家の判断に、信がおけないこともある。しかし、幾世代にもわたる人びとの判断については、疑いの余地はない。数百年にもわたって感嘆、絶賛されてきた本の美点にすぐには気がつかなくても、注意深く読み、研究することにより、ついにはこのように感嘆、絶賛されてきた理由を感じ取ることができるようになるのだ。貧しい人にとって、最上の図書館とは、すべてこのような偉大な作品、つまり時という試練を経てきた書物だけからなる図書館である。

そこで、今述べたことが、読書の選択にあたって、最も重要な手引きとなるだろう。われわれは一度以上読みたくなる本だけを読むべきであり、そのほかの本は金を投ずる何か特別な理由でもないかぎり、買うべきではない。第二に注意を要することは、このような偉大な書物すべての中にひそんでいる価値の普遍的性質についてである。こうした書物は、決して古くならない。その若さは永遠である。

若い人が偉大な書物をはじめて読むとき、表面的にしか理解できないものである。上《うわ》面《つら》と話の筋だけが吸収され、楽しまれるだけである。若い人が一度目の読書で、偉大な書物の本質を見ることなどはとうていできるものではない。多くの場合、こういう書物の中にあるすべてのものを見出すのには、人間は数百年という歳月を要したことを忘れないでほしい。

しかし、本の内容は、人間が人生経験を積むに従って、新しい意味を現わしてくるものである。すぐれた本であれば、十八歳のときに面白かった本は、二十五歳のときにはもっと面白くなるだろうし、三十歳のときにはまったく新しい本のように思われるであろう。四十歳になってその本をふたたび読みかえしてみると、なぜこの本の本当の素晴らしさにこれまで気づかなかったのかと思うほどである。これと同じことが、五十歳、六十歳になっても繰り返される。

偉大な書物は、読者の心の成長にちょうど比例して成長してゆく。シェイクスピアやダンテやゲーテのような作家の作品が偉大なものになったのは、幾世代にもわたる過去の人びとがこの驚くべき事実に気づいたからである。

この場合、ゲーテがその最も良い例証となるだろう。彼は散文の小品をたくさん書いたが、彼の作品にはお伽噺の魅力が備わっていたので、子供たちに好まれた。しかし、彼はこうした作品をお伽噺のつもりで書いたのではない。彼は経験豊かな人びとのために書いたのである。若い人はその話の中に非常に真面目なものを読み取り、中年は作品の寡黙さの中にも、並々ならぬ深みを発見する。また、老人はその中に世界の哲学と人生のあらゆる知恵を見出す。きわめて鈍感な人ならば、その中にたいした発見もできないかもしれないが、その人の人間としての立派さに比例して、また人生に関する知識の広さに比例して、作品を創造した作家ゲーテの心の偉大さに気づくであろう。

とはいえ、作品に盛り込んだものの全体の広さと深さを、あらかじめ作家が考えていたというわけではない。偉大な芸術とは、それ自体の偉大さを意識することなく、知らず知らずのうちに完成してゆくものである。また、作家の天分が大きければ大きいほど、自分に天分があることに気づくこともますます少なくなる。というのは、作家の才能というものは、彼の死後、長い時間経過しなければ、世人には発見されそうもないものだからである。文学の世界で成就される偉大なものは、普通、みずから偉大だと思っている人たちによって成しとげられることはまずありえない。

数千年前、アラビアをさすらっていたある人が、夜空の星を眺め、目には見えないこの世界を創造した神の力と人間との関係について思索していた。そして、『ヨブ記』という書の詩句の中で、心に思ったことをすべて吐露した。彼にとっては、空は堅固な天蓋《てんがい》であった。その彼方《かなた》に何があるかは、夢想だにしなかった。

ヨブの時代以来、われわれの天文学の知識はいかに拡大したことか。天体観測器で見える範囲内に、今や三千万の恒星があり、それらにはすべて惑星が存在し、全部合わせると三億近い世界が、地球以外にあると考えられている。その世界の多くには、知的な生物が住んでいるといわれている。数年後には、火星に地球より古い文明が存在していたという確固たる証拠を手に入れる可能性さえもある。

われわれの宇宙に関する概念とヨブの宇宙観との間には、何という大きな隔たりがあることだろう。しかし、このように違いがあるからといって、素朴な心のアラビア人とユダヤ人の詩の美しさと価値は、みじんも失われてはいない。まったくその逆である。そして、天文学上の新しい発見がなされるごとに、ヨブの言葉はわれわれにとっていっそう荘厳な意味をもつようになる。それは彼が真に大詩人であり、何千年も前に自分の心に浮かんだ真実だけを語ったからである。

また大昔、ギリシアにある物語作家がいた。彼は『ダフニスとクロエ』という、田園に住む少年と少女について短い物語を書いた。少年と少女はなぜか恋に陥ってしまい、二人は無邪気な会話を取り交わした。そして、大人は二人のことを笑いながらも、心やさしく人生のごく単純な決まり事を彼らに教えた。この物語は、そんなことをきわめて簡単な言葉で語っている。何とつまらない題材だと人は思うかもしれないが、この物語は世界中の言語に翻訳されており、いまなお新しい物語のように読める。読み返すたびに、それはますます美しく見える。というのは、この物語が無邪気さと若者の感情とについての真実と人間のやさしさというものを教えてくれるからである。この物語は、そこに描かれている少年と少女の無邪気な若さと同様、決して古びることはない。

もっと後の時代に下ると、およそ三百年前に、あるフランスの司祭が、浮気な女に魅せられ、彼女のために汚辱と苦しい境遇に何度もつき落とされる生涯を、小説に描こうと思いついた。『マノン・レスコー』と呼ばれるこの作品は、過ぎ去った過去の時代、人びとが腰に剣を帯びて、髪に化粧粉をふりかけていた時代、すべての点で今日の生活とはまったく異なる時代の社会を、われわれに描いて見せてくれている。

しかし、この物語は文明のどの時代にも当てはまるように、われわれの時代にもそっくり当てはまる。その若者の苦悩と悲しみは、あたかもそれらがわれわれ自身のものであるかのように心を打つ。この浮気な女は根っからの悪人ではなく、ただ意志が薄弱で、身勝手な女にすぎない。しかし、この悲劇が終わるまで、彼女が彼女の犠牲者の男を魅了したように、読者の心も魅了してやまないのである。ここにも、もう一冊の、永遠不滅の世界的な名作があるといってよかろう。

百冊の良書の中からもう一つ例を挙げるなら、ハンス・アンデルセンの物語を検討してみてもよかろう。アンデルセンは、道徳的な真理とか社会哲学といったものは、他のどんな方法に頼るよりも、短いお伽噺や童話を使う方がうまく教えられると考えていた。そこで、何百という古めかしい物語の助けを借りて、一連の素晴らしい物語を新たに作った。

彼の作品は、どこの図書館でもその一角を占めており、どこの国でも子供よりも大人に読まれている。

アンデルセンの驚くべき物語集の中に人魚に関する話があるが、みなさんはこの作品を読んだことがあると思う。もちろん、人魚というようなものは存在しない。ある見方からすれば、この物語はまったく荒唐無稽《こうとうむけい》といってよい。しかし、この物語が表現している無私の心や愛や忠誠という感情は、不滅のものであり、この上なくうるわしいものである。この話の構成の非現実性などは、すっかり忘れてしまう。そして、この寓話《ぐうわ》の背後にひそむ永遠の真実だけが、見えてくるのである。

私のいうすぐれた書物とはどういうものか、今や、みなさんははっきりと理解したことだろう。では、本の選択についてはどうであろうか。何年か前に、イギリスの科学者サー・ジョン・ラボックが、世界最良の百冊と呼ぶに値する書物の一覧表を作ったのを、みなさんは覚えているであろう。するとさっそく、二、三の出版社が、その百冊の本を廉価版で刊行しはじめたのである。サー・ジョンの例にならって、他の文学者たちも、彼らの考える入手可能な最良の百冊というものの一覧表を作った。今ではもう、こうした試みの真価が問われるに十分な時間が経過した。しかし、その試みは当の出版社以外にとって、まったく意味のないこともわかったのである。つまり、多くの人びとがこの百冊の本を買うかもしれないが、読む人はきわめて少なかったからである。

これは、サー・ジョン・ラボックの着想が間違っていたからではなくて、誰一人として、さまざまな頭脳構造をもった大衆に対して、一定の読書の方針を立てることなどできる相談ではないからである。サー・ジョンは、最も自分に訴える書物について、自分の意見を述べたまでである。他の文学者なら違った一覧表を作ったであろう。おそらく、二人の文学者がまったく同じものを作成することなどありえないからだ。良書の選択は、どんな場合でも、個人個人の判断によらなければならない。つまり、みなさんは自分自身の内面に点《とも》っている光に導かれて、みなさん自身で選択しなければならないのである。

多くの種類の文学に、同じように最上の注意を払おうとする気持ちを抱くほど多面性を備えている人は、きわめてまれである。一般的な場合には、数少ない題材——生まれつきの能力とか好みに合った題材、自分の気に入っている題材——に限定した方がよい。そして、われわれの個人的な性格とか気質を完全に知り、またそれに共感することができなければ、われわれの才能がどこにあるかを、誰もわれわれに代わって決定することはできない。

しかし、容易にできることが一つある——つまり、まず文学のどんな題材がみなさんに興味を与えてきたかを決定することである。第二に、その題材で書かれたものの中で、最も優れたものは何かを決めることである。それから、同じ題材を取り扱っているといいながらも、いまだに大批評家とか正当性のある世論の賛同を得ていないような、短命で取るに足らない書物を無視して、その最良の作品だけを研究することである。

この批評家と世間の両者の賛同を得た書物は、数においてみなさんが想像するほど多くはない。もしギリシアという一文明を除外すると、いかなる大文明といえども、一流といわれる書物を、二、三冊生み出しているにすぎない。あらゆる大宗教の教義を表現している聖典は、文学作品として一流の地位を占めている。なぜかというと、それらは洗練に洗練を重ねてきており、言語が表現しうる最高の文学として完成しているからである。民族の理想を描いている偉大な叙事詩なども、また一流の文学作品となりうる。第三に、人生を反映した戯曲の傑作も、最高の文学に属すると考えなければならない。しかし、このように代表的な作品は、何冊ぐらいあると考えられるであろうか。それほど多くはない。最良の書とはダイヤモンドと同じで、決して数多く見出されることはないであろう。

私が今あえて述べたような一般的な徴候に加えて、二、三の精選された書物について——学生が買い求め、生涯読みたいと思うような書物について——少し述べておこう。こういう書物は多くはない。西洋の学生にとっては、ギリシアの作家の名前をたくさん挙げておく必要があるであろう。しかし、西洋の古典語を勉強していない限り、日本の学生にとって、そうした作家はたいして役に立たない。その上、これらの作家の理解を高めるには、ギリシア人の生活とギリシア文明についてのかなりの知識が必要である。

そうした知識は、彫刻、絵画、硬貨、彫像を通して、つまり、かつて存在していたものを想像力でもってはじめて理解できるような芸術品を鑑賞することによって、最もよく得られるのである。しかし、ギリシアの古典研究における美術関係では、資料が不足しているから、今のところ日本では研究が不可能である。それゆえ、私はこの部門の良書については、触れるつもりはない。

しかし、西洋文学の基盤は、全般的に古典研究に基づいている。だから学生は、ギリシア神話の概略と、ギリシア文学やギリシア演劇の代表作に精神を吹き込んだ文化伝統の性格をよく理解するように努めなければならない。何か高級な文学に属すると思われているイギリス文学の書物を繙《ひもと》くと、ギリシアの信仰、ギリシアの物語、ギリシア演劇などへの言及を見出さないことはほとんどないであろう。

神話はみなさんにとって欠くべからざるものである。しかし、この題材が広範囲にわたっているために、みなさんの多くがギリシア神話の徹底した研究をためらうのも、もっともなことである。ギリシア神話の徹底した研究が、必ずしも必要というわけではない。必要なのは、その概略である。また、みなさんに生き生きと魅力的にギリシア神話の輪郭を教えてくれることのできる良書があるなら、それは計り知れないほど役に立つであろう。

フランス語とドイツ語には、こうした良書がたくさんある。私が知っている唯一の英語の本は、ボーン文庫の一冊、カイトレーの『古代ギリシアとイタリアの神話』である。それは高価な本ではない。その書物には、哲学的精神でもって読者を導くという類いまれな特質がある。ギリシアの有名な著作といえば、適当な翻訳も少ないので、それらの大半はみなさんにとって、ほとんど価値をもたないに違いない。

まず、韻文の翻訳はすべて役に立たないといっておこう。ギリシア語からの韻文の翻訳は、いずれもギリシア語の韻文を再現できていないのである――何とか満足がいくものは、テニスン訳のホメロスの二、三十行と、テニスンに匹敵する才能のある人たちの手によって翻訳されたギリシア詩人の数行があるくらいである。

みなさんがギリシアとかラテンの作家を研究したいと思うときには、必ず散文訳を用いるべきである。もちろん、まずはじめにホメロスを考えてみなければならない。みなさんがホメロスの作品を読まないでいられるとは、私には想像できない。英語には、『イーリアス』と『オデュッセイア』の素晴らしい散文訳がある。これら二大叙事詩のうち、みなさんにとって重要なのは、後者の方である。この作品への言及は、文学のさまざまな部門において数えきれないほどある。また、この作品への言及は常にその主題の詩と結びつけられている。その理由は、『オデュッセイア』の方が『イーリアス』より物語《ロマンス》の要素が強いからである。

ラングとブッチャーによる散文訳が優れているのは、散文であるにもかかわらず、ギリシア詩の波がうねるような響きと音楽性が、いくぶんか保たれているからである。この書物は、いつもみなさんの座右に置いておくだけの価値がある、と私は信じている。それがいかに役立つかは、後日になってわかるであろう。

ギリシア悲劇の傑作はすべて翻訳されているが、みなさんにこうした翻訳本を強く勧めようとは思わない。たいていの場合、別の出典から戯曲の筋に親しんでおいた方がよいと思う。そういう本は何百冊とある。みなさんは少なくとも、ソフォクレス、アイスキュロス、とりわけエウリーピデースの偉大なる戯曲の主題ぐらいは、知っておかなければならない。ギリシア演劇は、その構想を正しく理解するためには、深い研究を必要とする。みなさんはこういうことを好事家《こうずか》のように理解する必要はないが、戯曲の傑作の筋ぐらいは、いくらか知っておく必要がある。

喜劇についていえば、アリストファネスの作品はその価値と興味深さという点で、きわめて特異なものである。これらの作品はほとんど説明を要しない。彼の作品は、何千年も前にアテネ人を笑わせたように、今日でもわれわれを心から笑わせてくれる。こういう文学作品は、不滅の文学に属しているのだ。二巻本からなるボーン社版の翻訳があるが、私はこれを大いに勧めたい。アリストファネスは、われわれが何度も読み返すことができ、読むたびに得るところのあるギリシアの大劇作家の一人といえる。叙情詩人の中では、現代訳だがイギリスの古典になりそうな翻訳が一つある。ラングによるテオクリトスの翻訳である。とても小さい書物だが、この種の本としてはすこぶる貴重なものである。

みなさんには、私はごく少数の作家しか挙げていないことがおわかりと思う。しかし、正しく読めば、ごく少数でもみなさんにとって非常に貴重な意味をもつであろう。ギリシア後期の作品、つまり、古代文明の衰退期に書かれた作品に、世界中の人が決して飽きることのない傑作がある。それは、私が先に述べた『ダフニスとクロエ』の物語である。この作品はいろいろな言語に翻訳されているが、残念ながら、最もよい翻訳は英語版ではなくフランス語版——アミョの翻訳——である。しかし、英語の翻訳もたくさん出ているので、みなさんはこの本を必ず読むべきである。

古代ローマの作家については、ここであまり語る必要はなかろう。ウェルギリウスとホラティウスのすぐれた散文訳があるが、ラテン語の知識がなければ、みなさんにとってはたいした価値はない。しかしながら、『アエネイス』の物語は知っておくべきであり、コニントンの翻訳で読むのが最もよいだろう。みなさんの一般教養の課程では、古代ローマの主要な作家と思想家について、多少は知っておいた方がよかろう。

しかし、みなさんがあまり書名を目にしたことがないような、不朽の名作で万人必読の書がある。それは、アプレイウスの『黄金のロバ』である。これには優れた英語訳がある。それは魔法の物語にすぎないが、最も素晴らしい物語の一つであり、一時代の文学というより世界文学に属している。

しかし、ギリシア神話は、その美という点において永遠に不滅であるが、古代イギリスの宗教や北方民族の宗教の神話に比べると、イギリス文学に密接な関係があるわけではない。この北方民族の宗教は、われわれの言語の形態はもちろん、週の曜日の名称にさえその影響を残している。イギリス文学を学ぶ者は、北欧神話について少しは知っておくべきである。またそれは、一風変わった美しさに充《み》ちている。そしてそれは、比類のない崇高な戦士の信念、力と勇気に対する信仰を具体的に表現している。大学の図書館には、完全な形の北欧詩の全集、つまり二巻からなる『北欧全詩集』がそろっている。今のところ、残念だが、サガとエッダのすぐれた全集はまだ入っていない。

だが、題材が広範囲にわたるギリシア神話のように、北欧民族の信仰と文学に関する重要な話のあらまし——みなさんにとっては、必須《ひっす》という意味であるが——を書いた素晴らしい英語の小さな本がある。それは、マレットの『北方故事』という本である。サー・ウォルター・スコットは、この小さな本の翻訳の重要な部分に貢献した。そして、この翻訳は、時の試練に実によく耐えてきたのである。パーシー司教による序章は古風ではあるが、そのことでこの本のもつ素晴らしい価値は少しも減少していない。これはあらゆる学生が所有すべき一冊の本だと思う。

外国語から英語に翻訳された現代文学の傑作については、できるなら原文で読んだ方がよいとしか、私にはいえない。もしみなさんがゲーテの『ファウスト』をドイツ語で読めるなら、英語で読むのはやめた方がよい。また、もしハイネがドイツ語で読めるなら、彼自身が監修したフランス語の散文訳や、英語の韻文訳（たくさん数はあるが）は、みなさんにとっては無用である。しかし、ドイツ語があまりにも難解ならば、ブックハイム博士が校閲したヘイワードの散文訳で『ファウスト』を読むとよかろう。その本はここの図書館にもあり、現存するこの種の訳本の中では最良のものである。

『ファウスト』は購入して手もとにおき、生涯何度も読むべき書である。ハイネといえば世界的な詩人だが、翻訳するとその価値の大半は失われてしまう。私が勧められるのは、ハイネのフランス語の散文訳だけである。ブラウニングやラザルスやその他の英語訳は、しばしば言葉のもつ力が弱い。数年前、ハイネの詩の見事な英訳が「ブラックウッド」誌に連載されたが、書物に纏《まと》められることはなかったと思う。

ダンテに関しては、イタリア語以外の言語で、みなさんに強く訴える力があるかどうかわからない。ダンテの偉大さを知るためには、中世の時代をよく理解しておかなければならない。ダンテ以外のイタリアの大詩人についても、同様のことが言えるであろう。

フランスの劇作家の中では、モリエールを研究しなければならない。重要性という点では、シェイクスピアに次いで重要といえる。ただし、モリエールの作品はどんな翻訳であれ、翻訳で読んではいけない。フランス語を読めない人は、モリエールに触れない方がよいとはっきりいっておこう。英語では、機知と諷刺《ふうし》の微妙さは再現できないからである。

現代イギリス文学に関しては、私は講義の中で、世界文学の地位を占める数冊の書物を挙げて紹介しようと心がけてきた。したがって、ここで繰り返す必要はなかろう。しかし、少し時代を遡《さかのぼ》って、マロリーの『アーサー王の死』のもつ並々ならぬ価値を、みなさんに思い出していただきたい。それは、みなさんが購入して手もとに置き、再三読むべき数少ない本の一冊だといいたい。その本には、騎士道精神のすべてが描かれている。

また、この騎士道精神とすべての現代イギリス文学とがいかに深い関係にあるか、もうみなさんに語る必要はなかろう。とくに言語を深く研究する意図がなければ、私はミルトンを勧めない。ミルトンの言語的な価値は、ギリシア文学と古代ローマ文学に基づいているからである。彼の叙情詩となると問題は別で、これは研究されなければならない。

参考になる程度のことを除けば、私にはこれ以上話すことはほとんどなくなった。そこで、みなさん全員が、シェイクスピアのすぐれた版を購入し、最初は一つ一つの文章が理解できるかどうか気にせずに、毎年一度は通読すべきだと思う。知識は後からついてくるものである。もしみなさんがこの忠告に従うなら、シェイクスピアは読むたびごとにみなさんの中で偉大になってゆき、ついには、みなさんの考え方や感じ方に健全で力強い影響力を及ぼしはじめるだろうと、私は確信している。

シェイクスピアを読むためには、偉い学者である必要はない。また、シェイクスピアを読む時に当てはまることは、世界文学の傑作を読む場合にもある程度通用することに、みなさんは気づいているであろう。それはゲーテの『ファウスト』を読む時にも妥当するし、ホメロスの詩の最上の数章にも、当てはまる。モリエールの最上の戯曲においても、ダンテ作品についても、当てはまるのである。

それゆえ、この講義を終えるに当たって、若いみなさんに対して、古いがきわめて有効な忠告を繰り返して述べることが、ふさわしいのではないかと思っている――「新刊の書物が出たと聞いたら、いつでも古典を読みたまえ」。

――On Reading in Relation to Literature（*Life and Literature, 1917*）

文章作法の心得

1

私は各学期に少なくとも一回は、文学の実作面と文学研究についての短い講義をしたいと思っている。こうした講義はみなさんにとって、一人の作家の特性に関する一回きりの講義よりもはるかに有効なあるものとなるであろうし、またそうなるにちがいない。

私は実際にものを書く文筆家として、もっぱら文学という難しい手仕事に年季奉公を重ねてきた者としての立場から、みなさんに話したいと思う。

とはいえ、大工が「私は大工である」、または鍛冶屋《かじ》が「私は鍛冶屋である」というように、私も「私は職人である」といっているだけなのだと理解していただきたい。そういったとしても、決して私が腕のいい職人だと主張しているのではない。私はたいへん下手くそな職人かもしれないが、それでも私は、自分のことを職人であるといってもよいと思っている。

大工がみなさんに「私は大工である」というとき、われわれは彼を大工だと信じてもよいが、それは彼が自分のことを腕のいい大工だと考えていることにはならない。彼の仕事の上手下手に関しては、その仕事に対して金を支払う段になれば、そのときに判断すればよい。しかし、その男が不器用で怠け者の職人であろうと、町一番の大工であろうと、彼がみなさんの知らないことを教えることができるということは、理解できよう。

彼は道具の使い方やある製品に最適な材木の選び方を知っている。彼はごまかすかもしれないし、ぞんざいな仕事をするかもしれない。しかし、みなさんが彼から何かを学ぶことができるのは間違いない。なぜなら、彼は年季奉公を終え、絶えず手と目を実際に働かせることにより、大工の仕事がいかなるものかを知っているからである。

この問題に関する私の立場について語るのは、これぐらいにしておこう。さて、文学の創作に関して、誰もが犯しやすい二、三の誤った考え方を改めることから、私の講義を始めたいと思う。みなさんのすべてが、そのような誤りを犯しているとはいわないが、しかしそれらは、よく見受けられる誤りなのである。

みなさんに注意を促したい最初の誤りは、創作に関することである。つまり、物語や詩を書くことは、教育を通して、あるいは本を読むことや理論に精通することによって学ぶことができるという、広く流布している誤りである。率直にいうと、唐突に思われるかもしれないが、教育が大工や鍛冶屋になるのに役立たないのと同様に、詩人や物語作家となるためにも、教育は何の助けにもならない。

みなさんは図書館に行けば、さまざまな種類の木材や道具、木工業に関する本や論文をいくらでも簡単に手に入れることができる。それらをすべて読み、そこに書かれている大事なことをすべて暗記しても、自分自身の手で立派な机や椅子が作れるようにはならない。それと同様に、創作に関する書物を読んでみても、創作の方法は学ぶことはできない。実作によってのみ習得されるという意味では、文学はまさに職人の手仕事なのである。

このように私が述べると、私自身が得たいと思っていたよりもはるかに多くの学識を備えている人びとが、たいそうびっくりするであろう。しかし、これはひとえに、いわゆる教育にまつわる偏見によるものであると思う。実際的な技法としての文学は、書物の研究と何かしら関係があると教える教師は、世界の偉大な文学作品の多くは、書物が存在する以前に生まれたことを忘れている。

ホメロスの詩は学校も文法書もないときに作られ、ほとんどすべての偉大な文明が有する聖典は、文法やその他の規則がないときにまとめられたということを忘れているようである。しかも、これらの作品は、常にわれわれを感嘆させずにはおかないものなのだ。

考慮すべきもう一つの誤りは、みなさんの日本語の言語構造は、西欧の文学上の技法の法則が適用されえないということである。しかし、もしそのような意見にいくらかの真理が含まれているとしても、それはほとんど意味をなさない。文法とか韻律学といった文学の専門的知識があっても、創作の方法は学べないであろう、と私は前にも述べてきた。つまり、いわゆる創作の方法といわれているものが、みなさんにとっていかに意味のないものか、みなさんはすでに推測できたと思う。外国語の法則は、実際のところみなさんの日本言語には適用できないものなのだ。しかし、そのような法則——文法とか韻律学——は、私がいう意味では、何の価値もない。だから、しばらくそのような法則は忘れることにしよう。

これで私の立場が、少なくとも以前よりははっきりしたものになったであろう。文学のもつ高度な法則は、普遍的なものであり、その言語構造がどうであれ、世界中のあらゆる言語に等しく適応されるものである。なぜなら、これらの普遍的な法則というものは、真理のみにかかわりがあるからである。またどんな言語で語られようと、真理はどこにあっても真理なのである。そこで私たちは、すぐにもこの普遍的な法則という主題——実はこれが、この講義の主要な部分となっているのだが——に立ち戻ることにしよう。

みなさんに注意してもらいたい三番目の誤りは、偉大な作品とか立派な作品といわれるものは、苦労なく、大して骨を折ることなく創作されたという愚にもつかぬ誤った考え方である。偉大な作家が偉大な作品をほんのわずかな時間で書き上げたという話や伝説ほど、文学をめざす若い学生を害するものはない。そのようなことはまったくありえないはずなのに、普通に起こりうることだと思わせている。

みなさんは、ジョンソンが二、三週間で『ラセラス』という作品を書いたとか、ベックフォードが同じようなことをしたとか、その他さまざまな有名作家が草稿を決して訂正しなかった、などということを耳にしているであろう。それを聞いて、大いに自信をもった若者が、自分も同じようにして文学作品が書けると思い込んでいる。

私はそのような話をまったく信じていない。しかし、それらが本当でないと断言するつもりもない。ただ私はそのような話を信じない。今われわれが手にしているような書物は、必ずや数週間もの、あるいは数ヵ月以上もの努力の積み重ねの結果であるということをいいたいのである。グレイがたった一編の詩を訂正し、改良するのに十四年もかけたということ、いかなる偉大な詩も書物も、最初のテクストは、今われわれが手にしているような形ではなかったということを、記憶にとどめておくことが、大切である。

たとえば、われわれが読んでいる詩を取り上げてみよう。ロセッティの「天上の乙女」は、彼が十九歳のときに書かれたと一般にはいわれている。これは事実である。しかし、十九歳のときに書かれた詩の原本を手に入れて読んでも、今われわれが手にしている作品とは異なっている。なぜなら、現在のような完全な形にするために何十回となく書き変えられ、訂正されてきたからである。テニスンの作品も、ほとんどが二度も三度も書き改められているため、どの版を見ても、本文それぞれが異なっているぐらいである。

何よりも、優れた著作はすべて、計り知れない努力なしでは生まれないということを肝《きも》に銘じておかなければならない。マックス・ミューラー博士が、歴史家のフルードに、自分は書き直しをしたことがないといった。すると、フルードはただちに、「君は何度も訂正を繰り返さなければ、決して良い英語を書くことはできないにちがいない」と答えたという。ところで、良い英語というとき、いくつかの意味が考えられる。私は、フルードの指摘したことが必ずしも正しかったとは思わないが、フルードは文学的な英語のことを考えていたのだとは思う。

正確に書くことを長い間訓練すれば、正しい英語は書き直すことなしに書くことができる。商業用の書簡や公式文書、またそれに類するさまざまな文章は、正しい英語でなければならない。いわゆる正しい英語とは、書式や規定に完全にのっとって書かれており、一字の間違いでもひどい損害を引き起こすかもしれない法律文書のようなものである。

しかし、今述べたようなことは、すべて文学とは何ら関係がない。良い英語や良いフランス語や良い日本語を書く技術が文学であるとすれば、法律家や銀行員がそれぞれの国の最高の文学を代表することになるだろう。しかしながら、フルードが文学的な英語のことをいっていたのであれば、彼の述べていることはまったく正しい。いかなる文学作品といえども、多くの改稿を経ることなしに生み出されることはありえないからだ。

私はみなさんに、本や文法ができる以前に生み出されたすぐれた古代の文学作品について話した。それらの作品は過去においてもそうであったように、未来においても比類のない文学作品として存在しつづけるであろう。しかし、その作品が何度も繰り返して書き変えられたり、作り直されたりしたことはなかった、と考えられるだろうか。もちろん、それがいく度も変更が加えられたことはたしかである。それは一人の人間によってではなく、それを暗誦《あんしょう》した何千何万という人びとによって書き改められてきたのである。あらゆる世代が、少しずつ少しずつ修正してきたのである。そして、最後に書きとめる段になったとき、それは何百年もの努力によって磨かれ、完成されたものとなったのである。

さて、みなさんはみな、英語の書き方に関する本を入手したいと思ったことがあると思う。そして、おそらくそれを手には入れたが、結果的には失望を味わっただけであろう。また、フランス語やドイツ語の書き方についての本を探したとしても、まったく同じような失望感を味わうにちがいない。みなさんに文学の仕事、創作の真の秘訣《ひけつ》を教えてくれるような書物は、依然として存在しない。いつかはきっと、そのような本が現われるかもしれない。しかし、現在のところは一冊も存在しないといってよい。というのは、そういう書物が書ける人には、その仕事に割《さ》くだけの時間がないからである。

私はこれだけのことをみなさんに語ってきたので、つぎに日本語の創作という問題に立ち戻ろうと思う。みなさんに実践的な法則をいくつか述べる前に、これから話すことをよく理解してもらいたい。つまり、みなさんがしてきた外国語研究はすべて、日本語と関連がある場合を除いて、みなさんにとって文学的には何の益にもならないということである。みなさんには、イギリス文学やフランス文学やドイツ文学を書くことはできないし、将来も決して書けるようにはならないであろう。しかし、何年も練習と外国旅行を重ねれば、かなり正しい英語やフランス語やドイツ語を書けるようになるであろう。たとえば、ビジネス用の文書やたんなる事実だけを扱う簡単なエッセイなどが書けるようにはなるかもしれない。

ともかく、みなさんの誰も、外国語を母国語以上に流暢《りゅうちょう》に話すとか、母国語以外の言語で何かを書いて人を感動させるなどということは、望むべくもない。イギリス文学全体を見渡しても、二つの言語を同じようにうまく扱えるような人物は、きわめて稀《まれ》である。たとえ、互いに非常に近しい言語であるフランス語と英語の場合でも、そうなのである。母国語が東洋の言語である人にとって、西洋の言語で文学作品を創作できる唯一の見込みは、その母国語を完全に忘れてしまうことである。しかし、その結果は、支払った代価に値しないであろう。

みなさんの中には、偶然にせよ、みずから望んだにせよ、文筆者になる者がたくさんいることであろう。そして、散文であれ韻文であれ、文学作品を創作するとしたら、大学の課程で何千回も叩《たた》き込まれたに違いない新しい観念を、自分の作品に注ぎ込むことにより、みなさんの国の文学の将来に影響を与えることが望ましい。

しかし、新しい観念と広大な知識を伝えることだけでは、文学を生み出せないであろう。文学には学識も含まれているかもしれないが、学識そのものではないのだ。以前にも話したように、文学とは最も崇高な情緒と最も高尚な感情に対して、言語により可能なかぎりの訴えかけをすることに他ならない。文学は学問ではないし、学問の法則によって作られるものでもない。

さてここで、われわれは主題である実作的な側面に戻ろう。

まず初めに、最も高度な段階での文学創作の原理は、日本でも、フランスでも、イギリスでも、あるいはほかのどの国をとっても、まったく同一であるということを思い出していただきたい。この創作の原理とは、二つの異なった性質のもの、つまり、削除と添加からなり立っている。言い換えれば、不必要なものを取り除くことと、必要なものを絶えず補強することである。これ以外には、実際のところ、創作が意味するものは、ほとんどない。もちろん第一に要求されることは、話し言葉としての自国語の十分な知識である。

ここで私は、書き言葉とはいっていない。なぜならば、どの言語も書き言葉としての完《かん》璧《ぺき》な知識を得ることは、学問にとってのみ可能であり、文学にとってはまったく重要でないことだからである。しかし、あらゆる形態の生き生きした話し言葉についての知識が、非常に必要とされる。もしさまざまな話し言葉の知識を得ることが望めないなら、その人にとって最も無理のない話し言葉の研究のみに力を注ぐように忠告しよう。

このような部分的な知識しか身につけていなくても、優れた文学の可能性はある。そして、大きな才能を持っている人の場合は、十分な知識さえあれば、さらに大きな成果が生まれることであろう。

2

みなさんは、文学は情緒表現の芸術であるという私の定義を忘れないようにしてほしい。そして、まず最初に考えてみなければならないことは、情緒そのものとその価値、その消えやすい霊妙さであり、また「それを捉《とら》えること」の非常な難しさについてである。

みなさんは、どうして私が感覚よりも情緒に重きを置くのか、とたずねるかもしれない。もちろん、感覚は常に情緒に先行する。感覚とは、五感から受けた第一の印象、あるいは、そうした印象を記憶の中で甦《よみがえ》らせることである。情緒とは、感覚や印象の後に生じる非常に複雑な感情のことである。この区別を忘れてはならない。なぜなら、これは本当に重要な事柄だからである。

ところで、感覚について私が多くを語ろうとしない理由は、もし感覚が言葉で正確に表現されるとしても、その結果は写真のようなものであり、それ以上のものではないだろうと思うからである。それは、カラー写真といってもよいだろう。もし、カラー写真の技術が発見されれば――いつの日かきっと発見されるだろう――そのようなカラー写真は、視覚的な印象をほとんどそのまま正確に写し出すであろう。

しかし、これは芸術ではないのだ。写真は芸術ではない。また、絵画が正確さという点で写真に近づけば、芸術的な観点からすると、それだけ価値の減じたものとなるであろう。写真は高度な意味で芸術とはいえないのと同様、感覚を描写することが高度な意味で文学とはならないであろう。だからこそ、私はあえて、文学は感覚の表現《ピクチャー》ではなく、感情の表《ピク》現《チャー》であると主張するのである。

このことは十二分に例証されなければならない。私が「情緒」というとき、みなさんはおそらく涙や悲しみや失望とかを考えるだろう。しかし、これは間違いである。最も単純な情緒――たとえば、一本の木に対する情緒――について考察してみることから始めてみよう。みなさんが一本の木を見るとき、二つのことが起こる。

まず第一に、視覚という媒体を通して脳裡《のうり》に映し出された木の映像、すなわち、小さな手札型の写真、その木の小さな写真が得られる。しかし、たとえみなさんがこの映像を言葉で描写しようとしても、なかなかできないであろう。また仮にできたとしても、その出来ばえは、語るに値しない。そして、ほとんど同じくらいに、みなさんは二つ目の印象を受け取るが、それは最初のとはまったく異なったものである。

みなさんは、その木がある種の特殊な感情を与えていることに気づく。その木にはある性格があり、そのような木の性格について認識することが、その木に対する感情であり、情緒なのである。それこそが、まさに画家が追求するものであり、詩人が求めているものである。

しかし、われわれは、このことをもう少し説明しなければならない。生物でも無生物でも、すべてのものはそれを観察する人間にある感情をひき起こす。あらゆるものは顔を持っているのである。ある人に初めて会い、その人の顔を見ていると、ある印象を受け、その後すぐにある種の感情がわいてくるものである。その顔が好きであるとか嫌いであるとか、また無関心であるとかというように、われわれはみな人の顔に関しては、このような印象を体験している。

ところが、画家や詩人だけは、事物に関する性格のことをよく知っている。偉大な画家や詩人と一般の人びととの違いは、芸術家や詩人は事物の容貌《ようぼう》や性格を認識するという一点だけである。芸術家の目には、一本の木、一つの山、一軒の家、一個の石にさえも、それぞれの顔つきや性格が見えるのである。われわれは適切な方法によって、事物の性格がわかるようになるように、自分自身を訓練することができる。

さて、私がみなさんに、大学の構内にある一本の木を描写してほしいとお願いするとしよう。みなさんの大多数は、ほとんど同じようなものを書くだろうと思う。しかし、この事実は、その木がみなさんに同じような感情をもたらした証拠となるだろうか。いや、そんなことにはならないだろう。みなさんの大多数が、芸術の原則に相反する考え方や描写の仕方を、習慣的に身につけていたにすぎないということを示しているだけである。みなさんの大部分は、ほとんど同じようにその木を描くであろう。なぜならば、長年にわたる勉学を通して、みなさんの頭の中には、木を描写するために一般的に用いられる言語の表現形式が詰め込まれているからである。

みなさんは、ある著名な詩人とか物語作家の言葉を覚えており、自分自身の感情を表現するのにその言葉を用いるであろう。ところが、その言葉では、みなさん自身の感情が表現されていないことは、まったく疑う余地はない。教育は通常、われわれ自身の感情を表現するのに他人の考え方や言葉を使うことを教えるが、このような習慣は、芸術のあらゆる原則にまったく相反するものである。

さて、ここで、詩的および芸術的才能が著しく豊かな人が、みなさんの中に一人いると仮定してみよう。彼の木の描写は、他の人たちの描写とは驚くほど異なっているに違いない。そこで、その描写が正しいかどうか確かめるために、もう一度その木をよく見ることになろう。そして、その描写が他の誰よりもはるかに真実に近いことを知って、さらに驚くことであろう。そして、彼のおかげで、その木をあらたな方法で理解できたばかりでなく、彼以外の人はその木を半分しか見ていず、その木の描写の仕方もすっかり間違っていたということに気づくであろう。彼はその木を描写するのに、他人の言葉ではなく、自分自身の言葉を用いようとしたのだが、それは子供の言葉のように実に単純なものであったのだ。

というのも、ものの特質をとらえる点で、子供たちは並の大人とは比較にならないほどすぐれているからである。芸術家は子供のようにものを捉える。もし、私が二十人の子供たち——ほぼ五、六歳くらいの子供——に、われわれが今話しているのと同じ木を見せて、どのように見えているかを話してほしいと頼んだとしたら、きっと彼らの多くは、素晴らしいことをいうであろう。彼らは、普通の大学生よりもはるかに真に迫ったことをきっというだろう。それは、ただ彼らがまったく無邪気なためである。

子供の想像力にかかっては、すべてのものが生命あるもののようになる——石や木や植物、家の中のものでさえも、彼にとっては一切のものに魂が宿っている。子供は大人とはまったく違ったものの見方をする。しかし、これだけが子供の観察力の卓越性を示す理由ではない。

子供の本能的な知識、何百万もの過去の生命から受けつがれた知恵は、教育や個人的体験の数かぎりない影響の重みに鈍らされることなく、いまだに新鮮である。たとえば、ある見知らぬ人のことをどう思うか、子供にたずねてみるとよかろう。彼はしばらくその人を見て、「好きだよ」とか「嫌いだよ」とか答えるだろう。そこで「なぜ嫌いなの」とたずねると、その子供は少し困った様子をして、顔がなんとなく気に入らないからだというだろう。その子供にもっと説明するように求めると、長いこと必死に考えた末、今までその人の顔について気づかなかった何かについて真に迫った比喩《ひゆ》を使って指摘したりして、みなさんをびっくりさせるだろう。この本能的な力というものが、芸術家の真の力であり、それが文学作品の言語とたんなる文章の言語とを区別しているのである。

これでみなさんは、本を読んでも机や椅子の作り方を学べないように、教育は詩の作り方を教えてくれはしないという意味を、よく理解できたと思う。芸術的にものを見る能力は、教育とは関係がなく、教育から離れたところで培われねばならない。教育が、偉大な作家を生み出したことなどはない。それどころか、彼らは教育にはかかわりなく偉大な作家となっている。一般には、教育の影響により、素朴で本能的な感情は必然的に弱められ、鈍らされることになるのであるが、実はこの素朴で本能的な感情の上にこそ、情緒的な芸術の高度な側面が依拠しているのである。たいていの場合、知識というものは、ある非常に貴重な天性の能力を犠牲にして手に入れることができるものである。あらゆる知識を吸収しているにもかかわらず、精神と心が子供のように新鮮なままでいられる人こそ、文学において偉大な仕事をなしとげられるのである。

さて、われわれは文学者が捉え、表現するよう努めなければならない感情や情緒について、はっきりと定義ができたと思う。できるだけ単純な例として、一本の木の話を取り上げた。しかし、文学においては、扱われるすべてのもの、あらゆる空想、すべての存在は、まったく同様に考えられなければならない。いずれの場合においても、作家の目的は、事物の性格をしっかりと把握し、定着させることにある。そしてこれは、作家の心に生じた感情を、そのまま表現することによってのみ可能となる。これが、文学における主要な仕事である。それは非常にむずかしいことである。しかし、それがなぜむずかしいのか、われわれはまだ充分考えてはいない。

ある感情が湧き上がるとき、われわれの身に何が起こるのであろうか。そのとき、みなさんは喜びか苦しみ、恐怖か驚きなどの瞬間的な身震いの感覚を覚える。しかし、この身震いは生じたときと同じように、一瞬のうちに消えてしまう。みなさんはそれが消えてしまわないうちに素早く書き留めることはできない。そのとき、みなさんの心に残っているのは、その事物に対する感覚や第一印象とか、たんなる感情の記憶だけである。性質が異なれば、その感情も違ってくる。そしてこの感情は、ほかの人より持続することがある。

いずれの場合でも、感情は煙のように、あるいは風に吹き飛ばされる香水のように、たちまち消えてしまう。このような感情を受け止め、それをそのまま紙に書き留めることができるなどと考えるようなら、みなさんは大きな誤りを犯していることになる。これは骨の折れる努力によってしかなしとげられない。その努力とは、この感情を再現させることである。

初めはみなさんが、ちょうど目が覚めてから夢を思い出そうとしているような状態におかれているようなものであろう。われわれはみな、夢を思い出すことがどれほどむずかしいかを知っている。しかし、睡眠中に受けた感覚の助けをかりれば、この感情は再現されるであろう。私がおすすめしたいのは、そのような場合、情緒の起こった状況や原因をすぐさま、しかもできるだけ洩《も》れなく書きとめ、その感情を可能なかぎり詳しく描写してみることである。その際、まったく文法にかなっていなくても、文章が走り書きでも、どこから文章を書きはじめようとも、そんなことはどうでもよい。大切なことは、その経験を書きとめることである。そのような記録は、成長し、やがて花を咲かせる植物にとっての、種子となるはずである。

急いで書きとめたノートを通読すると、この記録——とくにその記録の特定の部分——によって、その感情がかすかに再現されてくるのがわかるであろう。しかしもちろん、これらのノートは、みなさん以外の人にとっては、まだ何の価値もないだろう。次の仕事は、そのノートを展開し、自然の順序に配列し直し、文章を正しく組み立てることである。こうしているうちにみなさんは、ノートを取っているときには忘れてしまっていた多くのことが思い出されるのに気づくだろう。ノートを発展させると、ノートそのものよりも四倍にも五倍にも、ふくれ上がり、おそらく十倍にもなるであろう。

ところが、ここで新たに書いたものを読みかえしてみると、感情が再現されていないことに気づく。感情はすっかり消えてしまい、みなさんが書いたものは、まったく陳腐なもののように思われてくる。そして、三度目に書いてみると、言葉も思想もともに良くなっているが、感情は再現されない。四度、五度と書いていくうちに、驚くほどたくさんの変化が起こってくるであろう。なぜなら、この退屈な仕事をしている間に、きっとみなさんはすでに書きとめたものの多くが不要であることに気づく。そして、最も大切なものが、少しも適切に展開されていないことにも気づくであろう。

みなさんが、この仕事に繰り返し取り組んでいる間に、新しい考えが浮かんでくる。全体が形を変え、より簡潔で、力強く、単純なものとなりはじめる。そして、ついに喜ばしいことに、感情が再現してくる。いや、それどころか、新しい心理的なつながりによって、最初よりはもっと強烈に、豊かになって再現されてくるのである。

みなさんは、みなさんが生み出した素晴らしい美しさに驚くであろう。しかし、みなさんはそのときの感情を信用してはならない。書いたものをすぐに印刷にふさないで引き出しにしまっておき、少なくとも一カ月はそれを読まないで、そのままにしておくことをおすすめする。その後で読み返してみると、きっとみなさんはさらにもっと完璧《かんぺき》なものにできることに気づくにちがいない。

さらにもう一、二度書き改めたら、それはおそらくみなさんにとって成し得る最高のものとなるだろう。そして、みなさんがその事実や事物に初めて接したときに感じた情緒を、ほかの人にも分け与えることになるであろう。

この文章を書く手順は、望遠鏡の焦点を合わせる過程ときわめてよく似ている。遠くにある物体をできるだけはっきりと見るには、望遠鏡の筒を何度も引っ張り出したり、引っ込めたりしなければならないことはご存じのことと思う。ところで、観光客が望遠鏡を巧みに操作しなければならないように、文学者も、言葉と取り組まなければならない。

この作業はどんな類《たぐい》の創作においても、まず初めにやらなければならないことなのである。もちろんそれは骨の折れる仕事であるが、そこから逃れる手立てはない。テニスンも、ロセッティも、イギリス文学の大作家も、われわれの時代にあっては、それから逃れることはできなかった。長い間修練を積んでも、この骨の折れる仕事は少しも軽減されることはないであろう。みなさんの方法は、比較にならないほど巧みになっていくであろうが、実際の仕事の量は常にほぼ同じであろう。

みなさんの中には、次のように質問する人がいるかもしれない。「先生が述べた方法以外に、情緒や感情を表現する方法はないのですか。先生は、最も高度な文学は情緒の表現だとおっしゃいましたが、先生が示唆された仕事ほど困難なものはありません。ほかに方法はないのでしょうか」と。

確かにいうとおりである。もう一つのやり方がある。私がときどき思い浮かべるその方法は、日本人の天分や、おそらく日本語の性格にも合っているかと思う。しかし、この方法も同様に難しいし、それには非常に特殊な才能だけでなく、幅広い経験を必要とする。これには、さらに不利な条件が加わるのである。それは「非個性的な方法」と呼ばれるものであるが、ただ私にはこの名称が妥当なものだという自信はない。この方法で成功している大作家はごく少数であって、そのほとんどがフランス人であったと思う。しかも、それは散文にだけ当てはまる方法なのである。

情緒というものは表現されるか、暗示されるかのいずれかであろう。情緒を表現するのが難しいというなら、暗示するのも、少なくとも同程度に難しい。しかし、もしみなさんが情緒を暗示できるならば、暗示は表現よりはるかに大きな説得力をもっている。なぜなら、暗示は想像力により多くのことをゆだねることができるからである。もちろん、みなさんは、すべての文学上の技法が、ある程度は暗示的なものであることを覚えていなければならない――そのことを忘れてはいけない。しかし、いわゆる非個性的な方法によると、すべてが暗示的になる。そこには作家――つまり語り手――による情緒の表現はまったく見られない。それにもかかわらず、みなさんが読み進むにつれて、情緒が湧いてくる。しかも、並はずれた力をもって湧いてくるのだ。この方法で見事成功を収めた偉大な現代作家が、一人だけいる。それは、ギィ・ド・モーパッサンである。

暗示の方法を用いると、強い感情を呼びさますやり方で、数多くの事実を、きわめて沈着かつ明快に表現することができる。また、一つの会話を伝えるのに、まさに話し手の感情がそのまま読者の心に伝わるように、あるいはいっさいの描写を用いずに、表情や行動をすべて暗示するように、述べることができる。しかし、この場合、言葉の価値の選択（これもまた肝要なことであるが）よりも、事実の選択の方がはるかに難しいことに、みなさんはすぐに気づくであろう。みなさんは、本来きわめて単純な事実のもつ文学的価値——情緒的な価値のことをいっているのである——を正確に判断できるようにならなければならない。

さて、そのような判断力ある人は、人生の幅広い経験をしてきた人に違いない。そういう人は、非常に熟練した劇作家的な能力をもっていなければならない。あらゆる階級の会話の特徴を知っていなければならない。男女をそれぞれのタイプによって分類できなければならない。しかし、たとえどんな人でも、若いときからこのような能力があるかないか見きわめるのは、きわめて疑わしい。ほとんどの場合、そうした才能や能力は、中年になってはじめて開花するものだ。なぜならば、人がそれ相応の経験をつむようになるのは、ある程度の年齢になってからであるからだ。

それゆえ、私は文学的経歴の初期の段階で、この方法を追求することはおすすめできない。しかし、それを可能にする能力をできるかぎり涵養《かんよう》することを強くおすすめしたい。経験に加えて、画家のように生き生きした知覚を生まれながらにしてもっている必要があるということをぜひ忘れないでほしい。

私はこの種の作品との関連で、先に一人の作家の名前をあげた。しかし、私はプロスペル・メリメの物語――『カルメン』や『マテオ・ファルコネ』――のような作品にも、みなさんの注意を喚起しておきたい。みなさんはときどき、ドーデの作品、とりわけ仏独間の戦争を描いた短編が、今話題にしている方法を示しているのに気づくだろう。

しかし、ドーデの短編では、文体が、いくぶんか固定化しているのである。その中で、個人的な感情を表現するような描写も試みられてはいる。しかし、モーパッサンやメリメの傑作の中には、個人的な要素はすっかり姿を消している。他の人物の口を借りて語らせた会話の部分を除けば、描写というものはない。あるのは、事実だけであり、ありふれた表現を用いれば、「喉《のど》を締めつけられる」ような事実が、存在するばかりなのである。

きっとみなさんは、この二つの創作方法について定義を下そうとする試みに十分に納得しないと思う。みなさんの中には、数週間あるいは数日間で物語を書くことができるような立派な著述家が何人かいるだろうし、その作品が、もし日本の雑誌にでも発表されるなら、何千人もの読者を満足させ、おそらく多くの人びとの涙を誘うことができるだろうと思う。大衆を満足させ、彼らの情緒に刺激を与え、彼らの最上の感情を高めることのできるみなさんの能力を、私は少しも疑ってはいない。これまでも述べてきたように、それを行なうことこそ、文学の役目である。

しかし、もしみなさんが、このように書かれた著作が文学だといえるかどうかとたずねるなら、私ならこう答えよう。「いや、それはジャーナリズムだ。それは時間をかけずに、それゆえ不完全に作られた著作である。それは文学の鉱石にすぎず、真の意味で、文学とはいえない」と。しかし、みなさんはいうだろう。「世間ではそれを文学と呼び、文学として認め、文学として代金を支払っている。これ以上、何をお望みですか」と。

実例を挙げれば、さらに最もよく説明できるかと思う。おそらくギリシア人に次いでアラブ人が、言葉で美を表現する点にかけては、最も巧みな詩人であり、芸術家であろう。アラブ人は、体のあらゆる部分に独特の美しさを認めていた。また、この独特の美に対して、特別な名称を与えていた。美はすべて分類され、等級がつけられていた。もしある婦人が最高の美に属するなら、彼女は特別な美の名称で呼ばれた。初めて彼女に会ったとき、人はその美しさにびっくりする。その後、会うたびに彼女はますます美しくなっていくように思われる。そしてついには、自分自身の美の感覚の正当性を思わず疑ってしまうようになってしまった。

二流の美の等級に属する婦人は、初めて会ったときは魅力的であるが、その後ふたたび会うと、最初に思ったほど美しくないことに気づく。三流、四流、五流、六流、七流の美の等級の婦人に関しては、同じ法則が適用される。ある女性に親しみが増すにつれて、美の等級を下り、しだいに女性の欠点が露《あら》わになってくるのである。

ところで、ジャーナリスティックな安っぽい情緒に訴える文学と、本物の文学との相違は、この例とまったく同じ類のものである。安っぽい文学は、さしあたり非常に儲かるが、本物の文学の方はほとんど儲からない。しかし、大家によって書かれた傑作は、みなさんが読み返すたびに、ますますその素晴らしさが増していくように思われる。そして、幾世代も何世紀も経て、読む者にとってますます素晴らしいものとなっていく。

しかし、安っぽい文学は、初めて読んだときは本物の大文学より楽しいものであるが、二度目に読むと欠点が目につく。三度読むとさらに欠点が目立ち、四度目にはなおいっそうあらが目立つばかりとなる。ついには、欠点ばかりが目についてしまい、読者の楽しみは台無しになってしまう。読者はその本を捨てるか、すっかり愛想をつかしてしまう。つまるところ、大衆も同じように振舞うものだ。彼らは今日気に入っていたものを、明日には捨ててしまう。彼らがそのように本を捨てるのは正しいことなのだ。なぜなら、それは入念に作られた著作ではないからである。

ここでもう一度、一般的な意見を述べさせてほしい。もちろん、みなさんは事柄を一般化していう場合に、必ず例外があることを忘れてはならないけれど、このことを念頭においておけば、どんな言葉で書かれていようと、古典といわれるものは、それらが申し分のない出来ばえを示しているゆえに古典なのである。また古典となりえない本は、たいてい不完全な出来ばえしか示していないといっても、過言ではない。

3

次に考えなければならない問題は、構成についてであろう——すなわち、それは、ものを組み立てるための第一の法則といわれるものである。

創作で最も共通している難しさは、どのように書き始めるかということである。世界中のすべての人たちが、まさにこの点で悩んでいる。一人の少年にみなさんが主題を与え、それについて書いてごらんといようとしよう。どのように書き始めたらいいのか、と少年は自問するだろう。偉大な詩人、随筆家、劇作家といえども、この迷いからまぬがれているわけではない。彼らもみな、ときには同じ質問をみずからに問いかけなければならない。書き出しは、難しいのである。しかし、経験をつむことによって、どのようにしてその難しさを回避するかがわかるようになる。彼らの多くは、書き出しの難しさをきわめて単純な方法で避けていると思う。

いかなる方法でか。

書き出しなどは、まったく無視するのだ。

これには少し説明が要るかもしれない。昔は、他のあらゆることに規則があったように、書き出しにも規則があった。文学も他の文章作法と同様に、修辞学というものを課せられていた。文体の問題を論じるとき、われわれはこのことについてもっと語らなければならない。歴史、評論、とりわけ哲学において、書き出しはどうしても必要欠くべからざるものであった。取り扱う範囲と計画とが、あらかじめ決定されていなければならない。何をいいたいのか、それをどのようにいうつもりなのか、それをいうためにどれほどの紙幅が必要なのかを、知っていなければならない。

純粋に知的で堅実な著作は、確乎《かっこ》とした論理的な方法で書かれなければならない。その理由を説明する必要はなかろう。しかし、詩とか情緒や想像力によるほかの形式の文学に関しては、まったく事情が異なる。詩人や物語作家が、すべてのインスピレーションを一時に受けることは、決してない。彼が作品を完成していくうちに、インスピレーションは、徐々に湧いてくるのである。

最初のインスピレーションは、情緒の突然のひらめきとか、新しい観念の突然の衝撃にすぎないが、それはただちに、相互に関連のある情緒や観念の錯綜《さくそう》した多くのつながりを呼びさまし、活動させるのである。したがって、明らかなことではあるが、最初のインスピレーションは何かの始まりではなく、その中間か終わりを示すものかもしれないのである。

私は数年前、京都で日本人の画家が馬を描いているのを見て、びっくりしたことがある。この画家は、馬を非常に上手に描いていたが、いつも尻尾《しっぽ》から描き始めるのであった。ところで、西洋では、馬は頭から描き始めるのが流儀である。それで、私は驚いたのである。しかし、よく考えてみれば、画家が本当に自分の仕事を弁《わきま》えているならば、馬を頭から描こうが、尻尾や腹や足から描こうが、実際のところ、何ら違いはないのだということに思い当たった。自分の仕事を本当に会得している大芸術家なら、他人の流儀には従わないものだ。彼らは自分自身の流儀を生み出す。彼らは誰もが、自分自身の独自なやり方で仕事をする。「独自」といっているのは、そのやり方で描くのが最もやりやすいということを、それぞれの芸術家が気づいているということに他ならない。

さて、文学にもまったく同じことが当てはまる。「どのように書き始めたらよいか」と自分に問いかけること自体が、尻尾やそのほかのところから始めるのではなく、頭から描き始めたいと思っていることに他ならない。つまり、みなさんは、まだ自分自身の能力に頼れるほど十分な経験を積んでいないのである。みなさんがもっと経験豊かになれば、そのような質問は決してしなくなるであろう。そして、みなさんはしばしば馬の尻尾から描き始めるであろう——つまり、話の書き出しを考えないうちに、話の終わりの部分を書いていることであろう。

実作上の法則は、以下のとおりである。最初に浮かんだ観念や情緒を、第二の観念や情緒が浮かんで来ないうちに展開させよ。みなさんが最初のものに取り組んでいる間に、第二のものがおのずから、しかもあまりあるほど浮かんでくるだろう。もし二つ、三つ、あるいは四つの価値のある情緒や観念がほとんど同時に浮かんできたら、その中で最も力強いもの、あるいは最も書きたいと思わせるものを取り上げてみることだ。ただし、それが最も困難なものでなければの話ではあるが。

なぜなら、若い作家の多くの人たちに対して、私は最も抵抗の少ない方向に沿って、まず最もやりやすい仕事から選択するようにすすめたい。それが物語や詩の真中か終わりか、あるいは初めかは、まったくかまわない。異なった部分や詩句をそれぞれ別々に展開させてゆけば、それらの各部分が一つに融合し、みなさんが最初に意図していたものとは異なった形となり、むしろはるかにすぐれたものになるという驚くべき事実に気づくであろう。これが、構成としての形式に与えられたインスピレーションとなるのである。

もし、みなさんがいつも最初から書き始めようとすれば、おそらくこのインスピレーションを見逃してしまうだろう。文学の法則とは、詩や物語を成るがままに任せて生み出すことである。作品ができ上がるまで、作り上げようと意図してはいけない。最も素晴らしい作品とは、作者が作り上げたり、計画したりするものではなく、自然にでき上がってゆくものなのである。そして、ほとんどでき上がった時点で、再びその作品が著者を駆り立てて、それを初めから終わりまで書き改めさせるような作品。つまり、書き始めたときには、著者が思いもよらなかったような構成をもつに至るような作品のことである。

これらは、実作上の経験から生まれ、西洋のあらゆる国の文学者にはあまねく知られている法則であり、学校や大学で教えられている法則とはまったく反対のものである。学生はいつも、いかに書き始めるかを教えられ、いつも書き出しに悩んでいる。しかし、文学作品を生み出す人たち、詩人や一流の物語作家たちは、決して冒頭から書き始めたりはしない。少なくとも、彼らは法則に従って、初めの部分から取りかかることはしない。彼らは馬の頭からではなく、蹄《ひづめ》や尻尾から描き始めることの方が、ずっと多いのである。

以上が構成について、私がいっておかなければならないことのすべてである。みなさんは、これだけでは不十分であると思うかもしれないが、私はこれで十分であると答える。あとのすべては、直観と習性が教えてくれるであろう。直観と習性は、文法学者や修辞学者よりも立派な先生といえる。文学的直観や文学的習性によって学ぶことができないものを、法則や書物からは決して得ることができない。私の考えのいくつかは非常に異端的と思われるかもしれない。さらに文体についての私の考えをみなさんに紹介するとなると、私はもっと異論の罪を犯すことになるのではないかと思う。

実際、私は強く確信をもっていることであるが、文体を主題にして書かれたものは、ほとんど無意味なものだと考えている。なぜなら、それらの立論は、結果を原因と取り違えているからである。そうした著作は、世界中の文学を志す学生をひどく害してきたと思っている。それゆえ、私は文体というようなものは存在しないということを、みなさんに証明してみたい。

4

「先生は、文体というものは存在しないとお考えになっているのに、なぜわれわれにマコーリとバークとラスキンの文体についてお話しになるのですか」とみなさんはたずねるだろうと思う。この質問に対して、さまざまな作家が、なぜ評価されているのかをできうるかぎり説明するのが、この講義における私の義務であるからである。しかも、その義務を果すために、「文体」という言葉を用いなければならない。なぜなら、それが習慣となっており、またある事柄を表わしているからである。しかし、そのある事柄に結びついている一般の考えは、間違っている。いわゆる「文体」なるものは、もはや存在しない。「文体」と呼ばれているものは、何か別の呼び方をされるべきである。私はそれを「性格」といってみたいと思う。

辞書をみれば、「文体」という語にはさまざまな定義が書かれているが、二つにまとめることができる。最初の一般的な「文体」の定義は、修辞学的なものにすぎない。それは文の形式と釣り合いを完全な一組の法則に従って、文章を構築することである。昔は、これが文体といわれるものであった。文章というものは、すべての人が同じ法則にのっとり、ほとんど同じ方法で書くものと考えられていた時代であった。そうした法則に従って書かれた作品は、それぞれが別人の手になるものであっても、すべて非常に似通っていたにちがいない。事実、創作法の古典的な法則が支配的であった時代には、フランスとイギリスの作家の文体に著しい類似性があった。

「古典的」という言葉が意味しているのは、ギリシア・ローマの作家研究によって学ばれた法則のことである。十七世紀末から十八世紀初頭にかけての西洋の文学者たちの努力は、古代の古典をまねることにあった。だから、彼らには、文章のあらゆる部分、言葉の位置には、法則と基準とがあった。それゆえ、文体は互いに酷似していた。

フランス語は英語より完全な言語で、ラテン語に近いので、私のいう文体の類似性は、イギリスよりもフランスにおいてより多く見られた。たとえば、みなさんは、ディドロの文体とヴォルテールの文体を見分けることが、非常に困難であることがわかるであろう。百科全書派といわれた人たちは、同じ流儀に従って多くの著作をあらわした。それにもかかわらず、優れた批評家なら彼らの文体の違いを識別することができたであろう。というのは、いかに法則が厳密であっても、その法則に従う方法は、書き手の性格や品性の相違によって異なるからだ。

いうまでもなく二人の人間がまったく同じように考え、感じることはありえない。古典的な文体が最も厳格であった時代においてさえ、個人の考え方や感じ方の相違は、必然的にそれぞれの作家の作品に微妙に異なる文章の調子を与えているものだ。こうした文章上の調子の相違が、今日われわれが文体と呼んでいるものである——古典的な法則が放棄された後でも、そのように呼んでいるのである。

しかし、個人の文体という問題については、今でも一般的な誤りが流布している。人びとはまだ十八世紀の観念で考えているのだ。彼らは古典的な文体に法則があるゆえに、個人の文体にも法則があるように考えている。われわれが、マコーリやフルード、あるいはアーノルドやド・クインシーの文体について語ると、ある人の文学的方法が他の人のものと見分けられるような創作の法則について論じているのだ、と人びとは考えるのである。

私は、誰であれ、これらの法則を定義するお手並みを拝見したいものである。作者自身でさえ、この法則を定義することはできないであろう。そのような法則は、存在しないのである。このような定義づけはまったくの誤り——しかも、非常に重大な誤りである。作品の相違は、決して定義できるような法則によるのではなく、ひとえに個人個人の性格の相違に起因しているのである。それゆえに、この言葉の今日的意味からいえば、文体とは性格であると私はいいたい。

このことは、まだ証明されていない。今日、ある作家の文体とは何を意味しているのかを考えてみよう。それは、ある作家の文章構成の方法が、ほかの作家の文章の組み立て方とは明らかに異なっているということを意味している。それでは、その相違とは、どのように示されるのであろうか。主として、次の三点の区別によって示される。

一、その作家に独特の文章の韻律的形式によって。

二、文章中の特定の音の性質——たんなる韻律ではなく、言葉の音楽的価値に基づく音の響きによって。

三、力や色彩についての独特な印象を与える言葉の選択によって。

さて、どんな作家であれ、われわれはこれらの三つの特質をいかにして定義し、実例を示すことができるであろうか。それはできないと思う。セインツベリー氏がやったように、聖書や多くの散文から、いくつかの例文を選び、詩の強勢《アクセント》や韻律を示すのと同じ方法で、それは可能かもしれない。しかし、このようなやり方をしても抑揚《ケイダンス》を示すことはできない。抑揚を示すためにわれわれは、非常に巧妙なアメリカの文学者シドニー・ラニアの提案を採用して、文章に曲をつけてみるとよい。つまり、強勢や詩脚をつけ、さらに、すべての語の上に音符をつけて、文章を書いてみるのである。これぐらいはできるであろう。

しかし、言葉の価値についての作家の考え方を明確にするという不可能な仕事が、依然として残っている。単語はまるでトカゲのようなものである。置かれる位置によって、色を変える。二人の異なった作家が、同じ考えを表現するのに、同じ単語を使ったとしても、その単語にまったく違った性格を与えることができる。なぜならば、文章のどの場所にその単語が置かれるかによって、多くのことが左右されるからである。こういう作業はすべて、作者の側は無意識に行なっているのである。彼は法則によってではなく、感情、つまり文学的直観と呼ばれるものによって、選択しているのである。

用いられている動詞や形容詞、副詞を数えたり、分類したりすることによって、さまざまな作家の文体の中に表われているこの種の相違を明確にしようと、これまでに多くの試みがなされてきた。しかし、これらの試みは、どのような成果も生まなかった。同様な試みが、詩についても行なわれた。テニスンが「赤い」という形容詞を何回使っているのかとか、スウィンバーンも同じ「赤い」という形容詞を何回使っているのかを知るのは、非常に興味深いことかもしれない。しかし、なぜ同じ形容詞でも、テニスンとスウィンバーンの用いる「赤い」の意味が、いかに異なっているのかということを理解する手助けには、少しもならない。こうした相違はすべて、心理的な違いに起因しているにちがいない。それゆえ、私は「文体は性格である」ともう一度主張したい。

ところで、現代イギリス作家の「文体」を研究しようとするのは時間の無駄である、と一言警告しておきたい。学生たちは、しばしば私に文体を研究するために誰の作品を読んだらよいかといった質問をする。ところが、これは、彼らが、実際、文体とは何かわかっていない証拠なのである。かなりの年月を、日本を離れてすごした経験のない日本の学生には、外国作家の文体の違いなど理解できるとは思われない。

その理由は明らかであろう。外国作家の文体の差異というものをよく味わうには、その外国語について、まったく完全な知識がなくてはならない。その言語のリズム、アクセント、響き、そして言葉のもつ色合いなどについて、あらゆることを熟知していなければならない。十万語にもおよぶ語彙《ごい》の相対的な価値についても、知っていなければならない。そのようなことは、みなさんにとって不可能である。

従って、外国文学に関するかぎりは、修辞学という古い形式に依存しない文体について、何ごとかを理解しようなどという面倒なことはしなくてよい。また、たとえみなさんが古い規則を十分に学び、十八世紀の文章構成の法則や二次的な法則をすべて理解したとしても、ギリシア語とかラテン語の習得が足りなければ、その知識はみなさんにとって、ほとんど役に立たないであろう。文体とは、きわめてあいまいな方法でしか研究できないものである。しかし、そのあいまいな方法ということが、最も重要だと思う。なぜなら、文体は性格を意味するからである。もちろん、今私がいったことは、枝葉末節なことである。私が語ろうとしているのは、日本語の創作についてであって、英語の創作についてではないからである。

残念なことに私が日本語をまったく知らないために、話の制約を受けていることを、みなさんに知っていただきたい。みなさんに話したいことは山ほどあるが、そのために、私には意を尽くすことができない。しかし、言語の相違とは関係のない一般的な事実もある。そして、その一般的事実に話を限れば、私は何か有益なことを話せるだろうと思う。日本語でも、またほかのどの言語においても、まったく型にはまった文体を除けば、作家の文体というものは、性格を表わしているはずだからだ。

ここで私がいいたいのは、次のことである。もしある作家が最善を尽くして作品を完成するなら、彼がした苦労の結果が、真の意味での文体になるだろうということである。すなわち、彼の作品は、同じ主題のもとで書かれた他の作品と彼の作品とを区別する個性、つまり、性格を持つこととなる。まさにある作家の顔や話し方が、彼自身のものであって他の誰のものでもないように、その作品はまぎれもなく彼自身のものなのである。

しかし、もし彼が努力を惜しんだら、ちょうどその苦労しなかった分だけ、作品の示す性格の独自性が弱まり、したがって、文体もそれだけ弱いものとなる。多くの稚拙な作家の作品には、共通した類似性があることがわかるであろう。本当に精力的に、骨身をおしまず創造された作品は、他と驚くほど違っていることがわかるであろう。熱心さと骨折りが大きければ大きいほど、文体もますますきわだってくる。もうみなさんは、私の結論がおわかりになるであろう。すなわち、文体とは、厳しい仕事を通して展開された性格の成果である。いかなる国においても、文体とはそれ以上の何ものでもない。

ここで、もう一つの事実について述べてみよう。文学史全般を見るとき、文体の一致が見出《みいだ》されるところはどこでも、いかなる進歩も偉大な文学的達成も見られない。十八世紀のイギリスの古典主義時代が、その一例である。しかし、一般に共通の文体が姿を消して、個性的な文体が発達するとき、事情は逆転する。つまり、高度な発展と独創性、新しい観念や文学の進展を示すあらゆるものが、生まれてくるのである。

ところで、十九世紀末のイギリス文学――つまり、今日のイギリス文学の悪い徴候は、文体がほとんど姿を消してしまったことである。十八世紀初頭にそうであったように、ふたたび共通の文体が遍在している。今月出版された百冊の小説から、みなさんはある作家と別の作家の違いを識別することは、ほとんどできないであろう。

偉大な名文家は、ラスキンを除いて死んでしまい、彼も筆を断っている。小説の世界はふたたび一組の法則に支配され、万人がそれに盲従している。そして、エッセイだけでなく、小説の執筆も、芸術ではなく、わずかな例外があるにしても、商売になってしまった。だから、優れた文学作品は現われず、この傾向に対する反動が起こるまで、なにも現われそうにもない。もちろん、キプリングという驚くべき天才がいて、彼はあらゆる慣習から超然として、純文学のほとんどあらゆる部門で、彼独自の新しい文体を作り出している。しかし、彼と並ぶ者は誰もいない。そして、おそらく彼の才能の開花は、彼の驚くべき天分と同じくらい、彼がインド生まれだという事実に負うところが大きい。

ようやく、私はこの講義の最後の部分——言語の主題——へ到達したことになる。キプリングの作品がもつ一つの事実、しかも、かなりめざましい事実は、彼が民衆の言葉を驚くほど活用していることである。そうありたいと望めば、彼はまじめで厳《いか》めしい文体の大家であったが、彼の目的にかなうときには、巷《ちまた》の人びとの話し言葉を使うことも決してためらわなかった。かつてエマスンが「巷の人びとの話し言葉は、アカデミズムの言葉とは比較にならぬほど力強い」といったことを忘れないでほしい。

5

これから私は、文学的因襲に反する私見を述べるつもりなので、みなさんにもう少し我慢していただきたい。日本文学はいまだ古典主義的な状態にあり、過去の世紀の因襲から解放されておらず、日本語のもつ十分な可能性を現代作品の中に生かしきっていないと思われる。日常会話や民衆の言葉で作品を書くことは、いまだに卑俗だと考えられている。

いつの日か、みなさんがそれらの因襲に大胆に戦いを挑んでくれることをあえて望みたい。この挑戦は、絶対に必要なことであると思う。民衆の本当の言語で書くことを恐れない作家が現われるまでは、新しい日本文学は生まれないであろう。すなわち、生き方や考え方や国民性に影響を与え、文学的共感を生み出すような文学は生まれない、と私は信じているのだ。

確かなことが、一つある。つまり、変革が起こるに違いないということである。変革が起こるのを助ける人は誰でも、この国に計り知れないほどの貢献をすることになるだろう。なぜなら、文学が、教育を受けた特別な階級の人びとの理解に適《かな》うようにのみ作られるかぎり、決して国民に影響を与えることができないからである。どの国においても、教育を受けた階級は、国民全体のほんのわずかな割合を代表しているにすぎない。そういう人たちは教師たるべき役割を担わなければならないが、アカデミズムの言葉では教えることはできない。ウィクリフやチョーサーや他のイギリスの偉大な文学者たちが、かつて新しい世論を醸成するためにしたように、彼らも、民衆の言葉で教えなければならない。

日本には、確かに新しい大衆文学が必要とされるであろう。大衆文学はその階級の書き手たちによって提供されるとみなさんは思うかもしれないが、偉大な大衆文学は、教育を受けていない人びとや、広範囲の知識を持たない人びとによって生み出されることはない、と答えておきたい。それは、すすんで大衆に母国語で話しかけ、何百万もの人の心に触れようとする学者か、少なくとも文学的見識の高い人びとによって、提供されなければならない。いずれの国においても、このことが、文学の真の目的である。そして、文学的な表現というものが、一つの力であるかぎり、イギリス文学が百年前にそうであったように、その文学的な力が日本において十分に発揮されないままに放置しておかれるとしたら、いかなる損失を蒙《こうむ》るか考えていただきたい。

ここに、一、二万の教養ある読者を楽しませることはできるが、国民全体には名前が知られていない人がいるとしよう。また、四千万の人に同時に語りかけることができ、執務室にいる大臣と、田畑で働いている農民とに対しても、ともに等しく自分のことをよく理解させることができる、もう一人の人がいるとしよう。さて、どちらの人間が、より大きな力を持っているであろうか。またどちらの人間が、その国の将来のためにより多くのことができるであろうか。誰が一体より偉大な力を発揮しているのであろうか。

わずか二万の人を楽しませることのできる人でないことは確かである。それは、すでに述べたイギリスの若い詩人のように、世界中にいるすべての同胞に、同時にしかもすべての人が感じ、理解できるような力強い言葉で、語りかけることができる人なのである。

最近、ロシアの皇帝が、西洋列強の軍備縮小を提唱したとき、例の若いイギリスの詩人は「ロンドン・タイムズ」に熊——信用ならぬ熊——をテーマにした短い詩を寄稿した。英語が話される世界で、この詩が読まれなかった地域は、まったくなかった。そしてこの詩は、ロシア皇帝のメッセージよりも、イギリスの世論に大きな影響を与えた。それが文学の力というものである。一億人の人びとに語りかけることのできる人は、王よりも力があるといえよう。しかし詩人や作家は、アカデミズムの言葉で語ってはならないのである。

——On Composition（*Life and Literature, 1917*）

第四章　ロマン主義の魂――日本文学の未来のために

シェイクスピア再発見

私がまずみなさんにしたいと思う忠告は、次のような短い言葉で要約することができる。つまり、シェイクスピア研究を、文学的な意味で有益なものとしようとするなら、想像力に基づいた研究でなければならない。私のいいたいことは、シェイクスピアの戯曲の研究の最善の方法は、言葉の研究ではなくて、状況を完全に理解しようと努めることである。

シェイクスピアの芸術はすべて想像力に基づいているので、それ自体、これまでに人間が到達し得た最高の想像力の最良の表現といってよい。それゆえ、われわれが彼の芸術を研究する場合も、みずからの想像力をもってしなければならないのである。

シェイクスピアに近づくためには、みなさんは、まず自分が彼の言葉の金字塔たる表現を研究しようとしているのだという意識を払いのけておかなければならない。たしかにその表現の最高地点では、シェイクスピアの言葉は、他のどんな詩人も達し得なかったような崇高さにまで達している。しかしそのような瞬間は、シェイクスピアの通常のレヴェルの仕事ぶりを表わしているのではない。彼の通常のレヴェルの仕事ぶりは欠陥だらけであり、ありとあらゆる類《たぐい》の過失に満ちている。その過失は、ヴィクトリア朝の詩人ならとうてい犯すことはないような過ちであった。シェイクスピアの文体と言葉は、彼の創作の中ではどうでもよい部分に属するかもしれないが、他の詩人の場合は、それらは最も重要な部分である。

天才は自分の意のままに下手くそに書く余裕があるが、シェイクスピアこそ、そのような特権を持った作家の最もよい例である。それとは反対に、平凡な作家は、自分がいかに上手に書くかにたえず気を配らねばならない。それはその人の想像力が弱く、凡庸だからである。主張すべきことがほとんどない場合は、すべては表現の技法にかかってくる。

ベン・ジョンソンが早くからシェイクスピアの弱点に気づいて、次のように評している――「シェイクスピアは一行たりとも削ったことがないといわれている。一千行も削った方がよかったであろうに！」しかし、このように述べたにもかかわらず、ジョンソンは、シェイクスピアが「永遠に」生き続けることを認めていた。彼は、シェイクスピアの欠陥だらけの作品が、その欠陥のゆえに文学的価値を減ずるものではないということを知っていた。

それゆえ、シェイクスピアの作品を読む場合、その作品の言葉にはできるだけ注意を払わないようにして、その作品の筋の運び《アクション》に、あるいはもっとはっきりいうと、その作品の生き生きとした出来事に、最大の関心を払った方がよい。もちろん、シェイクスピアの言葉の研究というものはある。シェイクスピアのテキストは、エリザベス朝時代の英語の学術的研究に欠かすことはできない。シェイクスピア文法というものもあり、数多くのシェシェイクスピア用語辞典もある。シェイクスピア用語索引《コンコーダンス》もかなりある。また数知れぬ注釈書や論文や分析もある。

しかし、こういったものはすべて言葉の研究というよりは、言語学的な専門分野の研究である。だから、二十年間か二十五年間、ひたすらチューダー朝の英語を研究しようと決意したのでないかぎり、こういった研究書はすべて無視してかかった方がよい。

まず第一に、文学教育がめざすべきことは——たとえ、そんなことは不可能だとしても——学生に文学作品を産み出す能力を与えることである。そうでないなら、その学生の文学研究は、単なる飾りものにすぎなくなってしまうであろう。シェイクスピアの合理的で綿密な研究が、学生たちの創造的な能力に影響を及ぼしてこそ意味があるのである。

すなわち、どのように自分の想像力を使ったらよいのか、どのようにして自分の考えを生き生きと現実的に描き出すことができるのか。また実人生の出来事を書いてそれを読む人に現実味を感じさせるにはどうしたらよいか。そういった事柄を学生に教えてこそ、価値があるのである。

シェイクスピアの戯曲を注意深く読むことは、このような創造的な方面で大いに役に立つに違いない。しかし、すべてはその学生の持って生まれた能力にかかっており、誰でもが創造的であるとはかぎらない。それはきわめて少数の人々に許された特権なのである。

しかし、私がこうした私見を特に述べたいと思うのは、きわめて少数の若い人たちに対してである。

みなさんの現在の状況が、未来のみなさんのあり方を示しているわけではない。みなさんのうちで、誰がこのような事実を知っているであろうか。つまり、高度な文学的才能とか創造的才能というものは、みなさんの年齢では充分発達させることができないからである。非凡な天才の場合は別だが、そうした才能は、三十五歳かそれ以後の年齢に達しないとはっきりした形で開花することはありえない。そういった才能の開花は、もっぱら相対的な経験によるのである。

年端の行かぬ者が、教育に金と時間を費やせば話は別であるが、まずそのような経験をすることはないであろう。あらゆる文学の研究の中で最も重要なものとして、シェイクスピアの研究をみなさんにすすめるからといって、私はみなさんがその研究からすばらしい結果をすぐに得ることができるなどとは思っていない。そのような成果は、さらに十年も経ってみなければ理解することさえむずかしいであろう。ひょっとしたら、何人かの学生たちが、生涯の壮年時期になってから、初めてその恩恵に与《あず》かれるかも知れないのだ。

さて、きっとみなさんのうちの誰かが、シェイクスピアのどんな作品を最初に読んだらよいかと尋ねるであろう。これはもっともな質問なので、考えてみることにしよう。特にすでに学んだことのあるシェイクスピアのテキスト――『ハムレット』とか『ジュリアス・シーザー』のような作品――は、数年間は読むべきではない。シェイクスピアの作品を義務的に勉強しても、シェイクスピアについて何も学ぶことはできないからだ。そればかりか、若い読者はたいていこの作品のテーマに嫌気がさしてしまうのである。少年の頃、『ハムレット』を強制的に読まされた私は、その後二十五年間も、その作品を読むことに耐えられなかったという個人的な経験を持っている。

　私は『ハムレット』のさまざまな箇所を暗記させられたけれど、『ハムレット』がまったく理解できなかったし、中年に達するまでわからなかったのである。また、理解したいとも思わなかったのである。その理由は、そのときの『ハムレット』の研究が単に修辞学上の、文法的な勉強でしかなかったからである。われわれはもっぱらテキストの文字と首っ引きになることを強いられ、想像力を養うことなどまるで念頭になく、その悲劇の大事件に情緒的に関心を持つなどということは許されていなかった。

　文学的な目的からすると、こういった文学の教え方や学び方は完全に間違っていると思う。それゆえ、私はそんなことがないようにあなたがたに警告したいのである。もし納得できるシェイクスピア研究をしたいと思ったなら、自分の一番気に入った作品を取り上げて、それを自分の言葉で訳してみるとよい。

　といっても、古典的形式にしばられて訳してしまっては駄目である。あくまで、現代の生きた話し言葉で訳さなければならない。そうすることによってはじめて、その作品の力があなたがたにもわかるようになるのである。後になってから、何か別のはっきりした理由で、他の文学形式にこれを訳し直したいと思うかも知れない。

しかし、この作品をよりよいものにしようと思ったら、まず口語体に訳してみるとよい。さもなければ、みなさんは言葉との苦闘にやたらと時間を費やしてしまい、その作品の思想に、つまり作品全体の情緒的な価値にしばらく無関心でいなければならなくなる。

しかし私は、研究のためにみなさんがどの作品を選んだらよいかということについては、まだ触れていない。何年か前、ある外国人教授と話していたときに、私は彼に、大学の専門的なシェイクスピア研究において、なぜ『尺には尺を』を軽視するのかきいてみたことがあった。この戯曲はもちろん子供の読みものではないが、若い学生たちの文学の授業でもっと注意を払われてよい作品のように思われる。この問題について少しばかり話を交わした後で、教授は、日本ではこの作品はほとんど理解されていないといった。大衆の劇場での公演の少なさという点からも、彼の見解は、たしかに当てはまる。

この『尺には尺を』が日本の大衆に受け入れられるには、かなりの改作が必要であろう。イギリス本国でさえ、近年になってもこの芝居が上演されたとは、ほとんど耳にしたことがない。しかし、私はこの戯曲を研究するようにすすめたい。それは、この芝居に含まれる支配的となっている道徳的観念が、東洋諸国の道徳的観念とまるで違っているからである。いいかえれば、西洋文学一般の道徳的な精神を理解するには、東洋の学生は西洋の道徳的観念を理解することから始めなければならない。しかし、西洋の道徳的観念に同調する必要はまったくない。必要なのは、日本のみなさんがそれらの観念を理解して、劇中でそれらの観念に支配されている登場人物たちの苦悩と喜びの感情とを、充分にわかち合えることである。

例えば、先ほどの『尺には尺を』という芝居において、イザベラの行動を充分に理解するには、何よりも貞潔という中世の観念やその観念にまつわる数々の迷信が理解できていなければならない。さらには、宗教的な教え、特に禁欲的な道徳的観念の重要性が異常なほど強調されていることなども、わかっていなければならない。

以上のようなことを完全に理解するためには、レッキーの『ヨーロッパ道徳思想の歴史』という書物の中にこの題目に関するすぐれた数章があるので、ぜひ読むようにすすめたい。しかし、ひとたびこの問題がわかってしまえば、聡明《そうめい》な学生なら誰でも、この『尺には尺を』という芝居に感銘を受けるのは必至である。

すなわち、この芝居の陰鬱《いんうつ》で強烈な情熱に感銘を受けずにはおれないし、裁判官の人間的な弱さや立場の弱い女性のもつ道徳的な強さ——その女性は、中世において最も苛酷《かこく》な問題のひとつに直面して、それに打ち勝つのであるが——の、恐ろしくもあるがその真実の有様に感銘を受けるのである。

いわゆるシェイクスピアの喜劇と呼ばれている作品の中で、この戯曲は私のお気に入りの作品である。そして、この作品を研究する際に必ずぶつかるむずかしさというものは、みなさんがぜひとも克服すべき困難さであると私は思う。

次に私がすすめたいと思う作品は、もっと軽い喜劇、『十二夜』である。話し言葉に訳してみる勉強には、これほどふさわしい芝居はない。しかも、登場人物の多種多様さときたらこの上ない。しかし、特に西洋的であるような人間性の何かが描かれていることはまずない。もちろん慣習や生活様式は、異なる国と時代のものであるが、登場する人物たちは普遍的な人間性を持っている。酒を飲んでは騒いでいるサー・トウビー・ベルチやサー・アンドルウ・エイギューチーク、召使の典型でずる賢くて意地の悪いマライヤや思い上りで愚か者のマルヴォーリオなどは、他の少なからぬ登場人物たちと共に、日本の芝居や古い物語にも登場しそうな人物である。

さしあたり以上に述べたことが、私のできるみなさんへの最善の忠告である。もしみなさんが私が示唆した分別のあるやり方で勉強していくならば、シェイクスピアほど研究に値する作家は、イギリス文学には存在し得ないであろう。というのも、エリザベス朝時代以来、シェイクスピアの最悪の作品にすら匹敵する作品は、現われたことはなかったからである。また、さらに百年経ったとしても、シェイクスピアほどの天才は現われそうもないだろう。

——Note on the Study of Shakespeare (*Interpretations of Literature*, II, 1915)

イギリス最初の神秘家ブレイク

ブレイクは、十八世紀最大の詩人であった。おそらく彼の全作品においてではなく、その最良の作品において、確かにそうであった。もしわれわれが、彼を群小詩人の一人として分類しなければならないとしたら、それは主に彼の傑作の数が少ないためであって、いついかなる時においても、彼の同時代の他の詩人たちに劣っていたからではない。

要するにブレイクは、英文学史上においてきわめて特異な人物の一人であった。彼は詩人であったばかりでなく、非常に偉大な画家でもあった。またすばらしい散文作家でもあった。そして最終的には、彼はイギリス最初の大神秘家として記憶されなければならない。

イギリスは、第一級の神秘主義作家をあまり多く輩出してこなかったから、ブレイクは、ほとんど一人で聳《そび》え立っている感がある。この方面で彼の仲間を探そうとすれば、われわれはイギリス以外の国に求めなければならない。彼はむしろ西洋において、スウェデンボルグやヤーコプ・ベーメなどによって代表される神秘家《ミスティック》たちの階層《クラス》に属している。

しかしここでは、まず神秘家の意味を明らかにしておくことにしよう。これは今日では非常に広義の言葉になってしまっているが、昔はその意味はもっと限定されていた。元来、その語は教会に関係のあるものであった。教会用語で「神秘家」といえば、神聖な事柄について書き、かつ説いて聴かせる、天からじかに霊感を授かった人間のことであった。その頃は、神秘主義《ミスティシズム》といえば、神の霊感を受けた人間の心理状態を指していた。後の時代になって、形而上的《けいじじょう》哲学によって、信仰と瞑想《めいそう》とを通して、理性や五感などでは知り得ない事柄についての認識を得ることが可能だと信じている人を、神秘家であると考えるようになった。

それからさらに時代が下り、今日に至って、われわれは、宗教的訓練と瞑想の修行課程を経れば、不可視の世界と交感し、より高度な認識を得ることができると信ずるあらゆる信仰形式を、神秘主義だと考えるようになった。実際、こういった可能性をただ単に信じている人たちさえも、神秘家と呼ばれる傾向がある。このように最高の認識《ノリッジ》はインド哲学や仏教哲学の研究から得ることができる、と信じている今日の西洋の多くの作家たちは、神秘家と呼ばれている。それは一世紀前、キリスト教徒の夢想家たちが神秘家と呼ばれたのと事情が似ている。

みなさんにはすでに推測がついていると思うが、この言葉は秘儀《ミステリイ》の観念と密接不可分にある。ごく手短に言えば、神秘家とは、たとえいかなる種類のものであれ、その信仰心というものによって、超人間的な認識が得られると信ずる者であると定義してもよかろう。

さて、ブレイクは、われわれが今定義を下そうとしてきたこの語のいかなる意味においいても、神秘家の一人であった。彼はキリスト教的神秘家でもあり、かつまた非キリスト教的神秘家でもあった。さらに最も近代的な意味においても、ほとんど接神学的《シイオソフィカル》神秘家であった。

この特異な人物にまつわる最も不思議な事柄は、ブレイクが英文学史上最も散文的で想像力に乏しかった時代の十八世紀に生まれたという事実である。それは単なる詩の形式の問題を除けば、ほとんど真の詩が生まれなかった時代であった。しかも、文学という広大な砂漠の中で、ブレイクは、見慣れぬ色彩をした、またひと際珍しい芳香を放つ、名も知らぬ一輪の野花のように咲き誇っているのである。

私はみなさんにブレイクの伝記的な事実について、二、三話しておかなければならないと思っているが、それは非常に興味深いものであり、みなさんは、とても奇異な感じを受けられるだろうと思う。

ブレイクは、一七五七年に酒屋の息子としてロンドンに生まれた。[1] 彼の家族は、スウェデンボルグの教えに非常に影響を受けていた。この事実は、幼年期頃からの彼の性格にも影響を与えたかもしれない——すなわち彼は、母親か父親かを通じて、神秘的感情への偏愛を受け継いでいたかもしれないと思われる。ともかく彼は、たえず幽霊《ゴースト》や幻影《ヴィジョン》を幻視する、異様なほどに感じやすく想像力に富んだ子供として世に誕生した。ものが言えるようになるとすぐに、彼は誰にも見えないものが視える、と人々に語っていたという。

　また、聖書の物語やキリスト教の信仰についていくらか知るようになるとすぐに、彼はヤコブの十二人の子供たち、預言者たち、天使たちがあたりを散歩しているのが視えるようになり、またブレイク自身は、彼らに話しかけたりするようになった。父なる神が窓越しに自分を眺めておられるのを視たことがあるとも、彼は語ったことがあった。

　多くの感じやすい子供は、七歳になるくらいまでに幽霊や悪鬼《ゴブリン》やあらゆる物の怪《もののけ》を視てしまい、そしてたいがいの場合、その幻影《イルージョン》はたちまちのうちに脳裏から消え去ってしまう。ところがブレイクは生涯、子供のこの幻想状態そのままで過ごしたのである。事実、彼は、現実の人間関係をあまりもつこともなく、幽霊や物の怪とともに、人生の大半を過ごしたと思われる。

　世間はこういった人物を特殊だと決めつけたがったが、ブレイクが生涯にわたり多少常軌を逸したところがあったことは事実である。しかし彼の狂気は、彼が大詩人、大芸術家になるための障害とはならなかった。実際、それはむしろ彼の助けとなったくらいであった。

　ブレイクはあまりに虚弱で、想像力が強すぎたものだから、学校へ通わすのは危険だと思われていた。彼は、仕事を覚えなければならない年頃に達するまで、家庭で教育された。それから父親は、彼をある版画師のところへ年季奉公に出したが、その間に、彼は非凡な才能の徴候を示し始めた。その頃の彼について、奇妙な逸話が残っている。

ある日、父親が彼をライランドという高名な芸術家の仕事部屋へ連れて行ったことがあった。すると、その家に入ってほんの二、三分もすると、彼は父親にこう囁《ささや》いたのだった。

「お父さん、私はあの男の顔が気に入りません。近いうちにあの人は、絞首刑にでもなりそうな気がします」

不思議なことに、このライランドという男は、数年後、文書偽造の罪で絞首刑に処せられたのだった。しかし、その後、一人前の職人に——要するに年季奉公を済ませ、最高の報酬を要求できるように——なったので、ブレイクは、ほんのしばらくの間、雇われの身となった。彼の望むところは、独立することであった。しかも実際、独立は、彼にとってぜひとも必要なことであった。彼は、自分の気に入らぬ規則に服従することができぬ人間であった。彼は、他人から言われたとおりを、きちんとやれるような人間ではなかったからである。

とかくするうちに、つらい失恋の痛手の後、彼はある娘と結婚した。彼女は、彼にとってはなかなかできた妻であった。おそらく他の女だったらそこまではできかねたであろうと思われるほどで、彼の独自の思想や信仰心を、ブレイクとともに信じることができた。幸いなことに、二人には子供がなかった。なぜなら、ブレイクは生涯を貧しく生きるように運命づけられていたのだから。確かに彼は自分の工房《ショップ》を開設するにはしたが、そこで自分の本の出版と挿し絵かきにすべての時間を注《つ》ぎ込んだ。一時、弟のロバートに資金面の援助を仰いでいたが、ロバートは若くして亡くなってしまった。

後になってブレイクは、ロバートの亡霊が自分のところへやって来て、銅板に彫刻する新しい技術的方法を教えてくれた、と言った。これが彼の空想によるものかどうかはおくとしても、ブレイクが新しい印刷術を発明したことは確かである。彼は、死んだ弟の霊かららそれを教わったのだ、と信じていた。この方法は今でも用いられているが、だいぶ改良されている。このやり方で自分の詩を印刷するために、ブレイクは、銅板の上にその詩行すべてを逆にして彫り込んでいかなければならなかった。

版画は白と黒の二色だけで印刷していたが、後で彼と妻は、手でもって版画に色付けするようにしていた。それらは非常に素晴らしい版画であった。ブレイクはこの仕事によって、大芸術家や大詩人の注目をひくことができた。

友人たちは、彼が生活していけるだけのお金を出資してくれたけれど、彼が望みどおりの仕事をするには充分ではなかった。なぜなら彼の印刷法は、非常にお金がかかったうえに、彼の奇抜な書物はあまりたくさんは売れなかったからである。この辛抱強い、孤独の仕事に幾多の歳月を費やした後、彼は一八二七年に亡くなった。彼は百巻にも及ぶ挿し絵付きの詩と散文による書物を残したが、それらはみな、自分が天使や他の聖霊たちによって、書き、かつ描くように霊感を賦与されたものばかりである、と彼自身語っていた。

ブレイクの妻は、彼の死後、しばらくして亡くなった。彼女は亡くなる時、非常にたくさんの貴重な原稿や値段のつけようがないような絵をすべて、ブレイクの大の親友であったタタムという牧師に譲り渡した。タタムは「アーヴィング派」と称する神秘家たちの集まりである、一風変わったキリスト教の一宗派に属していた。ブレイク夫人の死後、タタムはこれらの書物を見て、これらの作品は悪魔によって霊感を吹き込まれたものにちがいない、と早合点してしまった。それで、誰にも相談することなく、ブレイクの本も絵もすっかり焼いてしまった。書物にしても絵にしても非常にたくさんあったものだから、それを全部焼いてしまうには、二日もかかったくらいだった。

これは、確かに文学と芸術に対して今までなされた最悪の犯罪行為の一つと言える。今日残されているブレイクのわずかばかりの作品は、主に大英博物館所蔵になるものであるが、値のつけようもないほどの貴重品と見なされている。それで、ほとんど著名な現代絵画に甚大な影響を与えてきた。それで、ほとんど著名な現代の画家たちは、ブレイクの作品を研究するために、こぞって大英博物館へ出かけて行くのである。

しかしわれわれは、ここでは主としてブレイクの詩歌に関わっているのであった。彼の詩作品は、おのずから三つの時期に分けられる。

第一期は、ブレイクが非常に若く、エリザベス朝の詩人たちの影響下で書いたものを代表している。第二期は、彼が彼独自の方法を発見した後、しかも自分の書くものすべては幽霊や亡霊の作品である、と信ずるようになる以前に書かれたものを含んでいる。

第三期は、彼がまったくの幻覚状態で生き、書くものすべては天の神々によって自分に口授された、と信じていた彼の後期を指している。その時期には、彼はスウェデンボルグを信奉することをやめており、彼独自の神秘主義を発明していた。彼は謎めいた歌を歌いつつ死んでいったが、自分の部屋は亡霊《スピリッツ》でいっぱいだ、と語ったと言われている。

ブレイクがスウェデンボルグに満足できなかったところをみると、みなさんは、彼の神秘主義が非常に独創的なものであったことを確信できるであろう。ついでにここで触れておくなら、エマヌエル・スウェデンボルグ（一六八八―一七七二）は、近代キリスト教的神秘主義の最も特異な形態をうち立てたのであった――彼の説くところによれば、『聖書』には二つの意味があって、それは隠された意味と表面的な意味とである、と言う。

そして彼自身は、『聖書』の隠された意味の啓示を得たと言うのである。それゆえ、今日「新エルサレム教会」とみずから命名している彼の教会は、スウェデンボルグの啓示の日から歳月を数えるようなことまでやっている。しかし後期のブレイクは、自分はスウェデンボルグより多くのことを知っており、自分自身の啓示を得たと信じていた。

以上の事実からもわかるように、永久的な価値を有しているのは、主にブレイクの青春時代と壮年期の作品である。彼の晩年の詩は――少なくともタタムの手から焼失をまぬがれたその作品の多くは——ほとんど理解しがたいものである。中にはすばらしい詩行も含まれているが、その大部分は常軌を逸したような作品ばかりである。奇妙なことに、独創性においてブレイクに匹敵し得る十八世紀唯一の詩人——すなわち、クリストファー・スマートという詩人——もまた同様の人物であった。

ブレイクの詩的散文についても、きわめて簡略に話しておくことにしよう。彼は一種の散文体で非常にたくさんの神秘的な空想や物語を書いたが、それらは一見するとウォルト・ホイットマンの詩に非常によく似ている。しかし、ホイットマンの大方の作品よりもはるかにすぐれている。ブレイクのものは主に『聖書』と『オシアン』の読書から霊感を得たものである。ブレイクのこの傾向の作品がコールリッジに影響を与えたことは、疑う余地がない。おそらくみなさんは、コールリッジが「カインの放浪」という一篇のすばらしい散文詩を書いたことを知っているであろう。コールリッジはブレイクから霊感を得たが、コールリッジはそれをブルワー・リットンに伝え、またリットンはポーに伝えた。

このように、ブレイクの影響力は十九世紀におけるほとんどの想像的文学に間接的に及んでいる、と言えよう。なぜなら、少なからずポーに影響を受けなかった十九世紀の作家は、ほとんど考えられないからだ。

さて、話を詩に戻すことにしよう。当初、ブレイクは表現の簡潔さということをはっきり摑《つか》まえていたわけではない。初めはエリザベス朝の詩人たちに非常に似通っていたので、彼はエリザベス朝詩人の最後の者と呼ばれてきた。彼はスペンサーやシェイクスピア時代の抒情詩人《じょじょうしじん》たちをまねて作っている。しかしこの第一期においてさえ、彼はその時代の技巧的な詩に対して——ドライデンやポープ一派に対して——いかに不満を感じているかを述べている。この不満を、彼は、不朽の名品となった非常にすばらしい詩の中で表明している——。

詩の女神に

あなたが、アイダの陰差す頂《いただき》にか、
　さては東の国の館《やかた》にか、
もはや昔日の諧調《メロディ》のやんだ
　陽光降り注ぐ館にか、いずこにおらせるにせよ。——

あなたが、美しいお姿で天上界を、
　さては大地の緑なす隈々《くまぐま》を、あるいは
諧音《メロディ》にみちた風が生まれ出る
　大気の青き邦々《くにぐに》を、さ迷うているにせよ。

あなたが、大海原《うなばら》の底深く、
　水晶の巌《いわお》を踏みわけ、
幾多の珊瑚の森を、さ迷うているにせよ、
　うるわしの九人の女神たちよ、あなたは〈詩〉を見捨てた！

あなたは、古《いにしえ》の歌人《うたびと》たちを喜ばせた
　昔日の愛を、どうして見捨ててしまったのか！
もの憂げな竪琴《たてごと》の弦は奏でず、
　楽の音はぎこちなく、歌の調べは、聴こえてこない！

十八世紀の詩歌における情緒的要素の欠如、真と美に対するより深い感覚の欠如といったものが、この詩において見事に述べられている。ポープの時代は、確かに九人の詩神《ミューズ》がイギリスから逃げ去ってしまったような時代であった。「古の歌人たち」とブレイクが言っているのは、エリザベス朝の作家たちのことを指しているのである。彼らはしばしばポープの韻文ほど形式において厳格な韻文を書いたわけではないが、詩の本当の意味において、ポープとは比較にならぬほどすぐれた詩人たちであった。

真の詩とは、われわれの感情を動かすか、あるいはわれわれに新しい思想を考えさせずにはおかぬものである。このどちらかを満たし得ないものでも、立派な韻文であると言い得るかもしれないけれど、よい詩とは言えないであろう。この点において、ブレイクは正しい。彼がいかに巧みに「古の歌人たち」を模倣し得るかは、イギリスの最も偉い現役の批評家が「えもいわれぬ諧調」と絶賛した次の小品に示されている。
「記憶」よ、こちらへ来て、
　おまえの楽しい調べを奏《かな》でよ。
するると、風にのって、
　おまえの楽の音が流れ出る。
溜息をもらす恋人たちが、夢見る
　その流れを、うち眺め、
水の鏡の中を過《よぎ》りゆく空想を、
　私は、釣ろう。
清き流れの水を口にふくみ、

ベニヒワの歌声を、私は聴こう。
そして身を横たえて、日がな一日、
　私は、夢見よう。
夜の帳《とばり》が下りれば、悲しみにふさわしい場所へと
　私は、出かけよう、
黙《もだ》した「憂鬱」を抱いて、
　暗闇の谷間を歩いて行こう。

これらの二篇の詩を読むと、たちどころに、われわれはヘリックのような、またシェイクスピア時代の詩人《シンガー》たちのような自然愛好者の前に居合わせていることがわかる。ポープ一派なら、このようなことは歌わなかったであろう。川で「空想を釣る」とは、なかなか美しい詩想である。われわれは清い川の流れを見ているうちに、みなこういうことを想っているのである。しかし、想っていることをこのような言葉で表現しようと考えた者が、われわれのうちに幾人いたであろうか？

われわれが、ブレイク本来の調べ、神秘的な調子の最初の発露がほとんど子供っぽい表現の簡潔性と手をたずさえて現われてくるのに気づくのは、むしろ『無垢《むく》の歌』と『経験の歌』とにおいてである。これらのタイトルの意味について話しておこう。『無垢の歌』

は、幸福な幼年時代、言い換えれば、われわれが、浮世の苦労が実際どんなものかを知るようになるまでの心の状態を表わしていると考えられる。

一方、『経験の歌』は、人生の痛ましい諸事実が了解された後の、われわれ大人の思想というものを反映していると考えられる。ほとんどすべてのイギリスの詞華集《アンソロジー》に採られているいくつかの作品――例えば、「子羊」「春」「幼児《おさなご》の喜び」といった詩篇――は前者の詩集に分類されるものである。すべての子供たちは、今ではこれらの詩を諳《そら》んじている。そのいずれも、私がわざわざ引用するには及ばないと思う。しかし『経験の歌』のほうは、それほど知られていない。その形式について知られているとしても、その意味についてはそれほどよく理解されていない。『経験の歌』では、想像し得る限りの最もさりげない、最ももの静かな方法で、非常に奇怪で恐ろしい事柄が、表現されているのである。

例えば、みなさんは次の一篇をどう考えるであろうか？

毒の木

私は友達に腹を立てた。
私は憤りをぶちまけると、憤りはやんだ。
私は敵に腹を立てた。

私が黙ったままでいると、憤りは募っていった。
そして私は、その憤りに恐れをなして水をやり、
夜も朝も、私の涙を注いでやった。
そして私は、それを微笑みと、
ものやわらかな欺瞞《ぎまん》の手くだで、陽に当ててやった。

すると、それは日ごと夜ごと大きくなり、
ついに輝くばかりのリンゴの実を結んだ。
すると私の敵は、それが光り輝くのを見て、
私のリンゴだと知った。

そして、夜が天空をおおい尽くした時、彼は、
私の庭に忍び込んできた。
すると、夜が明けると、喜ばしいことに、
私の敵はリンゴの木の下で、大の字にのびていた。

みなさんは、このような詩からさまざまな意味を見出《みいだ》すことができる。とりわけこの詩は、復讐《ふくしゅう》の念が眼に見えぬ影響力を及ぼすという、ある東洋思想を強く暗示している。しかし、この比喩《ひゆ》の適応をあまり過度に展開しようとはせずに、この詩は口に出してしまった怒りと比べ、胸に秘められた憤りの恐ろしさを巧みに描いている。そうは言うものの、みなさんはこの詩を読めば読むほど、ますますそこから新しい意味を発見できるようになるであろう。

こういったブレイクの表現の簡潔性には、非常に人を惑わせるものがある。例えば、童謡と思われていた作品が、哲学者に再考を促すような深い意味を持っているということをしばしば明らかにしたりする。たぶんみなさんは、森の奥深くで行方不明になり、ライオンに世話をしてもらった少女を歌ったブレイクの短い詩を知っているであろう。

この詩はとてもかわいらしいものであるから、子供たちはこれを暗誦《あんしょう》している。しかし、これは確かに虎も野生の動物も処女に危害を加えることはあり得ない、という中世の奇妙な信仰によって霊感を与えられたものである。この詩のより深い意味は、無垢の力が持っている魔力ということである。「蠅《はえ》」という詩を例にとってみよう。しかしながらこのささやかな詩が、どんなに多くのことをわれわれに考えさせることか。

蠅

小さな蠅よ、
おまえの夏の戯れを
私の心ない手が、
打ちすえてしまった。

私もまたおまえのように
一匹の蠅にすぎないのではないか？
それとも、おまえは私のように
一人の人間ではないのか？

なぜなら、私は踊り、
飲み、かつ歌う、
目に見えぬ手が、
私の翼をはたき落とすまで。

考えることが、生命《いのち》であり、
力であり、呼吸であるというのなら、
あるいは、考えないでいることが、
死であるというのなら、

私は、
幸せな一匹の蠅だ。
たとえ生きていようとも、
死んでいようとも。

これは意味のない押韻詩《ナンセンス・ライム》のように見えるが、そうではない。詩人は無造作に一匹の蠅を殺してしまったが、この小さな生き物の突然の死は、彼に生命の大神秘について考えさせることになった。彼は、万物の永遠の秩序において、人間の命と蠅の命との間にどんな違いがあるのか、とみずからに問うた。

結局、人間は快楽のことばかりを考え、決して、あるいはめったに、死のことを考えないから、蠅とまったく同じように生きているではないか。生命とは何か？　もしわれわれが精神《マインド》と呼んでいるものが真の生命であるならば、確かに死は重要な意味を持っていない。

なぜなら、本当の死は存在し得ないのだから。

しかしこの問いには、答えは与えられていない。それはただ提出されているにすぎず、みなさんは、自分自身で答えを導き出さなければならない。みなさんも試みてみるとよかろう。そうすれば、これらの詩句が、決して単純なものではないことがわかるであろう。

それでは、あまり形而上的でない例を引いてみることにしよう。

迷った少年

「誰も己れほどに人を愛さないし、
己れほどに人を敬ったりはしない。
また己れより偉大なものを
知ることは、〈思想〉にとって、できやしない」

「だから、父さん、どうしてぼくが、父さんや
ぼくの兄弟の誰かを、自分以上に愛することができましょう？
ぼくは、父さんを、戸口でパン屑をついばむ
小鳥と同じくらいに愛しているけれど」

司祭は傍らに坐り、少年の話に聴き入っていたけれど、
　怒りで身を震わせて、彼の髪をひっつかんだ。
司祭は、彼の小さな上衣ごとつかむと、少年を引き立てて行った。
　すると居合わせたみんなは、彼の司祭らしい振舞いに感動した。

高い祭壇の上に立って、司祭は言う。
「見よ！　何たる悪魔が、ここにいることか！
われらのいとも神聖なる秘儀を、
　理をおし立てて、裁こうとする者が！」

泣きわめく子供の声は、聞きとどけられず、
　泣き叫ぶ父母の訴えも、空しく木霊《こだま》した。
少年は、シャツ一枚にまで剝《は》ぎ取られ、
　鉄の鎖で縛りあげられた。

多くの者たちが焼かれた、

その神聖なる場所で、少年も焼かれた。
泣き叫ぶ父母の訴えは、空しく木霊《こだま》した。
今でも、アルビオンの岸辺で、同じことが、執り行なわれているのだろうか？

「異端審問」の顚末《てんまつ》のすべてが、この短い詩で語り尽くされている。しかしみなさんが、キリスト教の教義に関連したある表現に通じていなければ、おそらく一読してその意味を了解することはできないであろう。まず第一に、キリスト教徒は、己れと同様に隣人を愛し、己れ以上に神を愛するように命じられている、ということを理解していなければならない。この詩において、一人の子供が、天にましますヘヴンリイ・ファーザー父（ヘヴンリイ・ファーザー）とその問題について議論し合っていると考えられる。

子供は、誰にだって自分を愛するように他人を愛することなどできぬことだし、素朴な精神《マインド》にとって自分よりもより偉大な精神を想像することは不可能なことだ、と述べる——この子供の立場から発せられた陳述は、まったく真理である。

子供は問う。「どうしてぼくが、自分を愛している以上にあなたや私の兄弟を愛することができるでしょうか？　私があなたを愛するのは、小鳥が餌をくれる人を愛しているようなものです」と。

この子供はこう言ったために、生きたまま焼かれるのである。この詩がわれわれをして感情的に慄然《りつぜん》とさせるのは、この汚れなき子供を人身御供《ひとみごくう》として紹介している点である。なぜなら、実際には、宗教上の迫害者たちが、十六歳以下の子供を焼き殺すようなことは、異端者たち全体に及ぶ大虐殺の場合を除いて、めったになかったことであるからだ。

しかし詩人ブレイクは、彼の教訓的目的のために、子供という象徴をまったく適切に用いている。実際のところ、永遠の力という視座から眺めると、すなわち至高の知恵という見地から眺めると、われわれはみんな愚かな子供のようであり、お互いに残酷であることによってとりわけ愚かになっているのだ、と詩人は言いたげである。語り終わった後で、ブレイクは問う。

「このような暴挙が、イギリスで行なわれていたのだろうか？」

答えはこうである。そのような蛮行は何百回となく、カトリック教徒によってのみならず、プロテスタントの信徒たちによっても行なわれていたのである。時折、彼らは暗黒時代に似つかわしいような狂信と残忍さとを示したのであった。この短い無垢の物語の形式で、一つのそら恐ろしい真実を表現したことは、たいへんな技巧《アート》と言えよう。ブレイクは、われわれがちょうど今読んだ短い詩において、この技法を見事に表現しているのである。

さて、次は短い子守歌をとり上げてみよう。子守歌というのは、みなさんも知ってのとおり、子供を寝かせるために母親が歌う歌のことである。ところが、次に掲げる赤ん坊のための子守歌は、赤ん坊のためのものではない。その歌を真に理解できるのは、人生の悲しみや神秘について充分思いを馳《は》せた人々だけである。だが、まさに最後の一行まで読み終わらぬうちに、みなさんが、容易にその詩の意味を推察できるとは思われない。

子守歌

ねむれ！　ねむれ！　輝く美しい児《こ》よ、
夜の喜びを夢に見て、
ねむれ！　ねむれ！　おまえの眠りの中に
小さな悲しみは坐《すわ》って、泣いている。

かわいい赤ちゃん、おまえのお顔に、
私は見つけた、静かなおねだりを、
ひそかな喜びを、ひそかな微笑みを、
小さな、かわいい幼児《おさなご》のたくらみを。

おまえのふくよかな手足に触れると、

朝のような微笑みが、おまえの頬に、
おまえの小さな心がくつろいでいる胸に、
こっそりとやってくる。

ああ！　眠るおまえの小さな心に
そっと忍びこむ小ずるいたくらみ。
おまえの小さな心が目覚める時、
恐ろしい稲妻が、閃《ひらめ》く。

私は最後の二行をゴチック体にした。なぜなら、この二行が全体の意味を解く鍵《かぎ》だからである。これは、自分の子供が眠っているのを見守っている父親の考えを述べたものである。時には子供の夢は楽しいものだから、小さな顔が微笑む。また時には悪い夢も見るから、子供は眠ったまま啜《すす》り泣きもする。父親は次のようなことに想いを巡らせる。

「苦痛と快楽――それらは眠っている赤ん坊にすらやってくる。いかに多くのすばらしい可能性が、さらには大きな喜びと苦しみの可能性が、あの小さな頭脳と心の中に閉じ込められていることだろう。これらは、子供の夢に顕《あら》われた悲しみと喜びにすぎない。しかしわれわれとても、一人残らず夢見る子供のような存在ではなかろうか？

いずれにせよ、幼年時代すべてが夢なのだ。男であれ女であれ、成年時代は覚醒《めざめ》の時代である。それゆえ、よりいっそうの知恵が増すために、より大きな苦しみがやってくるのだ。少年が長じて大人となり、人生とはいかなるものかを知るようになる時、彼が受けねばならぬ苦しみは、どんなにか辛《つら》いものであろう！」

さて、一風変わったもう一篇の短詩があるが、「迷った少年」と対《つい》をなしている作品である。それは「迷った少女」と呼ばれるもので――ちょうど『無垢の歌』の中にある、迷子になった幼女をライオンが世話をするという筋のたいへんかわいらしい詩によく似ている。しかし、同じ題名のついたこの後者の詩は、無垢の歌ではなく、経験の歌である。そしてこの詩の場合には、道に迷った少女の面倒を見るライオンは登場してこない。

迷った少女

未来の時代の子供たちよ、
この憤怒の頁を読むなら、
あの時代には、愛は、うるわしき愛は、
罪だと考えられていたことを知るであろう！

黄金時代には、
冬の寒さからも免れて、
聖なる光に輝く
若者と処女《おとめ》は、
肉体《からだ》もあらわに陽の光の中で戯れていた。

その昔、若い男と女は、
このうえなく幽《かそ》けき不安にみたされて、
聖なる光が、今まさに
夜の帳《とばり》を解き放ったばかりの、
輝ける園で出会ったのだった。

朝日が昇る頃、
その園の草原《くさはら》で、二人は遊ぶ。
父母《ちちはは》からはるか遠く、
見知らぬ者とて、ここにやって来ることはない。

やがて、処女《おとめ》は畏怖《いふ》の心を失った。
二人は甘い接吻《せっぷん》に倦《う》み、
逢瀬《おうせ》の契りをかわした。
静かな眠りが、
天空の淵にまで揺らめき渡り、
倦み疲れた旅人たちが、嘆き悲しんでいる時に。

輝ける処女《おとめ》は、
髪白き父の許に帰って来た。
しかし、聖典のごとき情愛にみちた父の顔は、
娘のきゃしゃな手足をひと目見て、
恐怖で戦《おのの》いた。

「青ざめ、容姿衰えしオナよ！
父に話して聞かせよ。
おお、心かき乱す恐怖よ！

おお、不吉な心さわぎよ！
それが、私の白髪の花々をうち震わせている！」

この不思議な物語は、何を意味しているのだろうか？　そう、この詩は「エデンの園」の物語を現代に応用して語りなおしたものなのである。ブレイクは黄金時代、すなわち永遠の夏と人間が生まれたままの無垢の時代について語っているように見せかけている。しかし実は、イギリスの現代生活について語っているのである。当然誰しもが教えられているようには、自分を守る術《すべ》を教えられていないこの無垢の少女は、黄金時代のイヴと比較してもよかろう。

この少女を誘惑することは、非常にたやすい。なぜなら、彼女は実際言われたことは何でも信じてしまうのだから。彼女の誘惑者が結婚しようと言えば、彼女はすっかりその気になってしまうだろう。彼女は、誠の愛でさえも非常にうまくいかない場合があり得るとは考えない。彼女の両親が、娘がある無節操な男に騙《だま》されたという事実を発見するに及んで、彼女は初めて、自分がいかに過ったことをしてしまったのかに気づくのである。

イギリスで、男に騙された娘だとひとたび世評にのぼってしまった少女に起こる不幸ほど恐ろしいものは、ちょっと考えつかないくらいだ。家の名誉が汚されるのは言うまでもなく、その少女の身はありとあらゆる手段で零落させられ、破滅させられて、その挙句に社会から葬り去られてしまうのである。

なぜなら、一度身を過った娘に対するイギリス社会の残酷さほど、むごい仕打ちはない。その娘は家にいることはできないし、多くの場合、自分の両親にさえ保護を求めることもできないのである。彼女はいかなる所にも職を得ることができない。彼女の身の上が知られているところはどこでも、仕事に就くことすらできないのである。

彼女の体の上に世界中の重い圧力がのしかかってきて、ついに彼女は売春という経歴を余儀なくされてしまう。しかし、彼女にこの計りがたいほどの悪徳を働いた男は、咎《とが》められることがないのだ。多くの場合、少女は愛のために、男を信じたがために、また心の善良さと純粋さのために、騙されてしまったのである。

この詩の目的は、イギリスの読者みずからに次のように問わせることである。「世間が愛の過失を裁くように、しかし、禅宗の高僧たちのように、残酷にそれを裁くことは本当に正しいことであろうか？」ブレイクも答えを与えることなく、問いをほのめかしているだけである。みなさんは、自分自身で答えを考えてみなくてはならない。この書物は芸術的な配置を考慮してあり、初めの迷子の少女は無垢であるから、ライオンによってさえ身を守られているのである。

一方、二番目の迷い子の少女はもう無垢でなくなったために、父親にさえ咎められている。ブレイクがみなさんに感じとってもらいたいのは、この対照である。このような事態の存在が正しいのか、間違っているのか、について彼は論じたりしていない。彼は、ただそのような事態が存在していることを、われわれに語っているのである。

この詩人が好むのは、相対立する思想の強烈な対比である。私は、みなさんに別のまったく注目すべき例をお見せすることにしよう。『無垢の歌』の中に、「神の似姿」という小品がある。この詩の中で、没我的な徳が神聖なるものとして語られていて、その徳を実践する人は、その行《ぎょう》によって神の似姿となるというのである。その詩から数行を引用してみよう。

慈悲と憐《あわ》れみ、平和と愛とに
人はみな、悩める時に祈る。
そして、これらの喜ばしい徳に
人はみな、感謝の思いを返す。

慈悲と憐れみ、平和と愛こそは、
　われらの貴《たっと》き父なる神である。
されば、慈悲と憐れみ、平和と愛こそは、

神の慈しみの子、人間なのだ。

しかし『善悪の観念』[2]という詩集の中では、同じ主題が今までとは違った、驚くべき方法で扱われている。

陽が昇ってくる頃、
天使が歌っているのを聴いた。
「慈悲と憐れみと平和は、
この世を救う」

こうして、刈り取られたばかりの干し草の上で、
天使は、ひがな一日歌っていた。
陽が沈み、
干し草の山が、とび色に見えるまで。

ヒースとハリエニシダの荒れ野で、
悪魔が呪いを呟《つぶや》くのを聴いた。

「貧乏人がこの世にいなくなったら、
慈悲はもはや存在しなくなるだろう」
「人みな、われらのごとく幸せであるなら、
憐れみも、もはや存在しなくなるだろう」
悪魔の呪いとともに、陽は沈み、
にわかに天空は、顔をしかめた。

刈り入れたばかりの穀物の上に、
大雨が、降り注いだ。
悲惨が増せば増すほど、
世には、慈悲と憐れみと平和とが、はびこる。

慈悲とか憐れみとか自己犠牲とかいった感情は、完膚なき絶対的世界においては成り立ち得ないという哲理を、おそらくみなさんは知っているであろう。こういった徳性は、それらが必要とされる場合に存在するものなのである。必要とされない社会状態においては、こういった徳性は存在し得ないであろう。しかしながら、悪魔が密《ひそ》かにほのめかしたいと

望んでいるのは、世の中に憐れみがはびこればはびこるだけ、世の中は悲惨なものになっていくということである。

そして、平和について言えば、平和の最大の保障はお互いが恐れ合うことにある。平和はまったく人間の善意などによってではなく、ただ恐怖の徴候《しるし》によってのみ立証されるものかもしれないのだ。天使と悪魔の囁く陳述は、ともにまったくの真理を示している。彼らは互いに大いに矛盾しているように見えるが、みなさんは両者とも信じようとしなければいけない。なぜなら、もし悪魔が言っていることだけを考えていると、世の中はみなさんにとって暗澹《あんたん》たるものとなってしまうからだ。

『経験の歌』の中の「人間の抽象」という作品に、これとよく似た奇怪な思想が見出される。これは醜怪きわまる詩である。それは神秘的な方法で、この世で善良であろうとすることのむずかしさを表現し、人生はすべて利己心で支配されていることを暗示している。おそらくわれわれは、この作品を、厭世《えんせい》的人生観から抽象した人間の知性の歴史と言ってもよいだろう。

もしわれらが、誰かを貧乏人にしてしまわないなら、
憐れみは、もはやなくなってしまうだろう。
もしみんなが、われらのように幸せであるなら、

また慈悲も、この世にありえまい。

お互いに恐れることが、平和をもたらし、
そのために利己的な愛が、募りつのってくる。
そして「残忍」が罠《わな》をしかけて、
注意深く、おびきの餌をばら撒《ま》く。

「残忍」は、聖なる恐怖を懐《ふところ》に居坐り、
人々の涙で大地を潤す。
すると「謙譲」は、その「残忍」の足下に、
その根をおろす。

やがて「残忍」の頭の上に、
「神秘」の陰鬱な木が、枝をめぐらせる。
そして毛虫や蠅が、
その「神秘」を蝕《むしば》んで肥え太る。

ついにそれは、「欺瞞《ぎまん》」の木の実を結び、
赤く熟《う》れて、食べればおいしそうだ。
すると枝の一番よく茂った陰の中に、
鴉《からす》が、巣をこしらえた。

大地と海の神々は、この木を求めて、
「自然」を尋ねまわった。
しかし、神々の探索は、すべて徒労に終わった。
その木は、人間の脳髄の中に生えている。

この詩は一読しただけではちょっとわかりにくいが、その概略を説明すれば充分明らかになるような作品である。ほとんどすべての人間の脳髄の中には、徳性も欠点も備えた人間の全歴史のある部分が含まれている、と詩人は歌っている。彼はこの歴史を一つの進化──樹木の生長と同様の進化──として述べている。

人間の悪徳は、過去の必然性によってひき起こされてきたのである。富める者と貧しい者との差異がひとたび確立されてしまうと、富みかつ力ある者は、残酷で威圧的な存在になる。そして、武力による圧制の時代を経ると、より巧みな狡猾《こうかつ》さと奸計《かんけい》とによって、人間を威圧する時代がやってくる。おそらく詩人は、今日われわれが産業による人間性への制圧と呼んでいるものについて言及しているのであろう。

詩人が「神秘」と言ったのは、古代の諸宗教を指しており、「毛虫と蠅」というのは、宗教で身を立てながらも弱者に背を向け、強者のためにその権勢を振るっていた古代の僧《そう》侶《りょ》たちのことである。そしてついにこうした事態が、偽善を、すなわち詩人のいうところの「欺《ぎ》瞞《まん》の木の実」を産み堕《お》としたのだった。

われわれは今や、銘々が仲間に対しても警戒怠ることなく生活を送らざるを得なくなった。そして、細心の用心深さがなければ、愛の想いをうち明けたりすることもできなくなっている。昔はそうではなかった。過去の残虐な行為が、われわれをかかる事態にまで追い込んでしまったのだ、とブレイクは考えているのである。

ブレイクが時々非常に深遠な思想を吐露するその方法は、まったく驚嘆すべきものがある。愛とは利己的なものであるか、あるいは没我的なものであるか、というのは古くからの問題である。私は男女の愛のことを言っているのである。哲学者なら、こういった問題について何ら疑念を抱くことはないと思うが、詩人の想像力というものは、つねにその情熱の没我性を強調しようと努める。しかし、彼は「土くれと小石」という作品で土くれと小石にこの主題について語らせている。そして、この問題に対して、暗澹たる見解を表明する。

「愛は、みずからを喜ばせようとはせず、
　みずからのために心づかいもしない。
他者のためにみずからの安逸を捨てて、
　地獄の絶望のふちに、天国を打ち建てる」

小さな一片の土くれが、牛の蹄《ひづめ》に踏まれながら、
　こう歌った。
ところが、小川の小石は、みずからに、
相応《ふさわ》しい歌を、口ずさみはじめた。

「愛はただ〈自己〉を喜ばせようとし、
　みずからの楽しみのために、他者を縛りつける。
他者の安逸の喪失を喜び、
　天国をみくだして、地獄を打ち建てる」

なぜ詩人が、土くれと小石を人物《パーソニッジ》として利用したのか、誰にもわからないことであろう。柔らかな粘土《クレイ》は人間性のより穏やかな側面（これは、しばしば人間の肉体《ヒューマン・クレイ》と言われていることを、みなさんは承知しているであろう）を表わし、小石は人間性の硬い半面を示しているのではないか、とわれわれは想像してみることもできよう。しかしこれは臆測《おくそく》の域を出るものではない。事実は、詩そのものの中に表現されていない。

とはいえ、この詩には興味尽きぬものがある。なぜなら二つの相矛盾する陳述は、ある意味で、まったくの真理であるからだ。矛盾しているように見えるものは、実はそうではない。それは、相対立するものを提示しているにすぎない。

私はもう一つの引用例として、「微笑み《ほほえ》」と題された一風変わった作品をとり上げてみたいと思う。

愛情の微笑みがあり、
　欺きの微笑みがある。
微笑みの微笑みがあり、
　二つの微笑みが、そこで相出会う。

憎しみの渋《しぶ》っ面《つら》があり、

軽蔑の渋っ面がある。
それを忘れようと努めるが、忘れられない。
渋面の渋っ面があり、
それは、心の奥深くに突き刺さり、
背骨に深く突き刺さっているからだ——
かつて微笑まれた微笑みなどはありえず、
ただ一度だけ、微笑まれる微笑みがあるのみ。
ゆりかごと墓場との狭間で、
ただひとたび、微笑まれる微笑みがあるのみ。
それが、ひとたび微笑まれる時、
すべての悲惨に終末《おわり》がやってくる。

愛と欺きとが同時に含意される微笑みとは、善い微笑みであるかもしれぬし、悪《あ》しき微笑みであるかもしれない。われわれは時として善良なる目的のために、親切心から人を欺くことがあるからだ。

第二連と第三連、とりわけ第三連は、ある種の難解さを含んでいる。渋っ面中の渋っ面は確かに死に関係しているが、それとの関連でとり上げられた微笑みとは、一体何であろうか？　この詩は幾人かの註釈《ちゅうしゃく》者たちを手こずらせてきたのだが、ブレイクは死の笑い、つまり、髑髏《されこうべ》の歯をニッと剥《む》き出しにした笑いを暗示していたように思われる。そして、それはなるほど「ただ一度微笑まれるのみ」というわけなのだから、決してとり返しがつかず、後は悲惨な結末が待ち受けているばかりである。

第四連は、この関連から言えば、第三連の意図に適《かな》っていることになろう。みなさんがこの詩を読むと、ブレイクが時としていかに空想的で、いかに難解であるかが理解できるであろう。彼が後期に書いた多種多様な詩作品は、同じような奇異で曖昧《あいまい》なものを含んでいるが、通常はみなさんを考えさせずにおかないようなものも内包しているのである――しかも、熟考させずにはおかないものをたくさん含んでいるがゆえに、みなさんは、彼が与えてくれるすばらしいものに免じて、詩人のさまざまな欠点を許そうとするであろう。

私は、みなさんに、過去においても非常に無視できぬ詩人であったし、これからもなおいっそうそうありつづけるであろうブレイクの影響力の本質を理解してもらうために、充分なことを語ってきた。イギリスには彼のほかにも神秘家たちがいるにはいたが、ブレイク以前に、彼に似た言葉遣いで、すなわち子供の言葉遣いで、自己を表現しようとした神秘主義的詩人は、一人として存在しなかった。

私がみなさんのために引用したほとんどの詩は、どれも子供の言葉で書かれているので、少年少女の読者は詩の背後にある深い意味など穿鑿《せんさく》することなく読んでいるという事実を、みなさんは気づいているであろう。現代の重要な詩人たちはみな、ブレイクの研究に真剣に取り組んでいる。ヴィクトリア朝の詩人で彼から多くのことを学ばなかった者は、おそらく一人としていないであろう。これが彼の最大の光栄なのである。

1　**酒屋の息子として……**　ブレイクは一七五七年にロンドンの「靴下屋」の三人兄弟の次男として生まれた、というのが今日では定説になっている。父ジェイムス・ブレイクの職を「酒屋」としているのは、おそらくハーンの記憶ちがいによるものか、あるいは当時まだ定説がなかったために犯した誤りかのどちらかであろう。

2　**『善悪の観念』……**　『善悪の観念』という詩集のタイトルは、ブレイク自身が付けたものではない。引用されている詩は無題で、ブレイクの『ノートブック　詩と断篇』(*Notebook Poems and Fragments*, 1789-93) に収録されている。

——Blake—The First English Mystic (*Interpretations of Literature*, I, 1915)

自然詩人ワーズワス

ワーズワスは、英詩において最も重要な人物の一人ではあるが、またある点において、英詩人の中で最も退屈な、生気のない、凡庸な詩人の一人である。彼は、英文学上における最高の詩作品を幾篇か書いたけれど、また無意味な作品も驚くほどたくさん書いている。私は、誰かがワーズワスを大いに嫌ったとしても、その人を非難しようとは思わないが、一時はワーズワスは詩人として非常に愛好されていたので、彼を非難することは、その人の趣味の悪さを明かすようなものだと考えられていたのである。

マシュー・アーノルドがはっきりと宣告するまで、ワーズワスについて真実を述べるのは、大いに勇気を必要とした。しかもその真実というのは、ワーズワスの作品で後世に残るものはごくわずかしかない、ということであった。

私は今ここに小さい活字で組まれた——各ページ二段組みの——ほとんど一千ページにもなる『ワーズワス全詩集』の一巻本を手にしている。そしてこの書物のうちで本当に偉大で価値あるものは、百ページよりもずっと少ない、と私は確信している。作品の出来不出来の斑《むら》について言えば、ワーズワスほどはなはだしい詩人はほとんどいない。

みなさんは、彼のことを、木《き》を伐り倒したり板に引いたりする一個の機械のように、規則的に倦《う》むことなく詩を書きつづけた人間として考えてみなくてはならない。それにもかかわらず、ごく稀《まれ》にある突然の霊感というものが、この人間の魂に参入し、彼を本物の詩人にしたのであった。彼自身でさえ、いついかなる時に最高の作品が書けたか、知る由もなかったと思われる。そして、彼の最高の作品と最悪の作品との差異は、われわれには理解しがたいほど大きく、驚愕《きょうがく》すべきものがある。これは英文学上の大いなる謎の一つである。

それゆえ、もしある人がワーズワスの書いた厖大《ぼうだい》な作品の山から発見し得る限りの秀作を選択する忍耐力を持っているならば、彼はその労力に対して充分報われるであろう、と断言できる。しかし、みなさんのうちの幾人かも、五十ページほどの美しい詩を発見するために、二段組みの小さな活字で組んだ一千ページもの本を読んでみようと思わないであろう。幸いにもこういった選集は、故ポールグレイヴ氏のようなアンソロジストや、現存する最高の選集を編んだマシュー・アーノルドのような批評家によって、編まれている。

みなさんはワーズワスの全作品を読むには及ばない。みなさんは、マシュー・アーノルドの手になる選集のすべてを読もうとすることさえ必要ではない。実際、この選集でさえ、日本の学生にとっては、まったく最良のものだとは言えないのである。しかし、この大学のすべての文学部卒業生は、少なくともワーズワスの名前と英文学上の彼の地位について、何がしかのことを言えるようでなくてはならない。そこで、できるだけ簡明に彼の英文学上の立場について述べ、かつ彼の詩から実例を取って、さらに説明を加えてみようというのが、本講義の目的である。

私はワーズワスの経歴について話すつもりはない。そのことは目下私の関心事ではない。私はただ、みなさんに自然詩人としてのワーズワスについて語り、彼が他の詩人たちといかなる関係があるかについて説明したいのである。

十八世紀には——すなわち、ジョンソンの時代において——ワーズワスに大いに影響を与えた二人の詩人がいた。その一人はクーパーで、もう一人はクラッブであった。二人とも創作上の古典的法則に従っていたが、ある意味で自然詩人であった。クーパーは、野、小川、小鳥、犬、馬、牛について、また農夫、労働者、村の女たちについて——つまり、彼が見たとおりの自然の風物について、そのまま書いたのであった。彼はそれらのものを楽しげに眺めた。そして、彼の書いたものは、読む者を楽しませた。

クラッブは、クーパー同様すぐれた詩人であるが、クーパーとは非常に異なっている。クラッブも農夫、村の女たち、田舎の生活について見たままを書いた。しかし彼は、イギリス農民の苦悩と疲弊、それに度しがたい無知と悲惨とを視《み》つめた。それゆえ、彼がそれらについて書いたものは、読む者をひどく悲しませた。それは真実にちがいない、とわれわれが感ずれば感ずるほど、ますます悲しくなるのである。イギリスでは、クーパー、クラッブ以前に、自然や農民の人生のさまざまな様相について書いた詩人はいなかった。

ワーズワスは、この二人の直接の後継者である。彼は、クーパーとクラッブの詩形の模倣はしなかったが、二人の手法に倣った。彼は、素朴な詩行でごくありふれた事物について書けば、非常にすぐれた作品が生まれると想像した。クーパーとクラッブの時代以前の昔の詩人は、ただ壮大な主題、英雄的な行為、理想的な事柄についてのみ書いた。しかしクーパーとクラッブの二人は、馬、犬、牛について、あるいは貧しい無知な人々や、山間《やまあい》の農夫や町の労働者の苦悩についても、美しい詩が書かれ得ることを示したのであった。

それで、ワーズワスは、こういった事柄についてのみ詩を書こうと決心した。少なくとも彼は、この決心をもって詩を書き始めた。なるほど後年、彼は歴史や政治や宗教について書いたが、彼が時たま偉大になるのは、日常生活についての詩を書いた場合のみである。そこで、私がみなさんに話そうと思うのは、そのような詩に限ってである。

どのような点でワーズワスはクーパーやクラッブと異なっているのか？　とみなさんは尋ねるであろう。それは、特に瞑想《リフレクション》という点にあると思う。彼はクラッブよりクーパーに近い。クラッブは、瞑想や批評などに耽《ふけ》り込むことはほとんどない一大現実主義者である。一方、クーパーは実によく瞑想《めいそう》する。しかし、そのような時に彼の考えていることは、たいがい偏狭な宗教的事柄の類《たぐい》についてである。

ワーズワスは彼よりもっと哲学者であった。彼は教義《ドグマ》に拠《よ》って宗教的であったのではなく、性格的に宗教的であった。しかも、彼の瞑想的精神は、英詩においては新しいものであった。その精神は寛大で雅量があり、包括力のある、気風においてほとんど汎神論《はんしんろん》的であった。そこには、六十年前のイギリス人の心にまさしく適合するような、やさしい憂鬱《ゆううつ》があった。おそらく今日のイギリス人の心は、ワーズワスの詩の哲学よりもよりいっそう広範なものを求めているのであろう。

さて、私は、ワーズワスの十八世紀との文学的関連について必要なことはすべて述べた。彼がどの程度自分の詩論を例証しているかについて、述べることが残されている。けれども、詩論においてさえ、彼は非常に不完全で、われわれをがっかりさせることを認めなければなるまい。彼は、クーパーやクラッブのどちらか一方がもつ芸術的判断力をさえ持ち合わせていなかった。彼は、無意味なものに対する感覚《センス》を持っていなかった。クーパーやクラッブは、実際、詩で扱うことのできないごく日常的な題目、すなわち詩にふわさしくない題目が存在することを知っていた。

しかし、ワーズワスは、決してこれに気づくことがなかった。自分が関心のあるものは何でも、すべての人の関心を引くと思っていた。そして彼は、一瞬の考慮にも値しないような題目についてたくさんの詩を書いた。しかしながら、時として彼は、彼の理論を十全に実現することに成功したのであった。この成功によって、彼は英国詩人《シンガー》の中のまさに第一級の地位に属する詩人になったのである。

ワーズワスは、その短い詩のほとんどを立ったままで創作した人であった。彼は田舎に住んでいて、野や森を歩きまわり、興味を引かれるものを見るといつでも詩を作った。例えば、二人の物乞《ものご》いの少年が彼にお金を無心すると、すぐに彼は、この小さな二人の物乞いの少年についての詩を作った。また、たらいを舟代わりに使って遊んでいる子供を見ると——ちょうどわれわれが、毎夏に日本の小川や川で小さな子供たちがたらいの中に坐《すわ》って、両手で漕《こ》いでいるのを見るように——彼は、子供と小舟についての小さな詩を作る。

あるいは、美しい日没や目を見張るような花々の列や小鳥の歌声や野良仕事をしている少女の歌声に心を奪われる。すると彼は、家路を辿《たど》りながら、日没、花々、小鳥、あるいは農家の娘について詩を作る。彼はこんなやり方で、たえず詩を書きつづけた唯一の英詩人であった、と私は想像する。一方、サー・ウォルター・スコットは、いつも全速力で馬を走らせながら歌を作った、といわれている。

さて、今まで述べた題目に関連したワーズワスの実例を見てみることにしよう。「一人麦を刈る少女」という歌を唄《うた》いながら野良仕事に精を出している、一人の農家の娘の詩から始めてみることにしよう。日本と同様、イギリスでも、女性は野良仕事にいそしみながらよく歌を唄う。日本の詩人はこういった題目について歌を作ってきたけれど、この外国にも知れわたっているワーズワスの詩ほど、日本でもひろく人口に膾炙《かいしゃ》している作品があるとは思われない。
その作品の中には、数千冊もの本に引用され、「五つの言葉からなる宝石、それは、すべての時なる延びた人さし指の上で永遠にきらめいている」とテニスンがみずからの詩の中で評するのもきわめて至当であるような数行の詩句が含まれている。

一人麦を刈る少女

畑中にただ一人いる少女を視よ、
あの孤独な山国《ハイランド》の娘を！
一人で麦を刈りながら唄っている。
ここに立ちどまるか、さもなくば黙ったまま立ち去れよ！
少女は一人麦を刈っては束《つか》ね、
悲しみの調べを唄う。
耳を澄ませよ！　この深い谷間は
その歌声で充ち溢《あふ》れている。

アラビア砂漠のさ中、
とある陰深き憩いのオアシスで、旅人の
疲れた一団のために、これほどの歓迎の調べを、
鶯《うぐいす》さえかつて歌ったためしはなかった。
はるか彼方、ヘブリディーズの島々で、
冬の海のしじまを破り、
春の日に、聞こえくる郭公《かっこう》の歌声も
これほどに人の心を打つことはなかった。

少女の唄っている歌を、誰か私に教えてはくれまいか？
もの悲しげな歌は、
昔の、不幸な、はるか遠い異国の出来事か、
往時の戦《いくさ》を偲《しの》んで流れ出たのであろうか。
あるいは、もっと鄙《ひな》びた歌か、
今日このごろの聴き慣れた歌か？
かつてあり、またこれからも起こりそうな
人の世の悲しみ、別れ、あるいは苦しみでもあろうか？

歌の主題は何であれ、少女は
歌に終わりがないごとく、唄いつづけた。
少女が仕事をしながら唄い、
鎌の上に身をかがめては唄うのを、私は眺めていた――
私はじっと微動だにせず、聴き入っていた。
やがて、私は丘を登って行き、
歌がもはや聞こえなくなってしまっても、
しばらく私の心に、あの歌声は、消えずに残っていた。

最初の二連は、若やいだ少女の声の魅力と詩人に及ぼすその効果とを暗示しているからこそ、われわれの興味を引きつけているにすぎない。第三連は有名な箇所である。なぜなら、その連は、非常にわずかの単純な言葉で多くのことを表現しているからである。少女の歌の調べはもの悲しく、かつて耳にしたことがないものだった。

そこで、この歌に耳をそばだてている詩人は、この歌がどのような歌かつきとめることができればよいのだが――その歌詞を知ることができればよいのだが、と望む。しかし彼は、じかに少女に尋ねてみるのはせんかたないことだと思っている。少女は、見知らぬ人がなぜ自分のところにやってきて、こんな質問をするのか理解に苦しむであろう。そんなことをすれば、おそらく彼女は、すぐにはにかんで疑惑の眼差《まなざ》しを向けるであろう。
それで、詩人にこの歌がいったいどんな歌かを教えてくれる者は誰もいないから、彼には知る由もない。しかし彼は、このメロディのもの悲しげな調べから歌の意味を想像しようとする。たぶんこれは昔のバラッド――数百年も前に起こった非常に悲しい出来事を歌ったバラッド――すなわち、昔の王や族長や、今では忘れられた大きな戦などを歌ったバラッドであろう、と想像する。山国《ハイランド》のバラッドは、ほとんどそういった事柄に関するものばかりである。しかし、ワーズワスが八つの短い言葉でたいそう美しく表現してみせたことを、私がいかに多言を弄《ろう》しているかに注目してほしい。

昔の、不幸な、はるか遠い異国の出来事か、
往時の戦か、

このわずか短い言葉が、全篇の意味を表現している。そして、批評家たちは「昔の、不幸な、はるかに遠い異国の出来事」という詩句の卓越した暗示性を充分認めている。それから最後の連は、物語《ナラティヴ》の真実性という魅力も、同様に兼ね備えている。われわれは誰しも、詩人がその状況の下でしたこととまったく同じことをし、彼が感じたのとまったく同じよ

うに感じたであろう。その声の美しさと歌のもつうら悲しさに魅了されて、われわれは、沈黙がやがて立ち戻ってくる時、心残りに思ったことであろう。

そして、われわれが家路についた時、その声はそれでもなおわれわれの記憶の中に残っているであろう。あるいは、詩人が美しく表現したように、われわれの心の中に残っているであろう。

さて、みなさんは、非常に平凡な題目がきわめて非凡なる精神の技法によって美しく歌われた一例を、今ここで見ている。ワーズワスがこの作品を書いた時、彼はあるすばらしい霊感の到来に見舞われたのであった。

次に、花という題目をとり上げてみよう。この題目は、英詩では非常によく扱われたものので、ワーズワスの時代以前にはほとんど陳腐なものとなってしまっていた——すなわち、ほとんど飽きられ、明らかに使い古されてしまっていた。しかし、ひとたびこの着古された題目にワーズワスの手が触れると、魔法にでもかけられたかのように、往時の新鮮さをすべてとり戻したのであった。

この詩には、哲学的な要素や新しさや作為的なところは何も含まれていない。そこで歌われていることは、以前に歌われたことばかりであるが、もっとこれより簡潔に表現されたことがなかったのである——しかも、いかにこの詩のささやかな光景が、晴れわたったった日のあらゆる色調を浮かび上がらせることによって、われわれの記憶に焼きついていることだろう！

水仙

谷また丘の上を高く流れる
雲のごとく、私は一人さ迷い歩いた、
折しも私は、黄金色の雲を、
その一群を、見たのだった。
湖水のほとり、木立の下に、
微風《そよかぜ》にそよいで躍っているその群生を。

天の河に輝き、またたく
星のように途切れなく、
水仙の群落は入江の岸に沿って、
列をなして果てしなく延びていた。
一瞬のうちに、一万もの花々が

花頭を振って躍っているのが、うち眺められた。

傍らの波も躍っていたけれど、快活さでは、
水仙の花々は、砕け散る白波にいやまさっていた。
こんな陽気な仲間が加わっては、
詩人も楽しくならざるをえない。
私はただ眺めやるばかりだった――しかしこの壮観《ながめ》が、
私に齎《もたら》した心の豊かさに、ついに思い至ることがなかった。

なぜなら、心空虚《うつろ》に、あるいは心憂いにうち沈み、
しばしば私が、長椅子に身を横たえる時、
孤独の歓《よろこ》びである内奥《こころ》の眼差しの上で、
水仙の花々はきらめいたからだ。
すると、私の心は歓喜に満ち溢れ、
水仙とともに躍り出すのだった。

水仙は目のさめるような黄金色の花である。そして、咲き誇る水仙の群落は、実際、日

本からの旅行者の眼には、この国のある地方にある菜種の花盛りを思い出させるような、鮮やかな彩りを呈するのである。

詩人の表現しようとする効果は、花々の向こう側に陽を受けて青く澄んだ揺らめく湖水が控えていることによって、大いに高められているにちがいない。湖水の青色と水仙の黄色との出会いによって、いかにすばらしいコントラストが生ずるか、みなさんは知っているであろう。これは、いかにもイギリス湖水地方の絵画といった趣がある。

しかし、およそ百年前に書かれたこの詩の問題点は、その描写にあるのではない。それは、不意打ちを食わせるかのように、最終連において現われるのである。みなさんは、ある鮮やかな光景がみなさんの感覚にどのような効果を生じさせるのか、観察したことがあるだろうか？　そういった現象が認められるのは、特に夜においてである。

みなさんは明かりを消して寝床に入り、目を閉じる。すると、たちまちのうちに、暗闇の中から、日中みなさんを感動させたある出来事が、明るい陽の光を受けて見えてくるであろう。たぶんそれは人々が行き交い、子供たちが遊んでいる通りであるかもしれない。また、たぶんそれは、みなさんが話を交わしている友人の顔であるかもしれない。あるいは、それは旅の光景——波がおだやかに打ち寄せている海岸の一画——であるかもしれない。これは何度も何度もみなさんの前に立ち現われる——夢の中にも現われ、みなさんはきっとそれを忘れることができなくなるのである。年老いた者は、若者よりもいっそうはっきりとその残像を見ると言われている。

しかも、誰でも、時折この残像を見るのである。これは、通常いわゆる想像力とか記憶とか言っているもの以上のものなのである。おそらくわれわれは、それを完成された視覚的記憶と呼んでもよかろう。それは愉快なものであったり、不愉快なものであったりする。しかし、こうして思い出された経験が楽しく美しいものであれば、視覚的記憶というものは、同じく楽しく感情の再現によって伴われ、立ち現われてくるのである。

詩人の場合はかくのごとくである。ワーズワスは、黄金色の花々が陽の降り注ぐ水面《みなも》の傍らで夏の微風《そよかぜ》を受けて揺れているのを目の当たりにした時、ふだんには感じられぬ喜びを感じた。それからというもの、その光景が彼の記憶に蘇《よみがえ》ってくるたびに、彼は再びその瞬間の喜び——その季節と陽の光と澄みわたった大気の法悦——を感じたのだ。さらにそれらすべてのものは、黄金色の花々の「躍っている」という言葉で表現されているように思われる。

今や非常に有名になっているので、みなさんに記憶しておいてもらいたい最終連の表現——すなわち、「孤独の歓《よろこ》びである内奥《こころ》の眼差し」——がある。もちろん詩人は、「内奥《こころ》の眼差し」という言葉で想像力の働きを表現している。そしてこうした想像力は、確かに孤独の喜びを生む——言い換えれば、想像力の所有者を、孤独であるにもかかわらず至福で満たすのである。

ワーズワスには病葉《わくらば》と戯《じゃ》れている子猫を歌った有名な詩があるが、時としてごくとるに足らぬ事柄でも、詩人はよりいっそう真面目くさって受けとめる。地面が落葉で蔽《おお》われ、時折吹く一陣の風がそれをかさかさと音を立てつつ巻き上げてゆく秋の日に、子猫が枯葉と戯れている姿を、われわれはみな見て知っている。そのような時に、子猫は、喜んで風に吹かれる木の葉を追いかけまわしたり、ひらひらと舞い落ちるのを跳び上がってつかまえようとする。それは、われわれが目撃したいと思っている最も心楽しい情景の一つである。しかしわれわれは、ワーズワスのように、この光景を真面目くさったものとしてとらえない。私は別の理由からこの詩を引用しようと思う。

私はみなさんに、ワーズワスの魅力的な一つの事実に注目してもらいたい。彼はくそ真面目になっても、憂鬱《ゆううつ》にはならないという点である。ワーズワスの真面目さは、当然悲劇的な結末を伴うような物語を語っている場合を除いて、確かに幸福感に満ちたものである。

あそこをごらん、ほら　わが児よ！
何てかわいらしい幼児《おさなご》の見もの！
落ちてくる木の葉と垣根の上で
戯《じゃ》れている子猫をごらん。

高く聳える老木から落ちてくる
枯葉が、一枚――二枚――三枚！
明るく美しい今朝の、
静謐《せいひつ》な、凍《い》てつく大気の中を
木の葉は、穏やかにゆっくりと
輪を描きながら、くるくると落ちてくる、
その織りなす動きは、さながら
ひとひら、ひとひらの葉がかしずきながら、
大地へと大気《シルフ》の精と妖精を連れ、舞い降りてくるようだ。――

＊

――しかし、子猫はとびあがる、
身をかがめ、伸びをして、前足でかいては、とび跳ねる！
初めはひとひら、すると、その仲間のひとひらが、
ちょうど同じように軽やかに、黄ばんだままに。
ほら、たくさんの葉が――ああ、もう一枚になってしまった――
もう落ちてこなくなった、もう一枚もない。
見あげた火のような眼差しの

何という願望の烈《はげ》しさか！
虎のような跳躍力で、
今、子猫は落ちてくる餌食《えじき》を空中でとらえ、
すばやく手放すかと見れば、
ふたたびそれは、子猫の手中にある。
インドの魔術師のように、
今、子猫は三枚、四枚と操ってみせる。
魔術師の手さばきは見事なものだが、
心の楽しさは、子猫がはるかにたちまさっている。[1]

詩全体は非常に美しいものだが、引用部の最も注目すべき詩行は、子猫の様子を描写しているところ——「見あげた火のような眼差しの／何という願望の烈しさか！」——である。この詩句はしばしば引用され、称賛されている。

さて、詩人はこの光景を描いた後で、この子猫の跳躍し、葉をつかまえるさまは、それを見ている者にとってはすばらしいにちがいない。しかし、子猫は自分がいかに巧みに立ち振舞っているかを誇示しようとはしないし、誰が見ているのかを決して考慮しようともしない。また誰かが見ていようがいまいがまったくおかまいなしなのだ、と内省し始める

のである。

千人の人がこの小猫を見ていようが、見ていまいが、事情はまったく変わらない、と詩人は言う。小猫は熟練した小さな競技選手であり、すばらしい小さな魔術師であり、かつまた最も優美でかわいらしい滑稽《こっけい》な小動物なのである。しかし、彼女は自分自身の心の喜びから、それを行なっているのである。

この事実には、詩人や文人の義務についての示唆が含まれている。詩人や文人というものは、人々に称賛されるためにのみ、あるいは自分がいかに頭がよいかを示すためにのみ、作品を書こうとしてはならないのである。彼らは、他人がそれを好むと好まざるとにかかわらず、美と真実への純粋な愛から美しいものを書くべきであろう。

しかし、自分の幼い娘を抱いて子猫の前に佇《たたず》んでいたワーズワスにとって、この出来事は前述した以上の示唆を与えてくれるものであった。子猫が飛び上っては葉をつかまえようとするのを見ている時に感ずる子供の喜びようは、小さな動物の戯れるさまと同様に、なかなかすばらしく美しいものである。子猫の跳躍も、子供の笑いも、心の純粋な喜びから生まれているからである。

かわいらしい子猫よ！　おまえの戯れから
そんなにも喜びの光が、零《こぼ》れている——

私の幼児《おさなご》ドーラの顔にも、
そのように生き生きとした愛らしさが漲《みなぎ》っている。
私の腕に抱かれて笑っている幼児よ
目にするものが、そんなにもおまえの心をゆさぶり、おもしろがっているけれど、
おまえのこの有頂天を、私は分かち合うことができない、
おまえたち、思いわずらうことのない仲間たちがしているように、
振舞うことが、私にはとてもできないことを
私は本当に不満に思う！
鬱々とした理屈など捨てて、
私も無頓着に暮らしていられる時間が欲しいもの、
刻《とき》が経ち、老いさらばえてゆく時、
時折は、喜ばしい完全無欠な時間を持てるよう、
私はそんなふうに人生を歩みたいもの。
――手にしたどんな玩具にでもうつつを抜かし、
子猫の忙《せわ》しげな戯れをわれを忘れて喜んで、
あるいは幼児の笑う眼をめでながら、
その喜びように加わって。

私はあれやこれやをやりながらも、
わが歓びのうちに知恵を見出《みいだ》すことにしよう。
潑剌《はつらつ》とした魂を目覚めさせておき、
悲しみから生まれたものからでさえ、
陽気な思想のための種子を
取り出す力を養おう、
心配や苦しみをうち捨てて、
人生の落ち葉と戯れるための力を養うことにしよう。

この作品には単純な言葉が選ばれているが、もしみなさんが注意深く読むなら、大いに考えさせられる点があろう。なぜなら詩人は、本当の幸福を見出すための方法について、すぐれた説教をわれわれに垂れているからである。その方法とは、自尊心を捨てることである。子猫はみずからの愛くるしさや美しさを誇ってはいないし、他人に賞《ほ》められることも望んではいない。そして彼女は、単純きわまりないものとさえ、枯れ葉のようなものとさえ、遊び戯れることに喜びを見出すことができるのである。しかも、幼年期の子供というものは、賞め言葉や損得勘定について何ら頓着《とんちゃく》していない。他人がどう思おうと、それにまったく心をわずらわせることなく、充分幸福になりきれるのである。

どんなに小さな出来事でも、子供を幸せにし、笑わせることができる。それで、子猫がとび上がるのを見て、子供はみなさんや私が最高の芝居を見て受けとる以上の喜びを受けとめるのである。相対的な意味で完全に幸せであるためには、われわれは幾分か心に子供のような潑剌さを、また幾分かは子猫のような自由闊達《かったつ》さを保つよう心がけねばなるまい。詩人や大芸術家は、実にこういったものを備えている。

また次のような示唆もある——すなわち、われわれはいついかなる時でもささやかな出来事を楽しむことができなくてはいけない。われわれの多くは、自尊心が高すぎてそうすることができないのである。われわれは、戯れている子猫の光景や遊んでいる子供たちが凝らすさまざまの小さな工夫などを、われわれのような成熟した精神にとって価値のある事柄ではない、と想像する。しかし、これは重大な誤りである。

ささやかな出来事に率直な喜びを見出すことのできない人は、決して幸せになれないだろうし、また文学や芸術においても真に偉大な仕事をなし得ないであろう。われわれは賤《いや》しく有害な軽蔑《けいべつ》すべき些事《さじ》に思い煩わされるべきではないが、われわれの身のまわりには、幾千もの美しいひそやかなものが存在している。それらささやかなるものを眺め、愛《め》でることができないのは、確かに大いなる不幸であろう。ワーズワスの子猫に関する瞑想《リフレクション》について、今私が述べてきた以上のことをさらに言うこともできるであろう。

実際、小さな事柄に喜びを見出せない人は、言葉の最もよい意味において、すばらしい父親になれないであろう。すばらしい父親であるためには、人は子供の喜びと遊びとを理解し、共感することができなくてはいけない。生涯、子供の性質のある部分を失うことがなかったと言われている大詩人たちは、多くの場合、子供の本性を把握していたことで有名である。同じようなことが、他の文芸部門の大文人についても言えるであろう。

ヴィクトル・ユーゴーは、子供の生活についての詩を書いて、広くその名を知られるようになったが、彼自身、模範的な父親であった。まだまだたくさんの例を引くことができようが、その時代の最高の小説家であり、すべての英文学における最も華麗な文体を駆使した大家の一人であるスティーヴンソンは——彼には子供がなかったが——『子供のうたの園』という作品を書いて非常に有名になった。これは、今までイギリスで出版された、児童心理に関する最もすぐれた書物の一つである。

数学のようなむずかしい学問とすると、少なくとも、子供っぽい事柄に対する共感力を鈍くする効力を発揮するであろう、と人は言うかもしれない——われわれはとうてい偉い数学者が玩具《がんぐ》で遊び戯れているさまを思い浮かべることはできないだろう。しかしこれまで生み出されたすべての子供の書物のうちで最高のものは——これはほとんどすべてのヨーロッパ語に翻訳されている——『不思議の国のアリス』という作品である。この本は、たいへん学識があり、しかし非常に無口で、子供たちの前でしかうちとけることのなかった、おそらく非社交的な人物、チャールズ・ドジスンという数学講師によって書かれたのであった。確かにささやかなるものに無上の喜びを見出すことができるのは、非常に偉大な精神の持ち主ばかりのようだ。

私は以前に、われわれは区別しておくべきだと言った――すなわち不正で、醜く、不道徳な些事には注意を向けてはならない、と言った。しかし父親たる者は、子供のどんな小さな欠点でも観察し、理解していなければならないし、事情によっては、同情してやることさえ厭《いと》うてはならない。ワーズワスは、われわれに父親が子供を理解すべき一つの方法を示している。みなさんはそれが「父親たちの秘話」と呼ばれる詩であることを知っているであろう――この詩は、長いこと軽率にもまったくつまらぬ作品として、批評家によって酷評されてきたものである。

ワーズワスはつまらぬ作品を非常にたくさん書いたけれど、この詩は少しもつまらぬものではない。この詩をつまらぬものだと評した人々は、ささやかなるものの大切さが理解できないことをみずから暴露したにすぎなかったのである。賞嘆すべき批評家テーヌでさえ、ほとんどの場合、この詩を軽んじているのは残念である。

テーヌは、ワーズワスが何でもかんでも詩にしてしまう習癖を的確に批判した後で、彼の小さな息子がたまたま嘘をついた時、父親のワーズワスはその出来事も詩のよい題材になると考えていた、と述べている。しかしこの場合に、彼の詩が本当に味読されていたかどうか、怪しいと思う。

次に掲げる詩が、各四行の十五連で——たぶんこの長さは、冗漫に過ぎるであろう——語られた問題の物語の大意である。ワーズワスは小さな息子を連れて田舎道を散歩していた。その日はたいへん天気がよい。そこで彼は少年に、こんなによい天気の日には田園を散策したほうがよいか、海岸まで出かけたほうがよいか、聞いてみようと思い立つ。五歳足らずの少年は、海のほうがよいと答える。

「さあ、エドワード、[2]どうしてなのか言ってごらん。
エドワードよ、どうしてだか話してごらん」——
「ぼくにはわからないよ、知らないよ」——
「おや、それはおかしいぞ」と私は言った。

「ほら、ここは森。なだらかで、陽射しの暖かな丘も見えるだろう。
どうして、きれいなリスウィンの農場よりも
緑の海辺のキルヴの方へ行きたいのか、
きっとおまえには、わけがあるにちがいない」

こう言われて、私の子供は頭《こうべ》を垂れ、
恥ずかしがって顔を赤くしたけれど、返事がない。
それから、私は三回、子供に尋ねた。
「どうしてなの、エドワード、言ってごらん？」

頭《こうべ》をあげると、目に入ってきた、
彼の視線をとらえ、子供ははっきりとそれを見たのだ——
まぶしく輝く屋根の上に、
大きな金めっきをした風見を。

その時、子供は口を開き、
こんな返事をして、気持ちのうさを晴らした。
「キルヴの海には、風見鶏《かざみどり》が見えないから。
それがぼくの理由なんだ」

もしみなさんのうちで、小さな子供やその子供の兄弟、姉妹と言葉を交わす習慣を持っている者がいれば、このことは理解できるであろう。父親がまず男の子に「海岸とこの美しい田園とどちらがよいかね？」と尋ねる――すると少年は素直に「海岸」と答える。しかし、父親がなぜ海岸がいいのか尋ねても、少年には答えることができない。

子供というものは、いつも素直に好き嫌いの気持ちを表現することができるが、そのどちらの理由もきまって説明することができない。例えば、子供は「あの人は嫌いだ」と言うけれど、彼にその理由を尋ねても無駄である。彼は本能で喋《しゃべ》っているので、その理由を告げることはできない。

さて、海岸の魅力も、子供には説明できないものである。晴朗な、塩気を含んだ空気、海草の香り、砂の形状、波の神秘的なうねりとその響き、こういったものすべてが、海の魅力を織りなしている。だが、子供には自分の気持ちを伝達することができない。それで父親は、ただ子供に言わせてみたいばっかりに、「でもおまえには理由があるにちがいない、なぜなのか話してごらん――なぜ――なぜなのかね」と問う。

すると子供は恥ずかしがってしまう――自分は何か間違ったことを言ってしまったのではないか、と想像する――それから父親を喜ばせようとして、説明できないことを説明しようとする。子供は、彼が見た最初のものから暗示を受けて、無邪気と臆病《おくびょう》から、愚かなちょっとした嘘をついてしまうのである――「ぼくは、海岸には風見鶏《かざみどり》がいないから海のほうが好きなんだ」

もしみなさんが子供に説明できないようなことを説明させようとするなら、子供はたわいのない嘘をついてしまうものなのだ。みなさんは子供に腹を立ててはならない。というのは、子供は恥ずかしく思って何かを言おうとしている。それでみんなを喜ばせようとして、そんな過ちをしでかしてしまうにすぎないのだから。ワーズワスはすぐにこの状況を理解した。そのことで彼は、かえって子供をかわいらしく思うようになった。

しかしある親たちは、子供を叱って「おまえは何という大嘘つきだ！」と言うであろう。もし過ちが存在するというのなら、それは父親の側にあると言うべきであろう。父親は「なぜ？」と尋ねた。子供は素直に「ぼくにはわからない――知らないよ」と答えた。すると父親は「でも、おまえには理由があるにちがいない」と言って、執拗《しつよう》に尋ねる。それで、子供は顔を赤らめて「お父さんは、ぼくが本当のことを言っていると思っていないのだ。それじゃ、お父さんに信じてもらえそうなことを言おう」と考える。

ワーズワスのいくつかの他の詩作品は、詩としてだけではなく、児童心理の研究としても有名になっている。みなさんのうちの何人かは、「私たちは七人」と題する詩を読んだことがあるにちがいない。初版の『抒情歌謡集《じょじょう》』（一七九八年）の中に収められている作品である。この作品を書くようワーズワスに霊感を与えたのは、彼が長いこと田舎歩きをしている時に起こったある出来事であった。

彼は田舎で、一人で遊んでいる小さな女の子に出会う。そして、大人たちが子供たちに対して共感するものを感じ、その気持ちを彼らに打ち明けたい場合に、通常、大人たちが子供たちにしているように、ワーズワスも少女に話しかける。こういった場合に、われわれは普通「いくつ？　お名前は？　お兄さん、お姉さんはいるの？」という質問で始める。ワーズワスにこんな風に尋ねられた農家の小さな娘は、自分は八歳で七人きょうだい。兄と弟、姉と妹がいるのと答える。彼女は「私たちはみんなで七人よ」と言う。それから、詩人はもう少し質問をつづけた。彼女のきょうだいの二人は遠い町へ行ってしまい、残りの二人は船乗りになった。もう一人の兄さんと妹は、近所の墓地に埋められてしまい、自分は今は母さんと一緒に暮らしている、と言った。詩人は、それは少女にとってさびしかろうと思い、同情してこう述べた——。

「二人はコンウェイに住んでいて、
二人は船乗りで海に行ってしまった、と言ったね。
それでもみんなで七人とは！——どういうわけなの、
ね、お嬢ちゃん、おしえてちょうだい」

すると、少女は答えた。
「私たちみんなで七人なの。
二人は教会の木の下の

お墓で寝ています」

「お嬢ちゃん、あなたの手足は元気はつらつ、
あっちこっち走りまわっているでしょう。
二人がお墓に眠っているのなら、
みんなで、五人だけになるでしょう」

なぜ詩人はここで少女に「あなたの手足は元気はつらつ」と言っているのだろうか？なぜなら詩人は、少女が生と死の違いを理解していないことを、彼女の返事から認めることができたからである。子供はある年齢に達するまで死を理解できない──その年齢は幼い心の無邪気さの程度に応じて異なるけれども。かわいがってくれる母親が亡くなっても、五、六歳の子供は実際どんなことがわが身に起こったのか理解できない。子供はひどく嘆き悲しみ、時には悲しみのために死ぬことさえある。しかし、これは母親にもう二度と会えず、彼女の愛撫《あいぶ》を受けることができないことがわかるからである。ただそれだけの理由からであるが、本当の冷酷な事実はわからない。

それゆえ、われわれは、子供たちが通りを歩いている時、「あっ、あそこに兄さんがいる！」とか「妹がいる！」と亡くなった自分の兄や妹の名を叫んでいるのを目撃すること

がよくある。子供たちは通りすがりの人々の中に自分の兄や妹を認めたと思ったのである。その時、われわれ大人は「いや違う、違うよ。それは人違いだ」と言う。子供は自分の間違いを認めるけれど、死んだ人に会うことはまったく不可能だとは考えていない。これは子供らしい無邪気さの一つの現われである。

ワーズワスは、この農家の娘に事の道理を説いて聞かせてみようと試みる。その少女は八歳にもなるから、理解できるであろう。そして、詩人は説得にかかった。しかし、彼女はきまって「いいいえ、私たちは七人だわ」と答える。彼は埋葬された二人のことを話す。彼女は「ええ、そうだわ！　二人のお墓は家のすぐ近くにあるので、時々そばへ行って歌を唄ってあげるの」と答える。「それから機会があれば、墓地へ夕飯を持って行って、お墓のそばで食べたりもするわ」とつけ加えた。「しかし」と詩人は反論する。「あなたのお兄さんと妹さんは、天国にいるのですよ。それなのにどうしてあなたは、私たちは七人です、と言うのですか？」

それでも話は、無駄におわった。

少女はあくまでも

「いいいえ、私たちは七人よ！」と言い張った。

心やさしい人なら、思いも及ばぬ冷酷なことを言わずして、誰一人として、彼女に死の意味を理解させることはできなかったであろう。

ワーズワスは、彼の住んでいた静かな田舎の谷間《たにあい》に、詩の題材を供給してくれるような農民たちのさまざまな人生模様を見出していた。例えば、あるとても寒い冬の日に、一人の少女が雪の中で行方不明になった。それでその悲しい事件が、彼に「ルーシー・グレイ」というバラッドの題材を与えた。また彼は、外套《がいとう》が荷馬車の車輪に絡んでしまった子供を、「アリスが倒れた」という詩の題材にしている――これはそんなによい詩ではないが、なかなか印象的な作品である。これらの二つの詩はたいへんよく知られている。しかし私は、子供の人生を解釈する際のワーズワスの才能を例証するためにのみ、これらの作品に言及しているのである。

さて、次に私は、大人の感情――愛と哀しみと悔恨の情――を扱っている幾篇かの詩について語りたい。ワーズワスには、男女の恋愛感情はほとんどない。しかし子供、肉親、田園、友人などへの愛――こういった形の愛情が、英詩が与え得る限りの最も美しい表現をとって、彼の詩の中に定着されている。

次の作品には、みなさんがそれと認めるような日本的な素朴さがあるように思われる。なぜなら私は、形式においてではなく、感情において、これと非常に似通ったさまざまな日本の詩歌を読んだことがあるからである。その詩は、少年が恋の何たるかを知らない時代の、ある少女に寄せる少年の恋心といったものであるかもしれない。あるいはそれは、妹に寄せる兄の愛情といったものかもしれないが、非常に純粋で実に感動的なものである。

乙女は人里離れたところの
　ダヴの泉のほとりに住んでいた。
乙女を讃える者もなく、
　愛する者もまれだった。

人目を半ばさけながら
苔《こけ》むす岩角に咲き出でた菫《すみれ》の花。
夜空にただ一つ輝いている
　美しい星のよう。

人知れず生き、ルーシーが逝ったことを
　知る人も、ほとんどいなかった。
しかしその乙女も今は墓の中に、

ああ、世界は、なんと私の眼には違ったものに見えることか！[3]

この作品には、説明も解釈も必要ではない。だがしかし、この詩はいかに可憐《かれん》で感動的であるか。またいかに真に世界詩《ワールド・ポエトリー》的で普遍的要素を備えていることか。歌われている内容はごくささやかなことであるが、推敲《すいこう》に推敲を重ねた数ページの文章よりもより多くのことを伝えている――要するにこの詩は、人知れず人を愛し、愛されていたこの可憐な田舎娘の全生涯を物語っている。そしてこのことは、われわれに人生の悲しみの一つを――すなわち、人生の最もうるわしいことは、充分に知られることはないという事実を――思い起こさせるのである。われわれは、誰よりも自分が最も愛している人々のことを――父母、姉妹、恋人のことを――考える。

このまさに人間のもつ生来の弱さに対して、これまで嘲笑《ちょうしょう》の言葉が投げかけられてきた。しかし、これは本当に人間の弱さというものであろうか？　またこれは、本当に愚かなものであろうか？　私にはそうとは考えられない。われわれが最も愛する人間たちは、他のどんな人々よりも確かに善良であるし、彼らの魂や性質の一番よい部分がわれわれにのみ開示されているのである。

いかなる人間でも、他人にとってまったく同じように見えるということはあり得ない。われわれは大いなる細心さと長い経験に依《よ》らなければ、われわれの内なる最善にしてかつ最も思いやりのある内面を示すことはできない。家庭内では、すべての経験はわれわれ自身のために存在しているから、そういった細心さはまったく不用であることを、われわれは知っている。だから家では、われわれは本来の自分でいることができる。

　婚約した女性とかその恋人とかの場合でも、その事情は当てはまる。それ以外の場合は、不可能であろう。それゆえわれわれは、人間性の最善の側面を家庭内においてのみ見ることができると言ってもよかろう。そして実際、日々、われわれはそうした事実を目の当たりにしているのである。

　われわれは愛している人たちのことを、他の人々よりもすぐれていると考えるのは、無理からぬことである。彼らはわれわれにとって——ただし、われわれにとってだけであるが——そういった存在なのである。誰でも、おそかれ早かれこのことに気づくようになる。人は気づいてしまってから、われわれの知っている最も美しい心や精神は、われわれ身内の人間以外には誰にも知られることがないと考えてしまい、少し悲しくなるにちがいない。もちろん、誰しも同じ経験を持っていると思えば、慰めにはなる。

　話が少し脇道にそれてしまった。どうか先程の詩で、全体の効果がたった一つの感嘆詞で生み出されていることに注目してもらいたい。感嘆詞の「ああ」が、「違ったもの」という子供らしい単純な詩句の前にきているので、すべての意味がそこに籠《こ》められているのである。少女は死んでしまった。それゆえ世界は、ある人の心にとっては変質したものとなった――今や太陽は、以前のように悦《よろこ》ばしく輝きに満ちたものでなくなった。野には緑もなく、空の青みが消え失《う》せてしまった。しかし、人間の広大無辺の世界にとっては、いったい何が起こったのか、まったくあずかり知らない。また、たとえ知っていたとしても、そんなことに頓着《とんちゃく》することはないだろう。

しかしながら、ワーズワスにとって、友情はロマンティックな恋愛感情以上により親密な感情であった。しかも、彼はそこから多くの霊感を得ている。彼の家の近所に小さな学校があって、詩人はそこの年寄りの教師と仲良くなった。二人は一緒に遠出して、丘に登ったり、森をさまよい歩いたりした。彼らは互いにいろいろな考えを交換し合った。そしてワーズワスは、その老人が話したいくつかの感動的な事柄を、われわれのために詩にして書き残した。その一例が、「二つの四月の朝」と題される詩である。

私たち二人が歩いている時、
朝日が赤く、きらきらと輝き昇った。
すると、マシューは立ちどまって、空を眺め、こう言った。
「神の思《おぼ》し召しが、あらんことを!」

「あの長い紫色の、裂け目のついた

　雲が、わしの心に、三十年も昔に
過ぎ去ったある一日を
　新たに甦らせた」

「向こうに見える麦畑の丘のちょうど上に、
　今とちっとも変わらないあの色が、
空にかかっていた。
　それは今日の朝のような、うりふたつの四月の朝だった」

「私は釣竿をさげ、快い時節に誘われて、
　いさんで遊びに出かけた。
道すがら、教会の墓地に立ち寄り、
　娘の墓を訪れた」

「娘は九つになったばかりで、
　村の評判娘だった。
それで娘はよく歌を唄った。——彼女なら、鶯にも負けないくらいうまかった」

「私のエンマは、六フィートの地下に眠っている。

それでも私は、今までよりも娘がかわいかった。

その日ほど、娘がかわいらしくて仕方がないと

思われたことは、ついぞなかったのだから」

刻《とき》は四月の朝であり、老人は空にかかった奇妙な形の雲を見て、三十年前の四月の朝にも同じような雲を見たことを思い出す。そして、その雲の思い出は、彼にさらに悲しい記憶を甦らせる。三十年前の朝、魚釣りからの帰り道、彼は九つで死んだ娘の墓に詣《もう》でようとして、しばらく道に佇んでいた。

しかし、その朝に限って娘の墓に詣でたという事実に、三十年も昔の痛み多い体験をこの男に思い起こさせるような何か特別なものが潜んでいたわけではない。なぜ彼は、その朝を悲しく思い出したのであろうか？　その記憶を鮮烈に甦らせる何かが――紫色の雲の幻影よりもはるかに印象深い何かが、起こったにちがいない。

それは次のとおりである。

「娘の墓に詣でた帰りに、私は
　墓地のイチイの傍らで、
朝露のしずくで髪を濡らした
　花のような少女に出会った」

「少女は頭の上に籠《かご》をのせ、
　額は白く、つやがあった。
これほど美しい子供に出会えるとは、
　心からうれしいことであった！」

「岩間から湧き出る泉も、
　少女の足どりほど軽やかではなかった。
少女は、海の上で躍っている
　波のように、幸せそうだった」

「抑えることができかねて、私は、
　苦しい吐息を思わずもらした。

私は幾度も飽かず、少女を見つめた。
　でも、彼女を自分の娘にしようとは思わなかった」

　少女は色白の肌をし、裸足《はだし》のまま朝日を浴びて立っている。髪の毛に露の滴をしたたらせた愛らしい少女は、亡霊ではない――少女は亡霊ではなく、亡くなった娘よりもはるかに美しく、魅惑的な一人の生身の人間なのだ。ただ茫然《ぼうぜん》と少女をうち眺めているだけで、喜びが湧いてきた。しかし、なぜ老人は「私は幾度も飽かず、少女を見つめた。でも、自分の娘にしようとは思わなかった」と言ったのであろうか？

　いくつもの解釈が成り立つであろう。できるなら、みなさんは自分自身で考えてみるとよいだろう。娘に先立たれた父親が、このような立場に立たされれば、自分の死んだ子供の身代わりに、このたいそう美しい娘を家に連れて帰りたいとしきりに願うものである、と人は言うかもしれない。もう一つの詩が、このことを説明している。それは「泉」という詩である。

私たち二人は、打ちとけた心で、
　愛情にみちた、真実のことばで語り合った。
私は若く、マシューは七十二歳だったが、

二人は、友だちだった。

この詩の中の親友マシューは、彼の友人に、人生のさまざまな出来事、悲しみ、自分を愛してくれた者たちの死などを語る。すると、詩人は同情してこう叫ぶ——。

「それなら、マシューさん。亡くなった方の代わりに、
私があなたの息子になってあげましょう」

すると、彼は私の手を握りしめ、

「残念ながら、それはできません」

この詩は前の詩の説明となっている。マシューが、ワーズワスに「残念ながら、それはできません」と言ったのとまったく同じ理由で、彼は教会の墓地で見かけた美しい少女を、自分の娘にしたいとは思わなかった。その少女がどんなに美しく、健やかで、賢そうであれ、あるいはどんなに善良で色白であれ、さらにはどんなに愛らしく誠実そうであれ、自分の本当の子供ではない子が、いったいわが子になれる道理があるだろうか。

生きている他人が、死んだ者の身代わりができるわけはない。子に先立たれた父親が、墓地で出会った美しい娘を養女にしたとしても、彼は、亡き娘を愛したようにその娘を愛

することはできない相談であろうし、娘のほうもまた、本当の娘がしたように父親を理解することができないであろう。

詩の伝える内容は、これだけではない。この詩には、非常に暗示的なものが含まれている。家族に新しい美しい娘がくるならば、墓の中に眠るもう一人の本当の娘の父親にとって、それは絶えざる思い出の種になってしまうであろう。彼女の足音、声の調子が、本当の娘の足音、声色を呼び起こし、その養女のためにならぬような比較の対象となってしまうであろう。

第三番目の理由として、亡き人を非常に深く愛している人は、生きている人をもってして、その空白となった地位を埋め合わせることは、死者に対する一種の思いやりのなさであると感じることであろう。つまり、子供の死はとり返しのつかない、償えない、慰めようのないことなのだ。そしてマシューの言葉は、詩人がその発言を決して忘れることができないほど力強い。しかも新鮮な方法で、この単純な事実を、詩人の心に平明に示したのであった。彼はこう述べる。

マシューも死んでしまった。しかし今でも、
いつものように、手に野生の木の枝をにぎって
立っている彼の姿が、

目に浮かぶように思われる。

明らかに二人は、花を摘んでいたのであった。おそらくワーズワスは、その花の名を言うことができなかったであろう――それほど昔のことであった。ところが、彼は老人の手にしていた枝のことを憶《おぼ》えていた。なぜなら、マシューが最初の四月の朝の記憶と墓地での美しい少女の幻影《ヴィジョン》について彼に語ったのは、その枝を折り取った直後のことだったからだ。ごくありふれた真理というものは、人間の苦悩に何らかの関連をもってわれわれに開示されるまでは、われわれの心を強く打つことはないのである。

祖国への愛、とりわけ故郷への愛は、ワーズワスによって見事に扱われたもう一つの主題である。私がみなさんに繰り返し触れた最後の詩に、記憶が春の空に異様な形をした紫色の雲を見て甦る、という詩行があった。

次に引用しようと思う詩は、記憶が鳥の歌声によって鮮烈に、しかも痛みを伴って呼び起こされた例である。イギリスで最もよく知られている鳴き鳥《スインギング・バード》はつぐみである。英国の田舎で春か夏の朝につぐみが歌うのを聴くのは、非常に楽しいことだ。籠に入れられるとあまり鳴かなくなるが、他の鳴き鳥同様に、よく売られている。

ロンドンの陰気な通りを歩いていた女性が、鳥籠のつぐみが店先で歌っているのを耳にする。そんな場所で鳥の歌声を耳にしたので、彼女はたいそうびっくりしてしまう。そして彼女は立ちどまって、その歌声に耳を傾ける。立ちどまって聴き入っているうちに、小鳥の歌声は、彼女の心に子供の頃遊んだ陽の降り注ぐ田舎の村を思い出させる。彼女には、もはやこの醜悪な通りが目に入ってこなくなり、ロンドンのどよめきも聞こえてこない。今や、花と木々と流れゆく小川が見え、少女は干し草とさんざしの花の甘い匂いに浸っている。しかし、これとて一瞬の出来事にすぎない。

太陽が昇る頃、ウッド街の町角に、
つぐみが鳥籠に入って吊り下っていた。三年も歌いつづけてきたという。
哀れなスーザンは、その場所を通りかかると、
朝のしじまの中に、小鳥の歌声を聴いた。

それは魅惑的な調べなのに、何が彼女を悩ませているのか？
彼女は幻視《み》ている。山がそびえ立ち、木々の幻影が浮かび上がり、
輝ける雲霧の渦巻きは、ロスベリィを滑り降り、
チープサイドの谷間には、川が流れてゆくのを——。

彼女は、谷の真ん中に、緑したたる牧場を見ている、
そこを、彼女は、幾度も牛乳桶《おけ》をもって足どりも軽く下った。
鳩の巣のような小さな小屋が見える、
それは、彼女がこの世で愛しているたった一軒の棲家《すみか》。

彼女は見つめている。そして、心は天国にいる。しかし、
霧も川も、丘も木陰もみな消えてしまう、
川は流れず、丘もそびえることなく、
すべての色調は、彼女の瞳《ひとみ》から消え去ってしまった！[4]

この詩において、詩人が言及しているロンドンとは、最も陰気で、混雑し、忙《せわ》しい地区のことである。少女が、籠の中の鳥が田舎にある彼女の生家を思い出させるような歌を歌っているのを耳にしたのは、何とこの喧噪《けんそう》をきわめる場所のど真ん中においてであった。彼女は、再び夏の美しい朝靄《あさもや》を――すなわち、詩人の言う「輝ける雲霧の渦巻き」を目の当たりにしているのだ、と想像する。手桶《ペイル》とあるから――たぶん牛乳桶のことであろう――父の農場で彼女が以前どんな仕事に従事していたかが窺《うかが》われる。しかし、彼女がこういったものを眼にしているのは、ほんの一瞬である。たちまちにして彼女は、埃《ほこり》だらけの

舗道を見、交通機関の騒音を聴いているにすぎない自分自身に気づく。

しかしながら、ワーズワスの時代には、ロンドンは今日あるような都会――人口六百万の都市、世界じゅうで最も恐ろしく、最も陰気な都会――ではなかった。この詩の制作年代は一七九九年で、今から百年以上も前である。当時、ロンドンは現在の大きさの四分の一にも満たなかった。付近一帯は緑野あり谷ありであったが、それらは、それ以後、数百平方フィートもある堅い石造建築物の影の下に消えてしまった。

誰しも、今日のロンドンにある別種の美しさを発見することがあるかもしれないけれど、客観的な美しさを発見することができるとは思われない。しかし、ワーズワスの時代には、このことは不可能ではなかった。彼の最も有名な短い詩の一つは、ウェストミンスター橋から眺めたロンドンを描いたものである。この詩の制作年代は、一八〇二年である。

これほど美しいものは、この世に存在しない。
威厳に満ちた、かくも心うつこの光景を
見過ごして行く人があれば、それは魂の鈍い者だ。
今この都市《まち》は、衣装《ころも》のように、
暁の美を身にまとおうとしている。
船、塔、ドーム、劇場、それに教会が、

静かに、露わにされてゆき、はるかな平野と空に向かって広がる。
すべてが、煙霧のない大気の中で、くっきりと輝きわたる。
太陽が、今日の日の最初の輝きほどに、谷や岩や丘を、
美しく染めなしたことはなかった。私はこれほどまでに
深い静けさを見たこともなければ、感じたこともなかった！
テームズ河は、悠然と、心ゆくままに流れてゆく。
おお　神よ！　家々さえもがまどろんでいるようだ。
そしてロンドンの大いなる心も、いまだ眠りについたままだ！

建築学的見地から言えば、現在のウェストミンスター橋は、ワーズワスの時代のものよりもはるかに美しい。今日の橋の骨組みは、鋼鉄と石とでできており、橋に隣接しているあの堂々たる国会議事堂と様式的に調和するように造られている。しかし、付近の建造物の立派さにもかかわらず、現在のウェストミンスター橋の周辺一帯は、ロンドンの淀《よど》んだ空気と煤煙《ばいえん》とによって、薄暗く、陰気な景観を呈している。

草地《グリーンフィールズ》を見ようと思えば、ウェストミンスターから汽車に乗るか——あるいは、せめて汽船にでも乗るかしなければならない。ことほど左様に、草地はロンドンからはるか遠く隔たったものとなってしまった。さらにウェストミンスターのところで、テームズ河は、

今や高い石の堤防と堤防の間に挟み込まれてしまった。そして、河はまったくその美観を損ねてしまい、非常に汚れて、黒ずんでいるのである。

この詩を読むと、たちどころに、百年前にはこの辺の景色がどんなふうであったかが、想像できるであろう。この詩はなかなかよく書けた傑作といえるから、テニスンですら仮にこれが自分の作品だとしても、恥じたりはしなかったであろう。「くっきりとした」という形容詞は、朝の大気の中に見える事物のはっきりした輪郭のことを言っている。そうした事物が一点の曇りもなく、その輪郭を際立たせてくっきりと見えてくるのである。これほど澄んだ空気は、今日のロンドンでは決して考えられない。

もちろん、わずか数行で、ある都会の景観の無数にある細部までを叙述するのは、とうてい不可能なことである。たとえそれが不可能でないにしても、その結果はおそらくまとまりのない、退屈なものになってしまうであろう。

しかし、詩人の突然の歓喜の叫び——「おお　神よ！」——は、詩に描かれた場所を見たことのあるすべての読者に詩人自身の感動ぶりを伝達し、またロンドンを知る読者には数マイルもつづく石造建築、広びろとした河、停泊中の船などに当たっている朝日の、非常に鮮やかな印象を思い出させる。

さらにイギリス産業社会の心臓部として、この大都市について「大いなる心」と表現したのも、詩人にとってごく至当なことと言えよう。ドイツの偉大な詩人ハイネがイギリスを訪れた際、ロンドンのことを「世界の幽門動脈」と言ったのは、それからほんのしばらく経ってからのことであった。

素朴な、ありふれたものに美を発見するワーズワスの創作の方法を説明するために、彼について多言を弄してきたが、みなさんは彼の比較的軽い作品《ライト・ヴァース》に興味を抱かれたことと思う。この短い講義の主たる目的は、みなさんに彼のより重要な詩作品《シアリアス・ヴァース》よりもむしろこういったより軽い作品に注意を向けてもらうことにある。

しかし、彼の詩作品がヴィクトリア朝の詩歌に対して甚大な影響を及ぼしている以上、いかにこの講義が短いものとはいえ、彼のより重要な詩作品について若干触れなくてはなるまい。しかしながら、われわれがそのことに触れる前に、ワーズワスの全作品を読むこと——例えば、各ページが小さい活字で二段組みになった一千ページにもなんなんとするような書物で、彼を読んでみようとすること——は無益である、と私はみなさんに繰り返し言っておきたい。

ワーズワスの最良の選集は、おそらくマシュー・アーノルドのものであろう。ポールグレイヴからキラー・コーチにまで至るすべての詞華集《アンソロジー》に最高傑作を選《よ》りすぐったものがあるということを、みなさんは気づいたことであろう。みなさんはワーズワスの選集以上のものを読もうとして、時間を浪費してはならない。なぜなら、彼の作品の大部分は出来が悪く、しかもその中の多くは、駄作であるからだ。

さて、さらに重要な詩について語ろうとする場合、まず私は、みなさんがソネットにあまり注意を払う必要はなかろうと言っておきたい。ワーズワスは厖大な数えきれないほどのソネットを書いたが、その多くはまったく書かれなかったほうがましなぐらいの愚作であった。アーノルドやポールグレイヴのような大批評家によって選び抜かれたソネットを除けば、みなさんは彼の他のソネットを読むには及ばないだろう。真面目な詩《シアリアス・ポエトリー》においては、ワーズワスは主に無韻詩《ブランク・ヴァース》で成功を収めた。『逍遥《しょうよう》』の中の多くの作品、さらにはその他いくつかの無韻詩《ブランク・ヴァース》の中の多くの作品は、綿密に研究される価値を有している。しかしそういった作品ですら、選集《セレクション》を用いれば、最もよく研究することができるのである。

ワーズワスには全部合わせてみても二百―三百行ぐらいしかすぐれたものはない。これに反して、テニスンは百ページにも及ぶ無韻詩の秀作をものしており、ワーズワスよりすぐれている。それにもかかわらず、もしワーズワスがいなかったら、テニスンは決してこれほどまでに偉大にはなれなかったであろう。テニスンはキーツからも多大な影響を受けてはいるが、彼の最もすばらしい霊感の多くは、直接的にはワーズワスからきている。

最もよい創作状態にある時のワーズワスが、いかにテニスンと匹敵し得るかをみなさんに示すために、ある美しい冬の夜に、氷の上を滑っていくスケーターの感動を描写した数行の詩句を次に引用させてもらいたい。

　　われわれみんなは鋼鉄《はがね》の靴をはき、
みがかれた氷の上を、狩りと森の遊びをまねて、
徒党を組み、風を切って滑って行った——
こだまする角笛、
吠え立てる猟犬の群れ、追われるウサギ。
われわれは、こうして暗闇と寒さの中を疾走し、
歓声をあげない者は、一人としていなかった。そのかまびすさに
打たれて、絶壁は、高鳴りひびいた。
葉の落ちた木々も、氷の巌《いわお》も、鉄のように高鳴った。
その時、彼方の丘は、それとはっきり聴きとれるように、
その騒乱の中に、憂鬱の
耳慣れぬ音を送ってよこした。その時、
星々が、東の空にくっきりと輝き、西の空では、
夕暮れのオレンジ色の空が、消えようとしていた。[6]

大気の澄み渡る冬の夕刻に、スケートをしたことのある人々にとって、これらの詩句の

もつ美しさ、さらにはその迫真性といったものが、力強い共感を生み出している。この詩の他の部分も同様にすばらしく、しかも英詩においては、おそらくこれ以上のものがあり得ないと思われるほどすばらしい。しかし、このすばらしい詩行は彼においては、百行ぐらいあるかないかの問題にすぎない。

あの勇猛果敢なベティヴィエール卿《きょう》が、痛手を負った王の身柄を湖岸の荒廃した教会へと運んでいく、というテニスンの「アーサー王の死」の描写のくだりと比較してもらいたいために、この詩を、私はあえて引用したのである。テニスンのあのすぐれた描写力は、実際、ワーズワスのこれらの詩行に基づいている。みなさんは、テニスンの詩にワーズワスの用いたすべての直喩《シミリ》だけでなく、あらゆる重要な言葉――例えば、「打たれて」「かまびすさ」「氷の厳」など――も見出すであろう。

みなさんは、テニスンの作品のほうをよしとするであろう。それは、構想が壮大であるゆえに、ワーズワスのものよりすぐれているからである。ところが、ワーズワスのほうは、川の氷の上で滑っている楽しそうな学生の交わりを描いているだけで、何か英雄的な事柄を書いているわけではない。

しかしながら、スケートをしているこの学生の描写から、テニスンは『国王牧歌』全篇中の、最もすばらしい詩行を書くための霊感を得ているのである。この事実は、一人の詩の鋭い審査官によって、いかなる価値がワーズワスの最良の作品のうちから発見されるかを、ものの見事に物語っている。

ワーズワスの子供に関する観察《スタディ》について、さらに一言しておこう。みなさんは、私が有名な「霊魂不滅の賦《オード》」から何も引用しなかったことを不思議に思うかもしれない。なぜならこの詩は、子供の感情を主題にした作品であるけれども、彼の生真面目な、品格の高い労作中の労作であるからだ。ここでこの詩を引用しなかったもう一つの理由は、みなさんの大多数がすでに高等学校でこの詩を習ったと信ずるからである。その作品の本当の美しさは、思想の美しさというよりも技法の美しさにある。それゆえこの作品は、この短い講義で引用するにふさわしいとは思われなかったのである。

しかし私は、少なくともこの詩について若干の私見を述べてみたい。もしみなさんが、この作品の背後にあるキリスト教の観念について充分な知識を持っていないとすれば、詩人の意図するところを、非常に安易に誤解してしまう恐れがある。

この詩のおおよその主題は、次のとおりである——われわれは、幼年時代には、大人の時以上に、いっさいのものがより輝かしく見え、世界の中に楽しさと喜びと美とをより多く発見するのである。なぜそうなのであろうか？　おそらく、と詩人は答える。それは、子供の魂が、誕生前に暮らしていた、より美しい世界をまだよく覚えているからであろうと。

科学的批評は、こういった事実の提示を、またワーズワスが説明しようとした理論を、ひどく冷たくあしらってきた。子供というものは、大人たちよりも、野で遊び戯れる時、陽を浴び、花に囲まれてよりいっそうの快感と歓喜とを感じていることは、疑いを入れない。

しかしこれは、子供が大人よりもより鋭敏に知覚し、感じているからではない。実際、子供が大人よりも物事を深く見たり、感じたりすることはあり得ない。子供の五感は、大人と比べると未発達である。幼い子供が、風景や雲や水の流れの美しさを理解するとは思われない。なぜなら、そのような美を感得するには、子供の持っている経験よりもはるかに多くの経験を必要とするからである。それゆえ、ワーズワスの批評家のある者は、この「霊魂不滅の賦《オード》」をノンセンスな作品だと評するのである。どうやらこの批評家は、正しいようである。

なるほど子供というものは、われわれが感ずることがないような喜びをもって物事を眺めるけれども、それは、子供が喜んでいるものはわれわれ大人にとって珍しくもなんともないものである——われわれはそれらを子供よりもよく知っているが、子供にとってそれらすべてのものは真新しく、不思議に満ちている。直覚、すなわち物事の善悪についてや身の保全についての本能的感覚、あるいは知恵といったものは、成人した人間よりも子供においてより強く備わっていることも、また事実である。

大人は感覚に対して理性を用いるよう訓練されているからであるが、子供は推理力が未発達であるから、感情だけで行動する。さらに子供は、われわれが見落とすような小さなものの細部を注視できることも、また確かである。それは、子供は小さいものに集中力を傾けるあまり、物事を対照的に観察したり、一般的な法則を推察したりすることができないからである。

最後に付言すれば、子供の心は最も美しく、繊細で、想像力に富んでいることも、また確かである。子供は、詩人でもある野蛮人のように、岩や樹木や花々が生きている――すなわち、自分自身のように思考し、感じている――と想像し、ある独特な、霊的《ゴーストリー》な見方でもって、事物を眺めているからである。子供は、椅子やテーブルを物神崇拝的《フェティシスティック》な見方で捉える――すなわち、それらに感情が宿っていると想像する――ゆえに、そういったものについて不可解なことを口走ったりするものである。

しかし、子供が大人よりも、また詩人や芸術家よりも、自然の美をいっそうよく見たり、感じたりできるというのは、当たっていない。子供は美のある形態、その最高形態をまったく見抜くことができない。子供は、事物をわれわれとは違ったやり方で見ているが、決してわれわれよりすぐれているわけではない。

ところで、子供が前世を記憶しているという説に関して、みなさんは、ワーズワス自身がこの説を披瀝《ひれき》するのを半ば躊躇していたことに気づかれたであろう。彼は詩の冒頭でそのことを弁明し、キリスト教の教義に反しないことを立証しようとしている。もしワーズワスが後年のような思想を抱くことができ、子供の心には前世の記憶が存在し得る、と大胆に言明できたならば、彼は正しかったであろう、と私は考える。彼の児童心理研究の方法には、ある種の科学的根拠があるのである。しかし、ワーズワスの説は、子供は肉体《からだ》で前世を記憶しているのではなく、「天国」にかつていたことを記憶しているのだ、というのである。

ワーズワスが生み出したこの思想は——プロテスタント系の作家たちは、こういった考え方を表明したりすることはあまりないけれど——キリスト教世界では非常に古くからあるものである。それは、一つひとつの魂は新しい肉体が生まれるたびに造られ——すなわち、魂が神の手によって天国で造られ——下界へ送りとどけられて、母の胎内に宿る、というのである。私は、この考え方が一つの教義《ドグマ》だと言っているのではない。これはただ、昔のキリスト教作家たちによって開陳された見解にすぎない。

子供が下界で身籠《みご》もられると、天国の神はその胎児のために魂をお造りになり、それを下界に送りとどけられる。そこで、ワーズワスの考え方というのは、その小さな魂が一瞬のうちに天国から地上へと送りとどけられる間に、天国で垣間《かいま》見ることを許された何かを記憶に留《とど》めている、というのである。科学としても形而上学としても、「霊魂不滅の賦《オード》」というワーズワスの作品は批評に耐え得るようなものではないが、音楽的な作品の見事な一篇であって、決して色褪《いろあ》せることのない多くの詩行を含んでいる。

1 「子猫と落葉」（一八〇四年）

2 この「父親たちの秘話」という詩に登場するエドワード少年は、ワーズワスの実の子ではなく、友人バシル・モンターギューの子息である。詩人が二、三年間、彼を引きとって養育したと言われている。

3 「ルーシー」（一七九九年）。ドイツにおいて作られた五篇からなるいわゆる『ルーシー詩篇』中の一篇。

4 「哀れなスーザンの夢想」（一七九九年）

5 「ウェストミンスター橋上にて」

6 『序曲』（一八〇五年）

——Wordsworth (*Interpretations of Literature, I*, 1915)

コールリッジ——超自然の美学

サミュエル・テイラー・コールリッジは、性格において、いかなる人物よりもワーズワスのまったくの対極であった。コールリッジは極端なほど感受性が強く、想像力に富み、情緒的であった。彼は性格的に強いところがまったくなく、自分の身の始末さえできなかった。体が弱く、移り気で、後年、阿片《あへん》常習のためにその犠牲者となってしまったが、友人たちの情けにすがりながら一生あちこちを転々とし、最後はまったく悲惨な状態で亡くなった。

コールリッジは、牧師の息子として、一七七二年に生まれた。子供の時に、彼は両親の手でかわいがられ、おそらく幾分か甘やかされたようだ。しかし、どんな環境におかれても、性格や肉体を強く鍛えることができなかった。彼は過敏すぎるほどの感受性を父親から受け継いでいて、少年時代においてさえ、他の子供たちのように振舞うことができなかった。それで、学校では非常にみじめであった。

彼は、学業においては非常にすばらしい才能を発揮し、ギリシア語をすらすら読み、十五歳の時にはむずかしいギリシアの詩を翻訳することさえできた。しかし、遊び仲間や友人もほとんどなく、外で遊ぼうともせず、一日じゅう、本ばかり読んで暮らした。しかも、彼の一風変わった性格を例証する出来事として、彼は学校生活の中途で学業を放棄し、なんと靴屋になりたがっていたのだった！　こういうエピソードは、注目してもよいだろう。

彼はケンブリッジ大学に進んでからも、相変わらず奇妙な振舞いをした。クラスの中でも最も嘱望される学生でありながら、学期の半ばで大学を逃げ出し、ロンドン騎兵連隊の一兵卒として入隊してしまった。大学では誰も、二カ月以上も彼の消息がわからなかった。それから彼は発見され、友人たちがお金を出し合って、彼の身柄をもらい受けに行った。

彼がどのようにして発見されたかについては、いろいろおかしな逸話が残っている。その一つは、彼の所属する連隊の幾人かの将校が、ギリシアの詩人エウリーピデースについて話しているのを彼が耳にしているうちに、彼らのうちの一人が誤って諳《そら》んじていたエウリーピデースの詩句を引き合いに出した時、コールリッジがその引用句の間違いを訂正したという話である。この話の真偽のほどはわからないとしても、コールリッジなら、なるほどそれができたであろうと思わせる。ケンブリッジ大学は、彼に非常に思いやりがあった。彼はただ譴責《けんせき》処分を受けただけで、勉学をつづけることを許された。しかし、彼の大学での勉学は、これから述べる理由のために修了するに至らなかった。

コールリッジの大学時代の友人に、オックスフォード大学の学生で詩人であったロバート・サウジーがいた。この二人の若者は、当時多くの人々の心に影響を与えていた理想主義の呪縛力《じゅばく》――すなわち、完全無欠な人間社会の夢、ごくわずかの労働によって非常に多くの知的で哲学的な喜びが得られるという完全無欠な共産主義の夢――の虜《とりこ》になっていた。

無謀な理論が百出する時代であった。サウジーとコールリッジは、アメリカの人里離れた場所に、いわゆる「理想的平等社会」（パンティソクラシィ）と呼ばれるものを建設しようと決意した。この組織は、およそ各々三十名の男子と女子とで構成されることになっていた。組織のメンバーは、すべて一二五ポンドの献金をすることになっていた。

支配権というものはなく、ただ共同体としての規則らしきものがあるにすぎなかった。そして財産は、すべて共有であった。結婚問題については、夫婦の絆《きずな》が予想していたほど円満にとり結ばれぬ場合、会員には、その結婚を解消させることが許されていた。それから、会員は一日に三、四時間以上働いてはいけないことになっていた。

もちろん、このような計画は、どんな状況においても、成功するようには思われなかった。実際、同じような多くの計画が、その後アメリカにおいて、この二人の若者、サウジーとコールリッジよりもはるかに有能な人々によって試みられたが、ことごとく失敗に終わった。しかし、二人の青年は非常に熱心であり、この事業の準備にとりかかるためには、なるべく早いうちに結婚することが必要である、と決めていた。

サウジーは、コールリッジをかなり社会的身分の高い商人であった友人の娘たちに紹介した。その結果、二人はこの中の二人の若い姉妹と結婚することになった。しかしこの結婚によって、必然的に大学の課程をやめざるを得なくなり、二人とも学位もとらずに退学してしまった。不幸にも、さらに悪い事態が二人を待ち受けていた。サウジーは、ほどなく金持ちの親戚《しんせき》によって廃嫡《はいちゃく》させられてしまったのだった。

二人の花婿にとって、わが身と家族を養うために、即刻職に就く以外、この世でなす術《すべ》は何も残されていなかった。サウジーは若き日の過ちにもかかわらず、実際、気品のある強い人間であった。そして、結婚してから落ち着きが出てきた。彼はやがてかなりの成功を収め、生涯をつつがなく終えた。一方、コールリッジは、妻も自分も養うことができず、いつも友人たちの厚意で生計を立てていた。

さて、コールリッジにまつわる驚くべき逸話は、無数に残されているが、私はみなさんに、彼の性格の短所がどういうものであったかを示す事実は、すでに述べた。しかしながら、みなさんは彼について厳しく考えてはならない。性格には何ら強いところがなかったが、彼はある美徳を備えていた。

彼は、彼の弱点を蔑《さげす》んだ人々からも、愛されていたのだ。少しも衒《てら》うことなく、ごく自然にふるまうだけで人に好感を持たれる特異な才能が、彼にはあった。彼は魔力を秘めた話術というものを心得ており、誰もが彼の雄弁の魅力に抗することはできなかった。そして最後に、彼は非常に温厚で、故意に人に不親切だったり、悪意を抱いたりすることができない人物だったことも、強調しておいてよいだろう。

われわれはコールリッジを、一生涯子供の状態にあって、愛撫《あいぶ》を求め、愛情を求め、実務的な事柄にはぜんぜん無頓着《むとんちゃく》で、自分の身を処することさえ叶《かな》わぬ人間に譬《たと》えることができるかもしれない。確かに、彼の友人たちは、彼に愛児のように接したのだった。もしみなさんが、友人に宛てた彼の書簡を読んでみようと思うなら、彼がちょうど子供のように、無邪気に、感情的に、また惚《ほう》けたような状態で書いているのが認められるであろう。

しかし、これがコールリッジの全体像ではない。なぜなら、彼はある点では、かつて存在しなかったほどの驚嘆すべき人物の一人であった。偉大なる詩人にして哲学者ゲーテは、バイロンについてこう述べている。「バイロンが考え始めると、子供っぽくなってしまう」と。バイロンは、実際の文学界や社交界では最も男らしく、好戦的な人物であったが、哲学に対して、何か新しいものをつけ加えたわけではない。一個の思想家としては、彼はまったくの子供にすぎなかった。ところがコールリッジの場合には、まったく正反対の事実が考えられる。

コールリッジは、生活面において、つまり彼の無力さと彼の弱さにおいて、子供であった。しかし、ひとたび坐《すわ》って考え始めると、彼は非常に偉大な思想家であった。彼は思想家としてかなりの重きをなしていたから、宗教的感情の問題に関して、イギリスのすべての知識人に影響を与えることができた。この方面の著作は、彼の詩に属するものでなく、散文に属するものであるから、われわれは、ここであまりその仕事に立ち入ることは許されない。しかし、すぐれた批評家たちの説によれば、オックスフォード運動と呼ばれ、後に多くの偉大なイギリス人たちが頭角を現わすことになる、あの大きな宗教運動は、主としてコールリッジによって引き起こされたと言えよう。

ドイツ哲学、ギリシア哲学、それに中世哲学が、この驚嘆すべき精神を引きつけ、また同時にその精神の中に吸収されていった。もしコールリッジが、われわれに一個の哲学体系を与えることができなかったとしても、少なくとも、われわれに心理学的問題やその他の最もむずかしい問題について、偉大なる思想の驚くべきひらめきというものを伝えることができた。そして、われわれの同時代の深遠な思想家で、いずれの日にか彼の著作から引用しないで済ますことのできる人は、ほとんどいないであろう。さて、これでみなさんは、彼がいかに特異な人物であったかが理解できたであろう。

それならば、コールリッジが数年間もワーズワスの友人であり共同制作者であったことを考えてみると、奇異に思われるのではなかろうか？　このような共同作業には、二つの可能な結論しか下せないだろう。一つは、コールリッジがワーズワスの醒《さ》めた強い性格によって支配を受けていた、ということ。もう一つは、ワーズワスは、コールリッジの雄弁と人に訴える魅力とによって引きつけられていた、ということであろう。そしてこの二つのことは、実際に起こっていた。

予想したとおり、ワーズワスはつねにコールリッジの主人であった。彼がコールリッジに、こういうふうに作品を書いてもらいたい、あるいはああいうふうには決して書いてもらいたくない、といった注文をはっきり言うと、二人の詩の判別がつきかねるほどに、コールリッジはまったくワーズワスそっくりに詩を書くことができるのであった。

一方では、ワーズワスがコールリッジに「君の流儀で、好きなように詩を書き給え」と言うと、コールリッジは、『老水夫の歌』とか『クリスタベル』のような新奇に満ちた美しい作品を生み出すのであった。

ワーズワスは、実際いかなる人からも影響を受けようとはしなかったが、コールリッジは彼を魅了し、喜ばせ、かつ彼に多くの美学を示唆することができた――それゆえ、ワーズワスは、コールリッジに辛抱することができたのである。

ワーズワスだけでなく、他の多くの人々でさえ、喜んでコールリッジに辛抱し、もし一年間に何がしかのものを書いてくれたなら、かなりの額の稿料を支払うつもりでいたであろう。彼が着実に仕事をしてくれたなら、どのような出版社にとっても、彼は一個の財産になっていたであろう。ところがいつでも、不断の努力というものは、彼の性格に合わなかった。そして人生の半ば頃から、彼は阿片中毒に罹《かか》ってしまった。その悪習に染まると、持続的な努力はほとんど不可能になるのだった。

それゆえ、彼のやった仕事といえば、せいぜい断片拾遺の類《たぐい》でもって、すなわち端ぎれの寄せ集めのようなものでもって、発作的なむら気によって生まれた作品ばかりであった。彼を有名にした詩でさえ、ただ一篇の例外を除けば、みな不完全である。そして、たまたま『老水夫の歌』という作品が完全であるのは、おそらくコールリッジが阿片常用者になる前の時期に、ワーズワスがコールリッジに及ぼすことのできた力のおかげなのである。

この『老水夫の歌』という作品が、非常に分量の少ないものであることについて、ひと言ふれておこう。もしみなさんがマクミラン社から出版された一巻本の『コールリッジ詩集』を見れば、それは七百ページ以上あるから、この分量にだまされて、コールリッジは非常にたくさんの詩を書いたと思い込みがちである。

しかし、つぶさに調べてみれば、その本の半分は、註《ちゅう》や伝記やさまざまな版の異本を復刻したものなどから構成されていることに気づくであろう。残りの半分のうちの、少なくとも三分の二は戯曲や翻訳である。詩そのものに割かれているページ数はわずかであって、読む価値のある詩は、百ページにも充《み》たない。実際、コールリッジは、およそ二千二百行くらいのすぐれた詩行を書いたにすぎない。しかし、これらの二千二百行は非常にすぐれた詩であって、過去及び現在のいかなる英文と比べてもこれに匹敵するものはなく、未来においてもほとんど現われないと思われる。

すでに挙げた分量のうちの千五百行は、あの偉大なる詩――コールリッジの作品で一番すぐれたもの――『老水夫の歌』である。あとの六百行は『クリスタベル』の断片である。

それから、非常に短い断片である『クブラ・カーン』という作品がある。その他の残りは、絶妙なバラッド、『愛』という作品である。この四作品を誰もが知っていなければならない。

しかしこれらの作品を除けば、全体としてコールリッジには価値のある作品はほとんどない。みなさんは、それ以上の美を見つけ出すためには、あちこちから詩句を抜き出してみなくてはなるまい。例えば、『三つの墓』というバラッドの中の「浅黒き婦人」と題された断片には、美しい詩行がある。しかしその作品は、全体として見ると、先に挙げた四つの傑作の水準からはるかに遠い。

みなさんは、ほかにいくつかのすばらしい作品を見つけるかもしれないが、それらはコールリッジの創作ではない。『神々の訪れ』と呼ばれる壮大な酒神讃歌《さんか》は、模倣ではなく、シラーからの実際の翻訳である。例えば、英文科の学生に詩作法の用語の意味を教える、次のようなちょっとしたすばらしい詩行――

六歩格《ヘクサミター》では、噴水の銀のような円柱が立ちのぼり、
五歩格《ペンタミター》では、永遠に諧調《メロディ》となって退いてゆく、

これらは、一つの例外を除いて、ドイツ語からの翻訳である。残念なことであるが、コー

ルリッジは時として剽窃家《ひょうせつか》であった。もうこれでふれるべき詩はなくなったが、「カインの放浪」という壮麗で比類のない、不思議な一篇の散文が残されている。イギリス文学において、ブレイクの散文詩――ブレイクの散文詩のほうが、彼の作品よりすぐれているが――を除けば、他の作品と比べようがないほどに見事なこの「カインの放浪」も、断片的なものである。コールリッジはバラッドより長い作品を一つも完成させることができなかった。しかし、おそらくこのことがかえって、彼の詩の断片を魅力的なものとしていたり、あるいはその魅力を増大させていたりするのである。

このように彼の想像力というものは、充足させられることなく、絶えず惑乱状態にあるのである。ポーの幾篇かの最良の作品は、意図的に断片的な形式がとり入れられていることを、みなさんは知っているであろう。

さて次に、コールリッジがたったの二千行ほどの詩で、イギリス文学のためにいかなる貢献をなしたかを見てみよう。彼ほど大きな、永続性のある影響力を持った近代の詩人は、ほかに見当たらない。彼の影響力の拡がりを測定するために、次のような事実に耳を傾けてもらいたい。

まず第一に、『クリスタベル』が発刊される前にその朗読を聞いたスコットは、その韻律《ミーター》を採り入れ、真似て、『最後の吟遊詩人の歌』を書いた。それからスコットは、彼の物語詩の大半を同じ手法に基づいて作った。バイロンも、まったく同じようなことをした——しかも、『クリスタベル』がまだ出版されていないうちに、である！　実際、その詩集を出版するために出版社のマレイという人物にすすめたのは、バイロン自身であった。シェリー、キーツ、それ以後のわれわれの時代のほとんどすべての大詩人は、ある程度までコールリッジの影響を受けてきた。テニスンでさえ、初期の作品においては、コールリッジの影響が著しい。ブラウニングにも、彼の影響の痕跡《こんせき》が見られる。それから、ワーズワスの詩を嫌ったロセッティについて言えば、彼の作品はコールリッジから得た教えと霊感を比類のない最高の表現で示している、と言える。

それでは、コールリッジはいったい何をしたのであろうか？　彼は、彼以後のすべての詩人が採用することになった、新しい詩の形式を発明したのである。私が発明と言うのは、ごく普通の、本当の意味での発明である。科学的な真理に関して言えば、その言葉の一般的な理解において、発明というようなものは存在し得ない。すべての発明は、すでに存在したものの再結合にすぎないからである。コールリッジが発明した諸要素は、彼が生まれるずっと以前から英詩のいたるところにちりばめられて存在していたものだ。しかし、物語詩のまったく新しい形式を作るためにそれらの諸要素を繋《つな》ぎ合わせたのは、コールリッジであった。

コールリッジは、物語が最もよく語り得る、きわめて融通無碍《ゆうずうむげ》で音楽的な詩形を発明した。その詩形の構成は、おおむね八音節《シラブル》の詩行であるが、時々、四音節だけに短縮されたり、十二音節に引き延ばされたりする。このように、音節に四から十二までの幅がある。押韻《ライム》についても、形式は同じく自在である。脚韻の場所が変化し、意のままに同じ行においての倍加したりする。ついには韻律《ケイダンス》が変化し、例えば、半ページにわたり弱強格《アイアムビック》であった詩が、突如強弱格《トロカイック》に変化したりする。このとおり、詩人の望むあらゆる可能な自由が、この韻律《メジャー》に存在している。ないものはない。頭韻《アリタレイション》や二重の脚韻《ライム》は、次の例にあるとおり、詩にある独特な豊かさを与えている――。

靄《もや》の日も曇り日も、帆柱に、支索に、
　一羽のあほう鳥は、九日九夜のあいだ止まっていた。
その夜じゅう、白くけむる霧のさ中に、
　白い月の光が、幽《かそ》けくも輝いていた。

＊

快い微風が起こり、白い泡が湧き立ち、
　船跡が、追い風を受けて、幾すじも続いた。
われらは、沈黙の海に舟を乗り入れた、
　最初の者であった。

＊

それから、帆柱ほどもある流氷が、浮かんできた。
まるでエメラルドのように緑色の——。

＊

城の時計が、真夜中の時を刻む、
それから梟《ふくろう》たちが、鬨《とき》の声をあげる雄鶏《おんどり》を起こした。
トゥ　ウィ！　トゥ　ウー！
そしてふたたび、雄鶏が鬨の声をあげるのに耳を傾けよ。
なんとそれは、眠たげに鳴くことか！

最後の引用句は『クリスタベル』からであるが、とりわけこの詩行は、詩形の融通性を示している。われわれは、このような韻律《メジャー》が物語詩に与えるはかり知れない利点を理解できる。まず第一に単調さが避けられている。この単調さは、ほとんどの物語詩の形式にとって、主たる弊害の一つである。物語詩における押韻《ライム》が、短い作品を除いて大量にある場合には、耐えがたいものとなる。スペンサー流のスタンザでさえ、現代の読者の耳には我慢しがたいものであろう。
ところが、コールリッジの考案した形式では、脚韻でも頭韻でも、あるいはどんな種類の韻律でも、意のままに使用することができるのである。同じやり方で、たえず交互に押韻を使うならば、退屈なものとなるであろう。したがって、さまざまな変化に富んだやり方で、交互に押韻を用いるようにするわけである。時には、押韻がよりいっそうの音楽的効果を与えるように倍加される。またある時には、減らされたりする。詩行は表現されるべき情緒の調子に応じて長くなったり、短くなったりする。韻律《ケイダンス》は感情の変化に応じて変化する。スコットやバイロンがすぐにこの新しい発見を利用したのは、不思議ではない。

しかし二人とも、コールリッジと同じような効果を獲得することができなかった。コールリッジは、この詩形においていつでも絶妙であった。バイロンは決してうまくいかなかったし、スコットはごく稀《まれ》にしかうまくいかなかった。またみなさんは、コールリッジの書いた価値のあるものは、バラッドを除いてほとんどこの形式であることを認めるであろう。『老水夫の歌』では詩形はほとんど変化しないが、『クブラ・カーン』では、その変化は最も著しい。

詩作法に関してコールリッジが与えた影響については、これだけにしておこう。だが、彼はさらにもっと遠くまで及ぶ、もう一つの影響力を持っていた。彼は調子と感覚と情緒的表現において新しい何ものかを詩に注入した。この新しいものが何であるのかを的確に定義づけるのは非常にむずかしいが、みなさんはそれを感じとることができるにちがいない。それは霊的《ゴーストリー》な何ものかである。彼の超自然の感覚は、これまでのいかなる詩人によっても達し得なかったほど精妙な方法で表現された。それ以後、彼が夢想だにしなかった方向で、ロセッティの想像的作品にはっきりとした影響を与えたのは、コールリッジにおけるこの超自然の感覚であった。

——Coleridge (*Interpretations of Literature*, I, 1915)

日本文学の未来のために――最終講義

学期も終わりに近づいたので、日本文学に関連して、これまでわれわれが一緒にしてきた研究がどのような価値をもつものなのかについて、話してみるのもよかろうと思う。というのも、しばしば述べてきたように、――「文学」という言葉を芸術的な意味で用いるのであれば――みなさんが外国文学を研究する唯一の意義というものは、自国の言語で文学をするために、自己の能力に影響を及ぼすようなものでなければならない。

学術論文を除けば、フランス人が英語の書物を書いたり、ドイツ人がフランス語の書物を書いたりしないのと同様に、文学をやる日本の学究も、自分の言語以外で文学作品を創作しようとして時間を浪費してはならない。しかも、日本語はあらゆる点でヨーロッパ言語とはまったく異なる構造をしているので、新しい表現形式という点に関して、フランス語やドイツ語の学習によって、多くのものを学び取ることはほとんど不可能である。

それゆえ、みなさんにとってこれら外国語の習得の重要な恩典は、その思想や想像力や感情を学ぶことでなければならないといってもよい。西洋の思想、想像力および感情から、将来の日本文学を豊かにし、活気づけるのに役立つと思われる、実に多くのことが学べるであろう。あらゆる西洋の言語が、新しい生命と活力を得ているのは——しかも絶えず得ているのは——そのような外国語の学習によるものなのだ。英文学は、西洋のみならず、世界の文明国のほとんどありとあらゆる文学に何がしかのものを負っている。同様のことが、フランス文学やドイツ文学にも言えよう——これらと比べれば、より少ない程度ではあるが、現代イタリア文学についても、おそらく当てはまるであろう。

しかし元の草木は、新しい海外の樹液によって変えられるのではない。それは、ただいっそう逞《たくま》しくなり、さらにみごとな花を咲かせるようになるだけなのだという点に注意してほしい。英文学が他のあらゆる文学から得た豊かさがあるにもかかわらず、本質的には英文学のままであるように、たとえ日本文学が西洋の思想や芸術からいかなる思想的な恩恵を蒙《こうむ》っているにせよ、将来の日本文学は、まったく変わることなく、日本文学であり続けることであろう。

しかしながら、もしかりにみなさんが、今日現在に至るまでに何らかの文学上の大変化があったのかどうかを、私に尋ねたとしても、私は「否《ノー》」と答えざるを得ない。今日に至るまで、西洋文学の厖大《ぼうだい》な翻訳、模倣、翻案があったけれど、われわれが本当の日本文学への「同化」と呼び得るものがあったかどうかは、疑わしい限りだ。文学は創作でなければならない。材料を生のままで借りてきたり、真似したり、あるいは改作したりすることは、ひとつとして創作とは言えない。現代は同化の時代ではある。やがてこうしたすべて外来の素材が、文学という厳しい試練を経て、純日本的な素材に変質させられたときに、すばらしい結果が生まれるにちがいない。しかし、すぐには実現しないであろう。

さて、こうした変化と新しい文学が興《おこ》るにちがいないと私が想像している、その台頭の仕方について、私は何か話をしてみたい。今日考えうるようなものよりずっと深く、広範囲に及ぶ一箇のロマン主義文学運動が、日本において起こらなければならないと私は信じている。まず、最も奇異に思われそうなことを一言言っておけば――学者の言葉は、創造的芸術のためにうち捨てられなければならない、と私は考えている。

思うに、今日無学な人間として、あるいはたぶん下等な人間として差別さえ受けている芸術家たちと競い合うために、学者が民衆の言葉で書き、かつその言葉をもって彼の最高にして最強の思想の伝達手段にすることを恥ずかしいと思わぬ時代が、必ずややって来るにちがいない。

おそらく、このように私が述べるのは奇妙に聞こえるかもしれないが、私はこのことについて少しも疑ってはいない。たぶん、ほとんどすべての大学の学者は意識するとしないとにかかわらず、職業的な物語作家の話術や庶民の言葉で書く大衆劇作家を軽蔑《けいべつ》している。それにもかかわらず、いやしくも、他の国々における文学的進化の歴史に照らして判断してみるならば、未来の日本文学の源泉となるものは――これまで生み出されてきたいかなる文学よりもすばらしい文学は――今まで蔑《さげす》まれてきた芝居や大衆小説や庶民の通俗的な歌謡などであろう。

シェイクスピアが芝居を書いていた当時では、彼は非常に通俗的だと思われていた。少なくとも一般的な見方では、このことはまったく疑いを容《い》れない。シェイクスピアの作品が、当時のいかなる他の芝居よりも生き生きしていると感じることのできる聡明《そうめい》な人々が少しばかりいるにはいた。しかし、こういった人たちは、例外的な少数であった。

ご承知のように、十八世紀のイギリスにおいては、古典主義的精神が現在の日本あるいは過去の日本におけるのとまさしく同様に根強かった。ポープの時代においては、「品のなさ」に対する非難、つまり「通俗性」に対する非難は、今日の誰の目にも優れていると見なされるような作品を書いていたすべての作家に対して、投げつけられていた。いかにしてフランスやドイツの大文学といわれるものが、古典主義的形式に対抗して、一箇の革命を経て来なければならなかったかについて、私はみなさんにこれまで語ってきた。しかも、その文学上の革命のおかげで、フランスとドイツの両国において、これまで書かれたこともないような、詩と散文における最も輝かしい作品を生み出す時代がやってきたのであった。

しかし、いかにしてこのような文学的な革命が、西洋のこれらのすべての国々において波及していったのかを記憶しておかねばならない。その革命は一般民衆の賤《いや》しめられた口承文芸の、丹念な、愛情のこもった研究から始められたのである。それは、偉い学者たちが彼らの学問上の特権的立場から降りてきて、農民や無学な人々と立ち交わり、彼らの方言を話し、かつ彼らの純朴だが深い、真実の情感に共感の念を抱くことを意味していたのである。

しかし、それは学者が農家に住み込むとか、大都市で悲惨な生活をしている人々の貧困と不幸とを彼らと分かち合おうということではなかった。ただ学者は、精神的な意味で彼らの立場に身をおき——すなわち、彼らに共鳴し、自らの偏見を克服して——彼らの無教育な本性のうちにある純朴な善良さや素直さゆえに、彼らを愛するようになったのである。

みなさんに以前話したと思うが、昔のギリシア文学のある時代においてさえも、ギリシア人はほとんど同じような文学的革命を起こさなければならなかった。それゆえ、卑見《ひけん》によれば、日本の将来の文学は、多かれ少なかれ、ごく普通の無学な人々、つまり国民の大多数の人々にたいする共感と愛情とに基盤を置くものでなくてはならないと思うのである。

それではなぜ、またどのようにして、こうした同じような事態がほとんどすべての文明諸国に起こったのかを説明してみることにしよう。社会の自然な成り行きは階級差別を生み出したが、いかなるところにおいても、上流階級の必然的な傾向として、保守主義、つまり洗練された保守主義が存在したにちがいない。保守主義と排他主義はそれぞれ固有の価値を持っているし、私はこの二つに対して、わずかの侮りの気持ちさえ抱いてはいない。しかし、保守主義はいつも固定性、マンネリズム、あるいは融通のきかぬ硬化作用をもたらしやすい。結局、洗練された社会では、すべての者に規則どおり行なわせ、言わせようとする――すなわち、同じやり方で思想や感情を表現させたり、抑制させたりしようとするものなのである。

いうまでもなく、人間の心は規則によってまったく変えられたりはしない。しかし、そのような抑圧的慣習ができてしまうと、誰もかれもが、まったく自然なやり方で思想を表現したり、感情を吐露することを恐れるようになってしまう。生活が極度に人工的になり、ひどく慣習的になってしまうと、文学は死滅しはじめるのである。

その時、西洋の経験に照らすと、ひとつの治療法があることを教えている。つまり、その死に絶えんとするものの生命を甦《よみがえ》らせるには、すなおに慣習にとらわれざるものに回帰することである。言いかえると、あらゆる人間的なものが生まれ出てきた土壌である民衆の生活と思想の源に回帰すること――そのことをおいてほかに道はありえないのである。

一国の言語が絶望的なまでに規則によって枯渇させられてしまったなら、この言語をその本当の源である民衆にかえし、かつそれをお風呂《ふろ》に浸《つ》けるように、その中に浸してやることによって柔軟にし、強化し、生命を賦与《ふよ》してやらなければならない。いたる所で、この必然性が現われはじめているといえる。しかしこの歴史的必然性は矜持《きょうじ》と偏見のありとあらゆる圧力で、抵抗の憂き目にあってきたのである。

しかしいずこにおいても、その結末は同じであった。フランス、ドイツ、またイギリスにおいても、文学を完成させるためのあらゆる学問的資源を使い果たしてしまった後に、文学が干涸《ひから》びてしまい、みずからを持てあまし、萎《しお》れはじめていくのに気づいたのであった。そこで、彼らは文学を教室の雰囲気から引き離して、無学な人々の文学によって、それを賦活《ふかつ》させなければならなかったのである。こうした事態はどこの国でも起こったので、私はこの日本でも起こるにちがいない、と信じざるを得ないのである。

とはいえ、私は厳正な学問の価値を少しも軽んじて語っているつもりはない。否、まったく正反対である。最もよく民衆の言葉と口承された詩歌を会得し、しかも最もよい結果に導くことができるのは――もしその人が共感的な人間性を持ち合わせているならば――厳正な学問を積んだ人である、と私は思っている。

例えば、テニスンがケンブリッジで教育を受けたからといって、そのことは北イングランドのむずかしい方言を用い、バラッドの韻律にのせ、驚嘆すべきバラッドや劇詩を書くことの妨げとはならなかった。実際、英文学における偉大なロマン主義の改革者たちは、すべて、あるいはほとんどすべて、充分な学校教育を受けた人たちであった。ところが、彼らは生まれながらの偏見を克服するだけの芸術家魂を持っていたのである。しかも、彼らは、彼らと同じ階級の人々からの嘲笑《ちょうしょう》をものともせずに、素朴な農民伝承からヴィクトリア朝時代の詩歌の新鮮な美しさを引き出すことに大いに力があったのである。

事実、もっと進んでいる者も幾人かいた——例えば、ウォルター・スコット卿《きょう》のごときは、田舎を馬で駆け巡り、最も貧しい人々の家に立ち入り、彼らと寝食を共にし、またいずこにおいても、彼らに唄《うた》を歌ってくれるように、あるいは昔の話をしてくれるように頼んだ。当時、スコットを嘲笑した者は、たくさんいたことであろう。しかし、彼が拾い集めた、あの一見取るに足らぬような農民たちの歌が、新しいイギリスの詩歌を誕生させたのである。

十八世紀文学の全般的な風潮が、そのために変化をきたした。それゆえ、学問があっても、無学な人々への共感の念を惜しまないような一人の日本のウォルター・スコットが、やがて日本にも現われるかもしれないことを、私は希望しておきたいと思う。

さて、私はこの問題についてもう充分話してきた。しかも、私はただ義務感からのみこの問題について述べてきたのである。それで、これから私が言わねばならないことは、もっぱら文学の創作ということに関してだけである。

大学を卒業すると、みなさんのほとんどは非常に多くの時間を奪いそうな、ある種の職業に就《つ》くことになるであろう。こうした環境の下では、文学を愛する多くの若者は愚かにも観念して、この方面での楽しみをやめにしてしまう。そうした若い学究たちは、もはや詩や物語や芝居を書いたりする時間がない――ましてや、個人的な勉強をするための時間さえあまりない、と考えてしまうと思う。

しかし、これははなはだ大きな誤りである。おそらく詩という唯一の例外を除いて、われわれに新しい文学を一番よく提供してくれるのは、忙しい人々である、と私は考えている。偉大な詩を生み出すには暇が必要だし、孤独な瞑想《めいそう》にふけるにはもっと多くの時間を要するであろう。だが、他の文学部門においては、西洋の大部分の文人は非常に忙しい人々であったし、現在でもそうであると思っている。

ある者は官庁に、またある者は郵便局に、さらにまたある者は陸軍や海軍に勤めている。陸・海軍の将校がいかに忙しい思いをさせられているのか、みなさんは知っているであろう。そういった忙しい人たちの中に、銀行家、裁判官、領事、知事、さらに数はごくわずかだが、ビジネスにたずさわっている者もいる。

実際のところ、ただ立派な文学作品を生むことによって生活の糧《かて》を得ることは、誰しもほとんど不可能なことであろう。文学者はほとんどの場合、職業を持っていなければならない。年々、この必要性は増大している。しかし、文学作品の創作原理は一時にたくさんの仕事をしないで、規則的な期間をおいて、少しずつ仕事を続けることである。

みなさんの誰もが、一日のうち二十分か三十分を文学のために割《さ》けないほど忙しいとは思われない。たとえみなさんが、一日のうち十分しか割けないとしても、一年の終わりには非常に多量の時間になると思う。

別の言い方をしてみよう――毎日、五行ずつ文学作品を書くことはできないだろうか。もしみなさんにできるのであれば、忙しさの問題は、たちまちのうちに解消してしまうことであろう。三六五に五を掛けてみよう。十二ヵ月も経てば、それはかなり厖大な仕事量になることであろう。毎日二、三十分ずつ書くことを心に決めればどんなによいことか。

もし、みなさんのうちで心から文学を愛する者がいるなら、この私のささやかな言葉を忘れないようにしていただきたい。そして、みなさんがたとえ毎日十分か十五分しか時間がないにしても、自分自身のことを忙しさのあまりほんのわずかしか勉強できないなどと思わないようにしていただきたいと思うのである。

それでは、みなさん、さようなら。

――Farewell Address (*Interpretations of Literature*, II, 1915)

本書は、百二十年ほど前に東京帝国大学（以下、東大）で英語で行ったラフカディオ・ハーン（小泉《こいずみ》八雲《やくも》、一八五〇～一九〇四）の講義録のうち、最も重要と思われるもの十六篇を訳出したものである。ハーンの講義録は、いわゆる学者のものとは大いに異なっており、きわめて平易で淀《よど》みなく語られている。たとえ読者は、語られるテーマや内容にさほど知識や関心がなくても、ハーンの講義録は読みとおすことができるという不思議な魅力をもっている。これは、ひとえにハーンという物語作家が語りなす「語り部《コンチュール》のレクチャー・ライヴ」であるからだろう。

「第一章　文学の力」には、ハーンの芸術と文学についてのエッセンスが述べられている講義を集めた。東大では、ハーンは一八九六年（明治二十九）から一九〇三年（明治三十六）までの約七年間、英文学や西洋文化についての講義を行ったが、当時の学生たちによる筆記ノートが、ほぼ散逸することなく残されていた。この一事をとっても、ハーンのレクチャーがいかにすばらしかったかがうかがい知れるであろう。ハーンの没後、アメリカのコロンビア大学の英文学教授ジョン・アースキンが、ハーンの講義録を次々にまとめ、出版した。東大講義録はいわゆるハーンの書き残したものとはいえないが、今日、日本の読者が見過ごしてしまうには余りにももったいない宝物といえよう。

今回、訳出に当たってテキストとして用いたのは、アースキン教授が編纂《へんさん》した『文学の解釈』一、二巻（共に一九一五年刊）と、『人生と文学』（一九一七年刊）である。両書からは、ハーンのロマン主義文学観が若い学生たちに熱っぽく直截《ちょくせつ》に語られているだけでなく、ハーンの創作家としての秘密や苦労話が、背景からにじみ出てくるように思われる。また、再話文学者としての思想的なバックグランドが、手に取るように伝わってくる楽しみもある。

ハーンの講義録がなぜ多くの読者に感銘を与えたかといえば、文学を志す学生たちに文学・芸術の何たるかをせつせつと説いているだけでなく、みずから胸襟《きょうきん》をひらいて、自己を赤裸々に学生の前にさらし、語っているからであろう。ハーンの講義では、将来、日本を背負う学生たちへのサービス精神は過剰なくらいであり、彼の精神は自由自在に躍動している感がある。ある意味で、饒舌《じょうぜつ》でもある。

思えば、ハーンが東大で講義を行っていたのは、今から百二十年も昔のことである。熱
生たちだったとはいえ、西洋については無知、無学同然であったであろう。
っ、手さぐりでハーンは講義を進めて

」に　おそらく初期の頃のものであろ

二つの講義とも、ハーンのロマン主義的な文学観が端的に表現されているものであるが、前者は日本人にはなかなか分かりがたい西洋人の「感情」「情感」や「女性観」「宗教観」を詳説したものである。後者は、最高の芸術とはどのような美を追求したものかを述べ、道徳的な美、精神的な美に軍配をあげている。このような美についての講義も、西洋文学を学ぶ学生にとっては新鮮な驚きであったであろう。この二つのレクチャーは、怪談ものなどのハーン文学理解の要諦《ようてい》ともなる内容となっており、やはりハーンの霊的《ゴーストリー》なものへの探究と共感とに通じる世界観を伝えている。

「赤裸の詩」は別の『詩論』というテキストから採ったものだが、先の二つの講義と並んでハーンの文学観の背骨といってよい講義である。長年フランス文学などの翻訳をしてきたハーンの体験的翻訳論とも読めるが、狭い意味での技術論ではなく、〈世界文学〉という広い立場に立った翻訳の意義を問うたものとして読むことができる。

「文学と世論」は文学と政治を対比させながら、文学のもつ社会的影響力を論じたものであり、広い見地からの文学擁護論となっている。文学の世論に与える力というものを、国際社会という広いコンテキストの中で考えさせてくれる講義である。次の「ロマン主義的なものと文学的保守主義」は、イギリスと同様、日本にも真の意味でのロマン主義文学運動が起こることを希望しての講義といえよう。日本の自然主義文学や私小説への批判とも読める内容を含んでいる。

第二章の三篇「文学における超自然的なものの価値」「詩歌の中の樹の精」「妖精《ようせい》文学と迷信」は、ハーンの得意とした特殊講義《テーマ》といえるもので、私などはハーンの講義の中では一番スリリングで、おもしろい講義だと思っている。この三篇からは、実際のところ、ハーンの再話文学の素地や方法論、さらには、その楽屋裏のエピソードまでが伝わってくる、一種の臨場感が溢《あふ》れているものである。ハーンの創作の立場や彼特有の霊的《ゴーストリー》な世界観が一番表明されているのが、「文学における超自然的なものの価値」である。ハーンの超自然的なものや夢魔的なもの、あるいは怪奇趣味的なものへの異常なほどの関心と畏怖《いふ》の念を披瀝《ひれき》しており、実に興味深い。このレクチャーでは、彼の想像力の根源につねに作用していた〈畏《おそ》れ〉や〈恐怖〉がいかなるものかが語られており、彼の生涯にわたる創作の秘儀が、おのずと開陳されていると思われる。

「詩歌の中の樹の精」も、すばらしい講義である。読者はこれを読めば、必ずや『日本の怪談』の「青柳《あおやぎ》ものがたり」を想起するのではなかろうか。レクチャーでは、ギリシア神[illegible]の両方にまたがる樹の精の話の実例を引き合いに出している。ハーンは一方で[illegible]、「青柳ものがたり」という美しい作品この西洋のギリシア神話の樹の精の話を中心としたレクチャーと、日本種《だね》の「青柳ものがたり」を同時に読み比べてみると、ハーンの東西両洋の文芸に向けた複眼的な眼差《まなざ》しを感じとることができる。このハーン特有の複眼的視点を、コンパラティヴ・マインド（比較文化の心）と称してもよいであろう。

「妖精文学と迷信」は、妖精にまつわる日本人の誤解と美化に一矢を報いる効力をもっている好講義である。このレクチャーでは、どちらかと言うと、人間の「運命《フェテェ》」をあやつる妖精たちの否定的な暗黒面が描かれている。妖精信仰のテーマは、イギリスのロマン主義文学を論ずる場合、さけては通れない主題であろうし、ハーン文学の霊的《ゴーストリー》なものの探究という観点からしても、重要なテーマといえよう。特筆すべきは、同時代のアイルランド詩人イェイツの作品を取り上げ、評価を下している点である。

「第三章　生活の中の文学」の三篇は、比較的長い講義を訳出した。三篇とも『人生と文学』から選んだが、とくに創作という実践的な立場から、学生たちの読書の仕方や文章作法、さらには卒業後の生き方まで、誠に心のこもった提案と忠告を行っている。

当時、ハーンのレクチャーが、日本の学生たちに向かって欧米の文学や文化を講義しながらも、日本人の立場、日本文学の将来への展望の上に立ってなされたという点は、特筆すべきである。私は大学の英文科の教室で幾人もの英米人講師に習ったが、ハーンのような日本の学生の側と日本文学の立場に立っての講義はありえないことであった。

しかし、ハーンの講義法は、日本の若き学生たちへの思いやりという教育的配慮からだけでは説明しきれない要素があると思われる。ハーンは充分な高等教育を受けられず、若き日に辛酸をなめ尽くしたとみずから証言している人生を送ってきた人である。それゆえ、彼のレクチャーは、自分が若い頃に叶えられなかった充分な高等教育を、日本の若い世代への誠心誠意の講義を行うことでその埋め合わせをしようとしたのではなかろうかと思わせる。ハーンの東大レクチャーは、将来の日本の文学や学問を担う若者たちへの最大のメッセージ、最高の贈り物だったにちがいない。

第四章は「ロマン主義の魂」と銘打って、『文学の解釈』から詩人論の代表的な講義を採った。シェイクスピア、ブレイク、ワーズワス、コールリッジなどのイギリス・ロマン派の代表的詩人のロマン主義的魂についてのレクチャーである。当時、これほど詳しくて刺激的なブレイクとワーズワスの講義は、なかったであろう。いや、今日でもないかもしれない。シェイクスピアは言うまでもないが、ブレイクもワーズワスも、日本ではよく読まれ愛好された詩人である。しかし、神秘的なものへの関心をつよく持っていたハーンが、ワーズワスよりもブレイクを高く評価しているのは、興味深い。この二つの講義では、ハーンが自分自身の作家的趣向をいかに鮮明に打ち出しているかについても、注目して味わっていただきたい。

最後の「日本文学の未来のために」は、通例「最終講義」といわれているものである。これも誠に学生思いのハーンらしい最終講義となっている。将来あらゆる忙しい職業に就きながらも、その隙間をぬって創作活動や学問にいそしむであろう学生たちに向かって、さまざまなアドバイスをしている。たとえば、外国文学・文化をただ受容するだけでなく、日本にも新しいロマン主義文学運動を起こすべきだと説いている点は、今日の文学状況からとらえ直してみると、一興かと思われる。文字どおり、寸暇を惜しんで文学に精進してきたハーンらしい、日本の学生と日本文学の未来に向けての「最終講義」となっていると思われる。

※

ここにハーンの代表的な講義録十六篇を訳出したが、最後にこの講義録出版の背景とその影響力について若干触れておきたい。今回使用したテキストの一冊、『文学の解釈』（全二巻）は、ハーンが東大で一八九六年（明治二十九）から一九〇三年（明治三十六）までに行った主要な英文学講義（四十四篇）を編纂し、一九一五年にアメリカで出版されたものであることは、先に述べた。

その経緯は、当時ハーンの学生であった大谷正信《おおたにまさのぶ》、田部隆次《たなべりゅうじ》、内ケ崎作三郎《うちがさきさくさぶろう》、小日向定《こひなたさだ》次郎《じろう》、落合貞三郎《おちあいていざぶろう》、石川林四郎《いしかわりんしろう》らの克明な講義の筆記ノートを基に、まず、ハーン文学の愛好者でありハーンの友人でもあったミッチェル・マクドナルドという人物が、横浜《よこはま》のホテルの一室でタイプさせ、講義の原稿を作らせたことにはじまるといわれている。ハーンは学生が充分書き取れるほどゆっくり、澄んだ美しい英語で講義をしたといわれている。

そしてマクドナルドが帰米した折、たまたまコロンビア大学のジョン・アースキン教授にその原稿を見せる機会があったという。この原稿がいたく彼を感動させ、ハーンの講義録出版の直接のきっかけとなった。そして一九一五年にアースキン教授みずから編纂した『文学の解釈』全二巻が、ニューヨークのドッド・ミード社から刊行されることになったのである。すると、この二巻本の『文学の解釈』が欧米で予想外に反響を呼んだので、同じ編者によってさらに二冊のハーンの講義録が追加されることになった——一九一六年、『詩の鑑賞』と一九一七年、『人生と文学』が、それである。

この出版はハーンが一九〇四年に亡くなってから十数年経ってからのことでもあり、極東の学生に平明に、しかもゆっくりと、やさしく語りかけた講義録が、よもや海外で評判を呼ぼうとは、ハーンの弟子たちにも、とくにその仲介の労をとった田部隆次や日本時代のハーンの最良の理解者であったマクドナルドにも、思いも及ばぬことだったのではなかろうか。ハーン自身でさえ、死後にこうした形で続々と自分の講義録が上梓《じょうし》されて、欧米で反響を巻き起こすなどとは、生前まったく考えられぬことであっただろう。

それ以後、生前に出版されなかったアメリカ時代の論説集や創作集、書簡集、またハーンが若い頃行ったフランス文学の翻訳書、それに本アンソロジーのベースとなった東大の講義録などが、一九三〇年代の終わり頃に至るまで、アメリカ、イギリス、日本で陸続と日の目を見ることになったのである。これをもってしても、彼が没後においてもいかに愛惜され、読まれ続けた作家であるかがわかるであろう。

しかしながら、ハーンが、生前にこうした講義録出版の動きを察知したなら、草稿も作らず、わずかなメモだけを頼りに話したものゆえ、文章にやかましかった彼が、講義録の出版を承諾したとはとうてい考えられない。『文学の解釈』を始めとする一連の講義録は、厳密には、ハーンの書きものとはいえない。だがしかし、たとえ口述筆記されたものであっても、作家として成熟期にある人間の口吻《こうふん》から淀みなく湧き出てきた言葉であるゆえに、ハーンの一つの「作品」としてその価値と権利を主張してもよいのではなかろうか。

たしかに学生の前で重要な項目と要点——作家の略歴、引用作品名や詩句など——のみを記した講義覚書《ノート》（このノートの幾冊かは、今日でも残っている）を片手に行われたものだけに、繰り返しや多少の論理的飛躍や思い違いもあるであろう。また、時には学生への一途な思いやりから生ずるさまざまな忠告などがほほえましくも散見されるが、これらは決して講義の致命的な瑕《きず》になるものではなかろう。

むしろこういったハーンの親しみやすい諸要素が、他の過不足はないが、平板で無味乾燥な文学史や文学論の講義とは、一線を画するところとなっている。これだけ生き生きと、懇切丁寧に、しかも異邦の学生の想像力に訴えかけるように、文学の価値とおもしろさを説いて聴かせた講義録は、そうざらにはないだろうと思っている。

講義を聴く学生たちの真剣さはもとより、講義をするハーン自身も、文学の何たるかを彼らに説いて倦《う》むことを知らなかったであろう。今日の学問的蓄積、研究成果とその水準からすれば、ハーンの講義録の中にも訂正されるべき誤りや補足されるべき個所もいくつかあるかと思われる。しかし、これら一連の講義が、百二十年も昔に、すなわち西洋の学問の導入期に、一人のお雇い外国人教師によって行われていたことは、一つの奇跡といってよかろう。

いうまでもなく、この講義をしたのはいわゆる高名な学者ではなかった。かつ東大で教えるには、充分な学歴はなかった人物であった。また、作家としてはすでに円熟期にあったハーンであったわけであるが、ハーンにこのような独特な、プロの作家としての職人的講義を可能ならしめたのは、当時の日本の学問、文学を将来背負って立つことになる優秀な学生たち——前述の講義を筆記した学生（大谷、田部、落合ら）のほかに、上田敏《うえだびん》、土井晩翠《どいばんすい》、小山内薫《おさないかおる》、厨川白村《くりやがわはくそん》、戸川秋骨《とがわしゅうこつ》らがいた——の存在に拠《よ》るところが大きかったことも、特筆されてよい。

そして、これらの弟子筋がハーンのロマン主義文学論をどの程度受容し、またどのようにそれが近代日本のロマン主義文学運動へ陰に陽に拡散し、影響をもたらしたかは、今後もっと究明されてよい課題であろう。また、ハーンの文学論や作品が、夏目漱石《なつめそうせき》、野口米《のぐちよね》次郎《じろう》、永井荷風《ながいかふう》、小川未明《おがわみめい》、萩原朔太郎《はぎわらさくたろう》、芥川龍之介《あくたがわりゅうのすけ》らにも深い感銘を与えていたことは、充分考えられることである。

明治三十年代という日清・日露戦争の狭間の激動期に、とりわけすぐれた一人の教師と学生たちとの、講義を通じての奇跡的といっても決して大袈裟《おおげさ》ではない出会いがあったということは、今日ではまったくわれわれの想像を超えた一つの事件である。

本書の若い読者は、そういった明治三十年代の一教室の臨場感を想像しながらこの講義録を読むなら、いっそうハーンと彼の文学論に親しみを覚えるのではなかろうか。この一教師と学生との魂の交感ともいうべき一期《いちご》一会《いちえ》的な緊張関係が、ハーンの作家および教育者としての資質を大いに生かしめただろうことは、想像に難くない。そういう意味で、彼の講義録は再話ものなどの語りの世界と同じく、一人の〈語り部《コンチユール》〉のかたりなす文学談義といった趣をもっているのである。彼の講義録も、『新編　日本の怪談』『新編　日本の怪談Ⅱ』と共に末長く読み継がれてもらいたいと思う。本書も角川ソフィア文庫編集長の大林哲也さんのお手をわずらわせた。最後になりましたが、お礼申し上げます。

令和元年（二〇一九）七月七日

池田雅之

本書は、二〇〇四年に筑摩書房より刊行された『さまよえる魂のうた』（ちくま文庫、小泉八雲コレクション）から、ハーンが東京帝国大学で行った講義録十六篇を選び、大幅に改訳・修正のうえ新編集したものです。

小《こ》泉《いずみ》八《や》雲《くも》東《とう》大《だい》講《こう》義《ぎ》録《ろく》

日《に》本《ほん》文《ぶん》学《がく》の未《み》来《らい》のために

ラフカディオ・ハーン　池《いけ》田《だ》雅《まさ》之《ゆき》＝編訳

令和元年 8月25日　初版発行
令和7年 5月30日　9版発行

発行者●山下直久

発行●株式会社KADOKAWA
〒102-8177　東京都千代田区富士見2-13-3
電話　0570-002-301（ナビダイヤル）

角川文庫 21782

印刷所●株式会社KADOKAWA
製本所●株式会社KADOKAWA

表紙画●和田三造

ISBN 978-4-04-400486-6　C0195

角川文庫発刊に際して

角　川　源　義

第二次世界大戦の敗北は、軍事力の敗北であった以上に、私たちの若い文化力の敗退であった。私たちの文化が戦争に対して如何に無力であり、単なるあだ花に過ぎなかったかを、私たちは身を以て体験し痛感した。西洋近代文化の摂取にとって、明治以後八十年の歳月は決して短かすぎたとは言えない。にもかかわらず、近代文化の伝統を確立し、自由な批判と柔軟な良識に富む文化層として自らを形成することに私たちは失敗して来た。そしてこれは、各層への文化の普及滲透を任務とする出版人の責任でもあった。

一九四五年以来、私たちは再び振出しに戻り、第一歩から踏み出すことを余儀なくされた。これは大きな不幸ではあるが、反面、これまでの混沌・未熟・歪曲の中にあった我が国の文化に秩序と確たる基礎を齎らすためには絶好の機会でもある。角川書店は、このような祖国の文化的危機にあたり、微力をも顧みず再建の礎石たるべき抱負と決意とをもって出発したが、ここに創立以来の念願を果すべく角川文庫を発刊する。これまで刊行されたあらゆる全集叢書文庫類の長所と短所とを検討し、古今東西の不朽の典籍を、良心的編集のもとに、廉価に、そして書架にふさわしい美本として、多くのひとびとに提供しようとする。しかし私たちは徒らに百科全書的な知識のジレッタントを作ることを目的とせず、あくまで祖国の文化に秩序と再建への道を示し、この文庫を角川書店の栄ある事業として、今後永久に継続発展せしめ、学芸と教養との殿堂として大成せんことを期したい。多くの読書子の愛情ある忠言と支持とによって、この希望と抱負とを完遂せしめられんことを願う。

一九四九年五月三日

角川ソフィア文庫ベストセラー

ビギナーズ　日本の思想
新訳　茶の本
岡倉天心
訳／大久保喬樹

『茶の本』（全訳）と『東洋の理想』（抄訳）を、読みやすい訳文と解説で読む！　ロマンチックで波乱に富んだ生涯を、エピソードと証言で綴った読み物風伝記も付載。天心の思想と人物が理解できる入門書。

ビギナーズ　日本の思想
福沢諭吉「学問のすすめ」
福沢諭吉
訳／佐藤きむ
解説／坂井達朗

国際社会にふさわしい人間となるために学問をしよう！　維新直後の明治の人々を励ます福沢のことばは現代にも生きている。現代語訳と解説で福沢の生き方と思想が身近な存在になる。略年表、読書案内付き。

ビギナーズ　日本の思想
新訳　武士道
新渡戸稲造
訳／大久保喬樹

深い精神性と倫理性を備えた文化国家・日本を世界に広めた名著『武士道』。平易な訳文とともに、その意義や背景を各章の「解説ノート」で紹介。巻末に「新渡戸稲造の生涯と思想」も付載する新訳決定版！

ペリー提督日本遠征記（上）（下）
M・C・ペリー
編纂／F・L・ホークス
監訳／宮崎壽子

喜望峰をめぐる大航海の末ペリー艦隊が日本に到着、幕府に国書を手渡すまでの克明な記録。当時の琉球王朝や庶民の姿、小笠原をめぐる各国のせめぎあいを描く。美しい図版も多数収録、読みやすい完全翻訳版！

完全版
アメリカの鏡・日本
ヘレン・ミアーズ
伊藤延司＝訳

近代日本は西洋列強がつくり出した鏡であり、そこに映るのは西洋自身の姿なのだ――。開国を境に平和主義であった日本がどう変化し、戦争への道を突き進んだのか。マッカーサーが邦訳を禁じた日本論の名著。